我们阅读
WOMENYUEDU

魅丽文化
花火
花火工作室

雀心万万

—

QUE XIN
WAN WAN

尤妗
著

图书在版编目（CIP）数据

雀心万万 / 尤妗著. -- 南京 : 江苏凤凰文艺出版社, 2019.3

ISBN 978-7-5594-3329-9

Ⅰ. ①雀… Ⅱ. ①尤… Ⅲ. ①长篇小说－中国－当代 Ⅳ. ①I247.5

中国版本图书馆CIP数据核字（2019）第026623号

书　　名	**雀心万万**
著　　者	尤　妗
选题策划	朵　爷叉　叉
责任编辑	张　倩王　青
文字编辑	肖云梦
责任监制	刘　巍　江伟明
出版发行	江苏凤凰文艺出版社
出版社地址	南京市中央路165号，邮编：210009
出版社网址	http://www.jswenyi.com
印　　刷	湖南新华精品印务有限公司
开　　本	880mm×1230mm　1/32
字　　数	233千字
印　　张	9
版　　次	2019年3月第1版，2019年3月第1次印刷
标准书号	ISBN 978-7-5594-3329-9
定　　价	38.00元

（江苏凤凰文艺版图书凡印刷、装订错误可随时向承印厂调换）

C O N T E N T S

<<< 目 录

C O N T E N T S

目 录 >>>

第一章

“我猜您有三十……五岁？”

一

周四下午，西城书店的音像区只有蔚玖一个人，灰色的棉麻长裙及至脚踝，给她娇小的身影添了几分修长而温柔的味道。她的步伐不紧不慢，目标却很明确，几步之后站定，目光最先落在一张标签纸上，黄底红字写着大大的“HOT”。

几秒的愣神，蔚玖的视线最终停留在标签纸旁边最显眼的那张 CD 上。封面的基调是黑色，与之对比白得发亮的《七》是专辑名，出道七周年的纪念。即使这样，蔚玖最先看到的，依旧是他的名字。

好像过了很久，又恍如昨日，情绪因他而起伏，喜悲因他而跌宕，所有或是喜悦或是感动的瞬间依旧鲜活而深刻。有多久没想起，就有多久没忘记。

她喜欢他何止七年？

距离他最近的那次，是一个电台采访，那年蔚玖读初一。那时的他远没有现在的人气，她用的还是第一部手机，26 键的诺基亚。

那是她第一次听到他讲话的声音，和唱歌时的音色不太一样，低沉微哑，语气利落。听众短信互动环节，恰好抽到她发的短信，她紧张得不得了，生怕语句不够通顺，前面写的大段话她记不清了，但最后她问他：“我想知道你会唱多久？”

主持人念给苏清屿听，他轻声笑了，问：“我能知道她的名字吗？”

蔚玖本就急速跳动的心脏瞬间漏了一拍，她慌忙打开短信，直接拉到最后，一怔，内心一阵失落。

主持人笑道：“我看看，欸？这个小姑娘忘记留名字了呀，真遗憾。”

她听到他又笑了：“没关系，她在听着就好。那……这个不知名的小姑娘，你想听我唱多久？”

主持人又笑着继续道：“今天的嘉宾虽然年轻，但太会说话了。这位小姑娘肯定知道答案了吧？”

答案……后面的内容在她的记忆里都是恍惚的，那句话在蔚玖的耳边不断回荡，可不管怎么解读，他的意思仿佛都是——

这位不知名的小姑娘，你想听我唱多久，我就唱多久。

手机振动的声音打断了蔚玖的思绪，她接起电话，是齐彦，她的班长。

前不久，齐彦找到她，想让她教他一个亲戚的小孩儿弹钢琴，对方开价很高，地点离学校又很近，她很快就答应了。此时看着手中的专辑，蔚玖顿时有种心虚感，她本来是来音像店买琴谱的。

齐彦打来电话是和她约好两个星期后，陪她一起过去上第一堂课，两人定下了碰面时间。挂断电话后，蔚玖站在原地犹豫了一会儿，最终还是把专辑放回了原处。现在不同从前，她不再需要提醒老板他的名字，不需要解释他是谁，更不用担心自己攒够钱以后却买不到了，竟然有种恍若隔世的感觉。

回学校后自习了几个小时，蔚玖回到寝室的时候已经接近门禁时间。洗澡出来后两个室友已经躺上床，她便没用吹风机吹头发，只拿干毛巾简单擦了擦。

躺到床上，蔚玖侧过头对着墙。

这时，晓晓突然出声：“你们都没睡吧？看今天的热搜了吗？追星狗的世界真可怕啊……”

周瑛婕好奇道：“又有人干什么脑残事了？”

蔚玖的精神提了提，转身听着。

晓晓继续道：“描述不出来……你们自己看吧，就热搜第一那个。截图里的那些粉丝真是奇葩，没打码，现在他们的微博都沦陷了。”

奇葩？蔚玖拿起手机，点开微博，看到热搜第一，挺长的一段字：那些年你为偶像做过的最疯狂的事。

点进去，是一个娱乐号发的截图汇总。蔚玖动作慢，打开第一张图的工夫，周瑛婕已经看完了，还给了点评："是够奇葩的。"

晓晓接道："是吧，我特别不能理解这种，放着身边人不喜欢，为什么非要去喜欢荧幕上的一个被塑造出来的人物呢？"

两个人同仇敌忾，聊得异常投机。蔚玖一张一张看下去，有的确实很过分，侵犯明星私生活；但有的也很温情，比如一个不太火的演员发了一条不喜欢下雨天的微博，底下的评论里粉丝给他贴出全国各地的蓝天。

滑到最后一张图的时候，蔚玖愣了。她不敢置信地揉了揉眼睛，用力闭上又睁开。

博主还在旁边贴心地配了段话：

把这张不怎么疯狂也不怎么奇葩的放最后，是因为——真佩服这妹子的毅力。我从头到尾都翻完了，一千〇一十三天，快三年，一天的晚安都没断。太贴合微博 ID 了，真不是一般人能干的事……

她……有多久没看这个微博了？蔚玖在搜索栏里输入了五个字，点进了一个旧账号，能看到很多熟悉面孔也循着热搜点了进来。

即使她已经消失几年，但仍旧不断地有人给她赠送会员，并且留言希望她能够回来，所以那条微博一直稳稳地挂在置顶的位置，是他成名那一年她发的。

那条微博的内容是：

晚安，苏清屿：

我爱你。一如往昔，贯穿未来。

从无人问津，到万人景仰。

庆幸你还是你，我还是我。

纵使我们从无交集，只单单仰望你，便耗尽了我一生的幸运与感激。

@苏清屿。

下面的评论数在一条条增长。

“晚安妹，第五年了，要不是看见热搜，我都快忘了你了……你还好吗？”

“晚安妹，晚安哦，我知道即使你离开了微博，依旧和我们一样爱他。”

“你真的脱粉了吗？”

“说好的爱他呢？！”

“这条置顶微博看着真的好心酸。晚安妹，你真的不回来了吗？”

蔚玖翻着评论，内心充盈着一片温热。

旁边两人的对话断了一瞬，她们终于想起来蔚玖半天没有说话。晓晓这才反应过来她们可能有些不尊重人了，讪讪道：“蔚玖，我记得你说过你喜欢苏清屿是吧？我、我没有说你的意思呀，你肯定不像图上这堆人这么神经兮兮。”

蔚玖半天才回过神来：“是……没关系。”

这么多年，她听过太多对这种事的负面评价了。从最初自己生闷气，到现在完全释然。他是她的标杆，是她人生观形成时期最重要的精神指引。

那份感受无人能知，那是她微小又确切的幸运。

晓晓说道：“那就好……你别在意啊，我常常说话不过脑子。”

“没事的。”又愣了十几秒，蔚玖脑子里过了一遍刚刚晓晓说的第一句话。

“不过，”她声音虽然很轻，但毫无扭捏难堪，“最后一张图是我。”

……

吸气声以及叽叽喳喳的声音持续了很久，寝室再次重归安静。蔚玖闭着眼睛准备入睡，耳边仍旧萦绕着刚刚室友们的问话："你怎么也算个元老级粉丝了吧？不是说很多明星都会跟粉丝点赞啊互动啊什么的。"

"对对，你说了那么久的晚安，他有没有给你回复过？"

蔚玖转了个方向，把一边耳朵埋在枕头里。

没有。一千〇一十三天，她从没有得到过回应。但她从喜欢他的第一天就知道的，她一直相信，总有一天他会站在她无法企及的高度。

她的仰望，从一开始就注定是单向。

两个星期后的周六，蔚玖和齐彦约的早上七点见面。下了公交车没走多远，两人走到了一处别墅区，蔚玖听到齐彦对门卫说："之前3号楼的苏清溪应该和您打过招呼吧？"

门卫大叔戴起老花镜，眯眼看了看备忘的便笺纸，找到了两个星期以前的："苏——清——欸，我这儿记的是什么字？"

蔚玖冷不丁愣了几秒。

齐彦提醒道："溪，小溪的溪，是我表嫂。"

"对对对，苏清溪，没错，还说要带来个小姑娘对吧？"

蔚玖反应了过来，探过身子冲大叔示意。大叔看了看旁边记着的备忘，推了推眼镜，对两人道："她后来又给我打了个电话，让你们去7号楼。"

齐彦诧异道："她不是住在3号楼吗？"

"她好像是说她出去旅行了还是怎么样，要不你打电话和她确认一下？"

齐彦拿出手机，却发现已经收到了几条微信。

苏清溪："小彦啊，我好像忘记告诉你了，我被那熊孩子气疯了，把他丢给他舅舅了。他舅舅住 7 号楼。”

苏清溪：“那孩子从小就怕他舅舅。”

苏清溪：“我现在到国外找你表哥了。不过，你让那个女孩子放宽心，他舅舅现在也不在家，平时只有保姆在。让她不用不自在，家里没有男人。”

蔚玖稍稍挨近了些，问道：“怎么了？”

齐彦收起手机，冲她笑笑：“没事。”没有别人在，对他来说是好事。不过，让他有些介意的是，苏清溪儿子的舅舅……

齐彦想了想蔚玖的性格，怎么都不像网上那些低情商又肤浅、整天只知道意淫的女生，而且反正那人也不在家。他暗暗放了心。

这里都是独栋的别墅，两人走到门口摁门铃，是保姆来开的门。保姆是于妈，为人很和蔼。

“这么早就来了，吃过早饭了没？”于妈把两个人领进来后笑着问。

蔚玖和齐彦忙点头。

一番介绍过后，于妈往楼梯那边看了看，表情抱歉：“不好意思啊小老师，可能还得让你等等了，小格现在有些闹脾气。”

蔚玖低头看了看手表，还有五分钟才八点，便道：“没关系，我今天下午没有事情，可以延长一会儿的。”

 二

于妈是从苏清溪那里过来的保姆，完整见证了之前七个老师是怎么被这孩子给气走的。她叹了口气：“小格这孩子啊，估计不是起不来，而是给你下马威呢。尤其是他舅舅刚走两天，之前那十天可是受了一通魔鬼训练来着，人都蔫儿了。”

提到这个，蔚玖想起刚刚齐彦和她说的情况。她听到的时候有些

不敢置信，爸爸常年在国外工作，妈妈和舅舅就这样留小孩子一个人在家，和保姆为伴？

虽然现在见到保姆于妈人很好，可她还是觉得这个孩子有点儿像个没人疼的小可怜。蔚玖轻声问：“小格不会想妈妈或者舅舅吗？他还这么小，他们……不担心吗？”

于妈笑了：“不说这孩子早熟，就他舅舅那个手段，就够他受的了，还顾得上想？至于担心更是没有的事。”

蔚玖听得一头雾水。

于妈伸手指了指：“这几个摄像头都是小格舅舅前不久才装上的。我不懂，但听小格妈妈说，手机随时都能看到。”

蔚玖顺着于妈的示意重新打量了一下这一层，恍然明白了过来。这一室的摄像头……客厅、琴房、厨房，几处小孩子常去的地方都有安装。

虽然于妈很好，但现在保姆虐童的事件越来越频繁，家长谨慎一点儿是最好的。蔚玖刚刚脑子里想象的不负责任的舅舅形象悄然瓦解。

等了有十几分钟，于妈带着小格下来了。蔚玖看着这个叫小格的男孩儿，虽然他表情很不耐烦，但衣着打扮却很整齐。

蔚玖眼睛微微睁大，轻点了一下头：“你好，我是蔚玖，你的新老师。”

男孩儿打量了一下蔚玖的动作表情，脸色稍霁，然而态度并没有什么区别。

“上课吧。”他臭着一张脸，绕过三人，走进了琴房。

三人抿着嘴唇互相看了几眼，却也毫无办法。

齐彦眼看现下蔚玖要进去上课了，才意识到这突然的变化把他的计划完全打乱了。这里不是苏清溪家，他和苏清溪是无血缘的亲戚关系，现今再隔了一层，他就不好待在别人家了。

等蔚玖进去后，齐彦凑到于妈身边，压低了声音问：“于妈，小格舅舅什么时候回来，您知道吗？”他还是有些担心，毕竟这是一个男人的家。

于妈回想了半天：“我也不知道，好像是说去国外开演唱会了。怎么也得一两个月吧？”

说完，她似乎猜到了齐彦问话的意图，看了看紧闭的琴房门，也跟着压低声音道：“你放心，我不会跟这个小妹妹多说什么的。之前小格舅舅都嘱咐过我，他没曝光过家人我知道。干我们这行的，知道什么该说什么不该说。”

齐彦愣了一下，冷不丁被误会了，但他也没有解释，从善如流地回：“好，谢谢您。”

琴房内。

小格径自走到琴凳那里坐下，一只手的手肘撑到琴键上，托着下巴。

蔚玖刚关好门，就被厚重杂乱的琴声吓了一跳，始作俑者却好像什么都没发生一样，另一只手继续随意地翻着琴谱。

蔚玖没和这种性格的小孩子打过交道，她轻手轻脚搬来了旁边的凳子，坐在他身边。

“小格？”她试探着叫他。

“我叫江格。”他皱眉回。

蔚玖停了两秒：“好，江格。”

等到蔚玖温暾地结束了她的开场白准备进入正题时，他出声打断她：“我想吃水果。”

蔚玖的思路被打断，过了两秒才反应过来他说了什么：“好，我去叫于妈。”

刚起身，她就听到一声恶作剧般的轻笑：“小老师，于妈每天这个时候都去买菜。”几句话的周旋，这是他第一次叫蔚玖老师，却是跟着于妈的辈分，前面还加了个“小”。

蔚玖看了看手表，刚刚上课十分钟。她意识到，这很可能是他观察完敌情，要开始行动了。

她耐心地问道：“江格想吃什么？”

小格微愣，这一拳实实在在打到了棉花上。他匆匆敷衍着回：“哪个弄起来费劲吃哪个。”

蔚玖以为自己听错了：“什么？”

他僵了一下，摇着头囫囵道：“随便。”

蔚玖压根没有觉得五岁的小孩子能有什么坏心思，应了一声，关好门。她走到厨房，看到冰箱里面有不少水果，还有很多保护嗓子的保健品。

有几个牌子她认得，有一次苏清屿参加一个旅行综艺节目，他整理行李箱的时候对镜头一语提过。她却挨个牌子百度了好久，从功效到副作用，通通看了一遍。

唔……蔚玖晃晃脑袋。自从上次晓晓提了微博上那个热搜之后，她想起他的次数好像变频繁了。弯起嘴唇，蔚玖踮脚从冰箱里搬出来一个西瓜。

小格在门被关上的瞬间，就把 iPad 拿了出来，心安理得地开始玩游戏。按照他的经验，老师们大多在第一轮就被他气得鼻子冒烟了。然而他不曾料到，刚打开游戏界面，微信就弹了出来。

大魔王：“现在是休息时间？”

小格的手僵住。

大魔王：“钢琴老师在哪里？”

大魔王：“噢，在厨房。”

大魔王：“很好。”

他那边不是很晚了吗？！小格岿然不动，余光瞟了一眼摄像头，假装没有收到消息，好在那边也不再发消息过来了。

小格鼻子轻哼一声，露出了胜利的微笑。监视他有什么用？他就不信，坐飞机都要十几个小时的距离，还能管到他？

两分钟过去，他正玩得兴起，眼看就要突破围剿杀出一片天，画面中间突然出现一个对话框，挺长一段话，以他现在的文字储备量还不能认全。

小格气结，胜利已经在眼前，却眼睁睁地看着被打断了。蔚玖端着果盘推门进来，就看到小格急得坐不住的样子。她没纠结他为什么不在练琴，快走了几步放下果盘："怎么了？出什么事情了吗？"

小格转头，语气意外的急切而诚恳："小老师，这上面说的是什么？"

蔚玖不明所以，但还是先安抚他："小格别急。"

她一边说着一边凑近屏幕，看到一行醒目的小字——

您的账号异常申诉已受理，三日内中国区不得登录。

怕小格不懂，蔚玖用他可以理解的话解释了一下："可能是有坏人用了小格的账号，现在被冻结了。"

她停顿了一下，觉得"冻结"这个词太抽象，又解释道："就是说，三天以后才可以玩。"

小格不敢置信地瞪着蔚玖，小眼神怨怼又绝望。蔚玖被他这股强烈的情绪震住了，一时间有些不知所措，不知道该怎么安慰好。

几秒过去，iPad 上又收到了一条微信，两人被声音引得同时低头查看。

大魔王："这下可以上课了？"

小格盯着这七个字，恨得牙痒痒，但更不想让大魔王看到自己跳脚的样子。他低着头，气得胸口剧烈起伏着。

蔚玖看着备注为“大魔王”的微信名发来的这条没有前言后语的消息，还是没搞清状况。她歪着脑袋寻到小格的眼睛，声音很轻：“要不我们八点半正式开始上课？”

小格抬眼看她，表情已经恢复了初见时的高冷。

“不了，上课吧。”他毫不在意般地放下 iPad，面上淡定极了，心里却暗搓搓地把大魔王骂了几百遍。

蔚玖看了看桌子上被冷落的水果拼盘，轻轻抿起嘴唇。

小格硬生生老实了一个小时。蔚玖的紧张感逐渐消退，小男孩儿好像没有齐彦口中的那么难以对付。

钢琴声结束，蔚玖放在桌子上的手机亮了一下。小格眼睛尖，一个眼神瞥过去，冷不丁觉得锁屏有些眼熟。

蔚玖看了看手表，问道：“小格累了吧？我们现在休息十分钟吧。”

小格“嗯”了一声，蔚玖拿起手机查看消息。距离近了，小格眼睛死盯着屏幕，视线跟着拉近。待看清的那一瞬，他怔住了。

“怎么了？”蔚玖看着突然愣怔的他。

“没事。”小格回神，迅速答道。

“哦……”蔚玖低头回复归巧的消息，耳边听到小格起身、拉开对面柜子的声音。不到一分钟后，眼前突然递过来一张黑色的专辑。

蔚玖下意识抬头，小格轻点下巴，示意她顺着自己的视线看。

“喏。”

她重新低头，视线清晰后，一时间有些愣住。

“小老师，这个跟你手机屏幕上的壁纸一样呢。”人畜无害的嗓音在蔚玖耳边响起，他的表情单纯无辜，问道，“你很喜欢吗？”

蔚玖反应过来，笑着点点头：“是啊，很喜欢。”

小格也跟着笑了：“真巧啊，我妈妈也喜欢。”

“是吗？”

现今音乐市场低迷，他却仍在坚持发实体专辑，并且依旧有这么多人愿意珍藏。只是恰好来兼职教课，都能碰到他的粉丝。

蔚玖的心情愉悦起来。

小格当然不知道她心中所想，他看着蔚玖眼神胶着在专辑上这副沉溺的样子，舔了舔嘴唇，脑中浮现出刚刚大魔王的恶行，嘴边浮现出一抹恶作剧的笑容。

好像不用急着赶走这个小老师了。

三

于妈买菜回来，榨了两杯橙汁准备端进琴房。听着琴音没停，她便没有敲门，悄悄拧了把手。

屋内的两人很专注，都没有察觉到她进来了。小格弹琴的神情格外投入，于妈都有些看呆了。

一曲结束，小格扭头不好意思地笑道："小老师，刚刚那段我还是弹不熟呢，你再给我弹一遍好不好？"

蔚玖连忙鼓励他："已经很好了，只是不太熟练而已。"

"那我再弹一遍？"他眨了眨黑白分明的鹿眼。

蔚玖点头，刚要说好，于妈回过神来，上前几步："两人累了吧？先喝杯橙汁，现榨的。"

蔚玖连忙道谢，双手接过杯子。

于妈忍不住摇头夸奖："小格这么努力啊！"

蔚玖给予肯定："小格很聪明，也肯学，学起来很快。"

于妈悄悄打量了一下蔚玖和一旁低头仔细翻看琴谱的小格，心里纳闷——

这小老师到底哪点跟从前的老师不一样？

她笑了笑，还是将心中的疑惑收起来，点头："对对对，小格随他舅舅，学起来肯定快。”

等两人喝完橙汁，于妈从房间里出来，越想越奇怪，但看小格那个架势，还真像是要改邪归正了，这孩子难得有表现好的时候。

于妈想起小格舅舅临走时交代过，小格要是闯了什么祸就联系他。现在小格表现好了，也需要夸奖夸奖吧？她越想越觉得有必要，拿出手机发过去一条语音，才继续收拾房间。

中午十二点钟，第一天的课程较为圆满地结束，蔚玖刚要起身，小格叫住了她：“小老师，你不用和家长沟通的吗？”

蔚玖愣了一下，她没有做过相关的兼职，经他提醒才想起来这事。

小格继续说：“以前教我的老师们都时常和家长联系的。”

她点点头，应道：“好，我会和你妈妈沟通今天的学习情况的。小格表现很好。”

小格也煞有介事地点头，从桌子上把 iPad 拿过来，装模作样地从仅有的几个好友里挑了挑，然后点进大魔王的头像：“小老师，你加这个人就可以了。”

蔚玖有些疑惑：“这位是？”

“我舅舅，”小格摆出一个笑脸，“他一定会喜欢小老师的。”

原来这个大魔王就是……

联想到刚刚小格收到的那条微信消息，蔚玖不自觉抬头看了眼摄像头。不知道为什么，通过于妈的描述以及小格的微信备注来看，她对这个神秘的舅舅有点发怵……

她轻轻吸了一口气，默默做了下心理建设。人家是正常的监管，没什么好不自在的。

蔚玖认真核对好微信号，做了简单的自我介绍，发送了好友请求。

小格不动声色地把她的一系列动作收进眼里，舔舔下唇，冲她微笑道：“小老师，明天见。”

蔚玖看着他的笑容，下课了才第一次有空当认真观察他的长相。小格的皮肤白白嫩嫩的，配上这个阳光的笑容，和先前那个冷冷的找碴儿的小孩儿像是两个人。

她被萌到了，语气也更软："小格，明天见。"

伦敦温布利体育馆，下午两点钟，苏清屿坐在舞台上喝水，他刚刚结束了一次彩排。他是第二次来这里开演唱会，相比第一次时因为怕出错而紧张，现在更多的是一种跃跃欲试的兴奋。

这感觉非常让人上瘾。

喝完水，苏清屿朝旁边的经纪人伸手："手机？"

郑一摸了摸身上，回道："好像在后台，忘记给你拿过来了。"

"没事，"苏清屿拍拍他肩膀，"我正好过去。"

"行。"郑一点点头，随即想到什么，笑道，"你不是又要看你那小外甥吧？得亏这是在伦敦，要是在国内，用不了一天，你有个私生子的新闻就满天飞了。"

苏清屿勾唇，人已经往前走了。

推开休息室的门，苏清屿打开手机，下午出来得匆忙，微信消息还没来得及看，此时屏幕上一条好友申请很醒目。

他平时很慎重，非常注重隐私，微信上都是好友和合作多次的工作伙伴。他的家人朋友们也知晓他这一点忌讳，从不擅自把他的联系方式交与他人，当下他不禁有些疑惑。

他点进去，看清了备注的文字——

"您好，我是小格的钢琴老师蔚玖。"

苏清屿蹙了蹙眉，钢琴老师？这个事情交给苏清溪就好了，为什么加微信加到他这里来了？他心思缜密，脑中瞬间构想了不下五个原因，以及于妈说漏嘴他身份的可能性、钢琴老师通过他家某些痕迹猜出他的可能性。

昨天他到这里时已经太晚了，今天又有演唱会，他还没能仔细观察那个还不到二十岁的新老师，只收拾完江格就关机睡了。他把这条好友申请暂且放到一边没有理会，点进于妈发过来的语音——

“小格舅舅啊，我和你说，这个小老师太有本事了。我从来没见过小格这么认真学琴的样子，可乖可乖了。这个女孩子不一般啊！”

乖？这个字眼实在不适宜用在江格身上。

他眉心蹙紧，点开某个软件，时间调到北京时间中午十二点，刚好是他微信被卖出去的画面。把江格那一系列举动看完，再看他眨巴着眼睛卖萌的样子，苏清屿扯着唇笑了。

长进了，使坏还知道装乖。

小东西。

他调出通话记录，再次拨打某个号码：“你好。……对，再冻结五天，谢谢。”

同一时间，蔚玖正坐在她的小床上画速写作业，简易的小桌长度只有 60cm，高度可调，方便又不占空间。她勾完最后一片瓦的线条，把刚刚响过的手机拿过来，没有太意外地收到一条好友通过验证的消息。

添加备注的时候，蔚玖眼前突然浮现出“大魔王”这三个字，忍不住抿起唇轻轻笑了一下，最终输入“小格舅舅”。

重新回到聊天界面，她纠结着要不要先打个招呼，再开始汇报今天的教学成果。这种加诸了金钱交易的交流对于刚刚上大二的她有些困难。

或许他今天本就全程在看也说不定？这个念头让蔚玖心里的诡异感又涌了上来。删删减减，一条消息编辑了五分钟。

电话另一边的男人看着屏幕上方隔几秒就出现的“对方正在输入”几个字，不用交流都感受得到这个女孩儿的紧张。

他收起开口的心思，乐得等下去。一个刚刚十九岁的女大学生以老师的身份能给他发过来什么花样，他还确实有点好奇。

终于，一条占了整个屏幕三分之二的文字消息发了过来。仔细看完，苏清屿忍不住笑了。

真是严谨，连标点符号都用得非常准确。话里的小心翼翼和认真询问他建议的语气，倒让他不好摆出副严肃家长的姿态了。他轻咳一声，也认真回复过去。

蔚玖发现，其实这个舅舅没有她想象中的那么不好相处，提着的心稍稍放下。一来一回，两人交流了半个小时之久。

“不要被他骗，他真正水平是三级到四级。”

“也不要同情他，他喜欢弹琴，只是更喜欢折腾人。”

“这些曲目你可以参考一下。”

把小格舅舅说的逐条记下，她才发现记了有一页纸那么多。回过头重新浏览一下他交代的内容，她蓦地想起于妈那个语气——

“他舅舅那个手段……”

蔚玖的肩膀不自觉耸起。

她好像见识到了。

转天清晨，蔚玖独自去往别墅。进门的时候，小格已经洗漱完毕，吃完早餐，坐在琴房等着她。

蔚玖有些受宠若惊。他乖得不像话，想跟她交流的欲望比昨天后半程还明显。她刚刚坐好，就听到他问：“小老师，你有喜欢的明星吧？”

“有啊！”蔚玖提醒他，“就是昨天那张专辑的歌手，小格妈妈也喜欢的。”

小格的眼睛里有一闪而过的兴奋，蔚玖有些看不明白。他在脑子里已经构想出一系列整蛊大魔王的方法。

大魔王最讨厌别人碰他的东西，尤其讨厌别人泄露他的联系方式，他一定看她非常不顺眼，何况这个小老师竟然还是大魔王的“魔教教徒”。小格想着，自己做做小动作，最后大魔王一气之下赶走她，自己就可以解放了。

这么一想，小格上起课来都更带劲儿了，假模假式地扮起乖宝宝。然而……还没有半个小时，他就察觉到了不对劲。

他昨天表现出的水平绝不是可以做到今天的难度和强度的，他转了转眼珠，两手垂下来开始罢工：“小老师，我不会这一首。”

蔚玖看着小格的小动作，被他稚气的可爱逗得想笑。

想到昨天自己记下的那一页教学笔记，她默默地收起嘴角的笑容，有点同情他。她抿了抿嘴唇，如实说：“你舅舅昨天和我交代了你的真实情况和水平。”

小格还在用余光打量蔚玖的反应，听见这话，歪下来的身子瞬间一僵。

“所以我是按照他交代的来教你的……”蔚玖指了指摄像头，“他说他每天都会检查。”

小格：“……”

事情的发展为什么和他想的不一样？大魔王不是应该和小老师相看两厌吗？

蔚玖觉得有些尴尬，但经小格舅舅的授意，显然这个坏人要由她来做了。

“还有，”她小心翼翼地继续说道，“他说……游戏账号多封了五天，看你表现……”

小格不敢置信地瞪大眼睛，又是这招！又用这招威胁他！之前魔鬼训练还不够，现在还要通过眼线操纵他！他阴恻恻地看了一眼蔚玖，然后恶狠狠地瞪着摄像头。

好生气！

跟大魔王斗争的又一回合又以失败告终。

蔚玖看着小格蔫下来的样子，她下意识地看了一眼摄像头，然后无声地笑了。

四

课程固定在了周一周三晚上和周六周日的上午，几次课下来，蔚玖不得不承认小格舅舅的厉害。他不过是和她发微信交代了几句，轻松简单地就让小格乖顺了很多，也减轻了她应对不来小格捣乱的压力。

对比下来，她局促又没经验，作为一个家教老师却要家长来教……

小格弹着琴，蔚玖在一旁默默反省着，同时感叹年龄阅历的重要性，这时候一阵敲门声突兀地响起。

蔚玖和小格齐齐侧过脑袋，迎上于妈焦急的视线。

“小老师，能不能麻烦你下午照看一下小格？”

蔚玖怔了一下，下意识点头：“可以啊，是……出什么事了吗？”

于妈松了一口气，说道：“外孙女发高烧进医院了，我实在是不放心，想请半天假，过去瞅瞅。”

“啊……您赶紧过去吧。我下午没事的，可以留在这里。”

“那行，谢谢你啊！”于妈点点头，匆忙出了大门。

蔚玖思考了一下，干脆和小格商量，把课调到了下午。

小格看了一眼门的方向，几天下来还没从憋闷的心情里跳出来，撇撇嘴，无所谓的样子。

快到中午的时候，蔚玖发现家里没有菜，于妈向来是每天去买新鲜的，家里一点存货都没有。蔚玖没有照顾小孩子的经验，但此时脑子里浮现出很多把孩子一个人关家里结果出事的新闻，她实在不放心，所以出门买菜时把小格也带上了。

出门后，小格在前面带路，蔚玖跟在他身后，因为刚刚答应她一起去买菜时，他添了句：“我不喜欢和人一起走。”

挑事儿的意图很明显了，而这个小老师呢，只是愣了一下，回：“我都可以。”

怎么都不会生气的呀，小格顿时觉得挑事儿都变得索然无味了。他能听到蔚玖的脚步声，很轻很慢，没有回头都能感觉到她认真地把视线集中在他后背。

不就是出个门吗？紧张兮兮的，小格有点嫌弃，胡思乱想了一会儿。

算了，这个小老师在自己身后就像个保镖似的，感觉还挺威风。

就这么走了一段距离，小格口袋里的手机响了。蔚玖默默看着他，他的手很小，手机拿在手里莫名有点滑稽可爱。

是大魔王的电话，小格面无表情地接通，放到耳边。

“你在哪儿？”那边的声音有些急。

小格撇了撇嘴，余光看了一眼蔚玖，刻意说给两个人听：“放心，和你的眼线在一起。”

蔚玖停了下来，听到这话，默默抿着嘴唇……她知道是谁打来的了……

苏清屿松了一口气：“钢琴老师？你们出去了？于妈呢，刚刚她没接电话？”

小格的小手有些握不住手机，屏幕还亮着，脸不知触碰到了什么，这句直接外放了出来。

突然的声响让两人一愣，小格一惊，暗道不好，但他反应很快，只流出来四个字就匆匆关掉了免提。

“你不是很厉害吗？！自己看回放！”小格说完就恼羞成怒地掐了电话。

真是……怎么像个鬼一样什么时间都在？！他悄悄呼出一口气，差点就露馅儿了……

蔚玖确实没察觉到异常，手机免提把声音模糊了，再加上马路边的噪音也有些大。看小格挂断后愣在原地，她凑上来问：“于妈没有和小格舅舅说吗？”

“嗯。”小格晃头应着，见蔚玖脸上没有变化，眼珠乱转，“不用管他。”

说完，他就大步地往前迈。

蔚玖犹犹豫豫，还是拿出手机询问。

这么个小插曲下来，小格发现这样夹在中间太有趣了。“魔教教徒”不知道大魔王是大魔王，大魔王也不知道小老师是他的“魔教教徒”。

呼，两个笨蛋。

苏清屿看着被挂断的手机界面，愣了两秒钟才接受这个事实。

不过才一个星期吧？他这个外甥的胆儿越来越肥了。他看着屏幕，琢磨着该怎么杀这小东西的锐气，这时候手机收到一条语音。

这几天，于妈总是和他小老师长小老师短地唠叨，所以他顺手把蔚玖的备注改成了“小老师”。有课的那一天，她就会像做学术报告一样一板一眼地给他做文字汇报，这样发过来语音倒是头一回。

苏清屿躺在床上，知道小格安全以后，整个人放松了下来。他的动作还有些慵懒，点了一下语音，一只手把手机放在床头，另一只手拿过T恤穿上。

密闭的房间里有温软的声音响起：“小格舅舅吗？我……是蔚玖。于妈有事情拜托我下午照看小格，现在我带他出来买菜了。于妈应该是太着急，忘记告诉您了。”

声音很好听，苏清屿在心中给了个评价。就是有些怯怯的，不知道唱歌稳不稳，他的职业病又犯了。

跟着又播放了下一条：“您要是不放心……可以开着语音电话。”

苏清屿的动作顿了一瞬，穿好衣服，把手机拿过来。

可能是看他好一会儿没回复，那边又发过来一条："我……给您打？"

声音里的小心翼翼太明显了，苏清屿失笑，他有这么可怕吗？他虽然多疑，但也不至于到那个程度。何况，据他几天下来的观察可以判断，蔚玖足够负责。这一点从她坚持不留小格独自在家就可以看出来。

他颇为无奈地敲了一行字回复："没事，到家了告诉我就可以。"

过了一秒，他又补了两个字："多谢。"

蔚玖等到回复，有些紧绷的神经松懈下来。经过这几天的交流，她觉得以小格舅舅的谨慎程度，真的很有可能要求全程语音监听……所以她才这么问的……

嗯……印象里她的很多长辈都会这样，爱之深责之切。

买菜回来，蔚玖脑子里记着事情，先给小格舅舅发了微信。

苏清屿出去跑了一圈回来，恰好收到蔚玖的微信。他走到客厅，把手机画面投影到电视，坐在沙发上一边喝牛奶一边看。

起先是小格在客厅看电视的画面，他坐在那儿动都不动的。苏清屿随手切换了其他屋子，切换到厨房那里时，才想起来今天是小老师给这个小东西做饭。

已经上了一个多星期的课了，但其实他根本不知道蔚玖具体的长相，也一直没有刻意地想要去了解。琴房的角度太远，厨房的距离最近最清晰，但蔚玖只在第一天来过这里，那天他为赶彩排，只匆匆看了一眼。

今天倒是生出了点儿兴趣，他没有再切换，画面停在了厨房这里。

她的动作很慢，想要找个东西都要在原地先站一会儿，用眼睛先观察一圈，再慢悠悠地拿，看得他喝牛奶的动作都跟着慢下来了。

过了一会儿，不知是需要什么东西，她找了好几个地方都没找到。她的身材瘦瘦小小的，苏清屿看她从柜子里找东西时踮脚费力的样子，都跟着有些急了。他顺手摸出手机，给她发微信：“在找什么？”

画面上的人找东西的动作停了一下，擦干手，从围裙里摸出手机。她背对着镜头，他能明显感觉到那道身影有些僵硬。

苏清屿后知后觉地反应过来，这突然的一句话是有点吓人。

没等他想好怎么解释，那边已经发来了消息：“在找白醋。”

他便删了要解释的话，回：“在下面的柜子里。”

她回了一个“好的”，拿好白醋又去洗了一遍手。

苏清屿看了好一会儿，直到蔚玖把菜切好，洗第二遍的时候，转身刚好面对镜头。

两个人的视线隔着镜头相遇了。

这个视角她的正面非常清晰，脸很小，皮肤白皙透亮，唇色也很淡，五官是一种精致的漂亮，却没有张扬感。

他好像第一次见到长相里就透着温柔的女生，不光是长相，气质也是，是一种描述不出来的温柔。

她像是察觉到他的视线，微微缩了缩脖子，轻轻点头示意，脸庞也变得透红，把菜搁到水龙头底下清洗，整个人更乖巧，却又更不自在了几分。

这个反应提醒了苏清屿，他突然反应过来自己这几分钟在做什么，才意识到自己的举动有些变态……

轻咳了一下，他迅速切了另外的画面。然而盯着小格一动不动的小身板，他的思绪却还停在刚刚的那几分钟里，不知为什么，越想他越觉得蔚玖的反应奇怪。

一直到晚上，蔚玖例行给他报告今天的情况，苏清屿仔细看了一遍这几天蔚玖发过来的话，终于隐约明白点什么。他起了话头，这也是两人第一次说有关小格之外的话题。

小格舅舅：“你觉得……我是什么年纪？”

蔚玖坐在小床上呆住了，没料到今天的问询还没结束，这个问题也有些奇怪……她认真想了想，小格五岁，小格妈妈应该是三十岁？那小格的舅舅……

她试探着回答，摁了发送键。

小老师：“我猜您有三十……五岁？”

苏清屿少见地愣住了，蓦地明白过来她一直以来小心翼翼、那么恭敬的原因。

怪不得，三十五岁估计都是她少说的。

她是把自己当爸爸辈了吧？

第二章

这场景在她梦里出现过

一

蔚玖看着屏幕上小格舅舅回复的消息，完全呆住了，然后后知后觉尴尬得脸热。她猛然反应过来，是她惯有思维先入为主了……

一个事业有成、拥有精装别墅的男人，她下意识就以为他要比小格妈妈年长，而且年龄差不小……天啊！她甚至在最开始有考虑过要不要叫他叔叔的……

蔚玖脸皮薄，一直到晚上睡觉的时候，满脑子萦绕的还是他发过来的那条消息——

“我二十七岁。”

她从薄被里伸出胳膊，摸到手机给归巧发消息。

蔚玖：“[委屈]归巧，我今天丢人了……就刚刚……”

归巧：“哎呀，那有什么的。”

归巧：“你先说出来让我开心开心。”

蔚玖打了一长串文字把事情完整叙述一遍，五分钟后才发了出去。

归巧：“哈哈哈……你应该甩个表情包——[这个时候就应该装傻]”

蔚玖：“你还笑我。[大哭]”

归巧：“不笑你，不笑你。[允悲][允悲]”

归巧：“[抱抱我的猪]”

被嘲笑了一通以后，蔚玖觉得更尴尬了。

和归巧道过晚安，蔚玖将手机屏幕返回到主界面，之前和小格舅舅的对话还停留在她一个尴尬的“哦”字上。这一个星期，她曾经说过的话、用过的语气，像放电影一样在脑子里绕，她越想越觉得自己蠢，一张小脸逐渐皱成一团，最后干脆把头埋进了枕头里。

睡一觉……睡一觉大家就都忘掉了。

与此同时，千里之外的男人盯着手机轻轻笑了声，打消了回复的念头。小女孩儿脸皮薄，他要是再继续说点什么……

他在心里无声地嘲笑了下自己，今天的事情要是被韩止知道，保不准会收获一句——“天啦，死变态。”

转天清晨，蔚玖睁开眼睛缓缓醒来。不幸的是，下一瞬她就发现……睡一觉也并没有用，想忘却的她依旧清晰地记得。她瞬间蔫了，准备缩回被子里再欺骗自己一会儿，意识却突然变得清醒。

坐起身来，窗外的雨声钻进耳朵，她吸了吸鼻子。潮湿，闷热，屋子里有淡淡的膏药味，是她记忆中的下雨天。

蔚玖拿起手机看时间，还不到五点半，微微探过身子，客厅里有微弱的灯光。她趿上拖鞋，轻手轻脚过去，就看到蔚井宏坐在床头，正撕下膝盖上还未旧的膏药。

又发病了……蔚玖心里一紧，走过去坐在他身边，轻轻地喊：“爸。”

蔚井宏动作一顿，抬起头来脸色显而易见的苍白，却硬生生扯出个笑容：“小玖啊，吵醒你了？”

蔚玖别开眼睛，心里酸涩，摇摇头。她接过蔚井宏手上的膏药，放到一边，将自己的一双手贴到他的膝盖上，焐了好一会儿，她慢慢抬头问：“这样……好些了吗？”

蔚玖的身体属于冬暖夏凉的体质，但那一双小手永远像暖炉一样。从十四岁起，每到下雨天，她都会这么给爸爸焐一焐。

蔚井宏看着她眼里的点点希冀，嘴角咧出笑容：“好……好多了。”

蔚玖弯了嘴角，将眼里的心疼收敛几分，从抽屉拿出两张新的膏药，撕开，蹲下身子，一左一右地给他贴好。

蔚井宏低头看着她的动作。女儿性格温顺乖巧，干什么都认真，现下贴出来的膏药都比他半夜贴的平整了不知多少倍。

抚平了最后一个褶皱，蔚玖抬头冲他笑：“好啦。”

温情的确是良药，蔚井宏觉得膝盖的疼痛当即减轻不少，他套起上衣笑道："好了，你再去睡会儿。"

蔚玖愣愣地看着他穿衣服，咬唇道："爸爸，外面雨很大，今天就不要出车了……"这次她有了底气，"我在做的家教工资很高的，您歇一歇……"

蔚井宏却根本没有放在心上，他从抽屉里拿出一打膏药在蔚玖眼前晃了晃："现在年纪大了在家里根本待不住，这不有这个，别担心，没事儿。"说完，他就起身，不给蔚玖回话的机会，去洗漱了。

"您……"蔚玖呆站在原地，骨子里的温顺让她对父亲这样决然的态度根本难以应对，更无计可施。看着床头柜上撕下的崭新的膏药，她突然仰头。上一次……上一次还不用这么勤地换膏药……

酸涩的感觉从眼眶涌入鼻腔，最后来到紧紧咬合的后槽牙，徘徊很久，才被她慢慢抵了回去。

蔚井宏风风火火地走了以后，蔚玖后脚也离家去上家教课。她心不在焉地坐在公交车的后排，紧攥着包包的手一刻都没有放松过。

外面雨越下越大，车里的湿气都重得不像话，蔚井宏的膝盖最怕湿气。偏偏公交车司机似乎是捕捉到了什么重要新闻，伸手把原本微弱的电台声音调大。

"十月十日十一日，西城或将迎来五十年一遇的暴雨，气象台已经把此次暴雨等级定为一级，提醒广大群众注意出行安全……"

蔚玖的思绪被带了回来，呼吸顿时停滞了一下。不是没有过先例，蔚井宏有时会突然疼到浑身冒冷汗，右腿根本使不上力气。这种天气道路本来就湿滑，如果因为这个没能及时踩下刹车……

早上，他捏着一打膏药若无其事敷衍自己的画面一遍遍回放，蔚玖看向车窗外面，雨势太猛，玻璃外面的情况越发难以辨认。可越强迫自己不要想，那些最坏的画面越一个一个往外冒。

公交车到站，她深吸一口气，给小格舅舅发了一条微信：“不好意思，我家里临时出了一些事，今天想请假……可以吗？”

向来严格履约的小姑娘却连准许的回复都没来得及等，就毫不犹豫地下了车。她投币的手有些微的颤抖，迅速坐上了最快折返的另一辆公交车。

幸运的是，事实证明，人的大多困扰真的都来自于自己无端的揣测。蔚玖去了蔚井宏常去等活儿的地方等他，约莫一个小时就看到熟悉的车子朝自己驶来。

她顿时松了一口气，轻快地跑到父亲身边。

苏清屿拿到手机已经是几个小时以后的事了，他这边天刚蒙蒙亮，他却才从练习室出来。习惯性地看了眼伦敦和西城的天气，他皱了皱眉。西城是暴雨，预计要连下两天。

门外顶着两个黑眼圈的郑一看练习室的门终于被打开，兴奋得差点跳起来：“我天……你终于出来了！”

“我待了多久？”长时间的发声，这个被上天恩赐了一把好嗓子的男人，嗓音却一点沙哑都没有。

“两天半。”郑一无奈道。

苏清屿确认似的低头看了眼时间：“哦，抱歉。”

他边说边笑了笑，看看四周，问：“其他人呢？”

郑一直皱眉：“别提了，那两个主办方找的助理太不靠谱了，说是特意找的留学生方便我们沟通，提起这个……主办方脑子也有坑，你在英国待了多少年，用他们找翻译？”

比起经纪人的满脸怒容，苏清屿倒是十分气定神闲，即使是超过两天两夜没有休息，也丝毫无法削弱男人自带的气场和矜贵。

他淡淡地问：“嗯，人呢？”

“熬不住了呗，现在的大学生真的是……熬不住了，其实也可以理解，最关键的是，他们撒谎。”

“哦？”苏清屿眉毛动了动。

“我来这儿之前发微信问他们，你出来了没？两人还跟我说让我不用过来了，他们顶着。结果呢，人影都没有。”郑一越说越气，“真不是我地图炮，现在的小孩儿真是……一点儿苦都不能吃。就我那个外甥女，才上小学，嫌冷嫌热不上课，骗老师说她妈住院了，把我妹气的。”

苏清屿听着经纪人的侃侃而谈只是笑了笑，也想起来自己那个小外甥，打开微信想提醒于妈让小格不要乱跑，这才看到蔚玖的消息。

“不好意思，我家里临时出了一些事，今天想请假……可以吗？”

郑一还在愤愤道：“就今天西城这暴雨吧，我敢打包票，那小丫头肯定又扯什么理由不去上课了。等回国了，我得好好治治她这毛病……”

苏清屿的动作慢下来，视线悄然定住。

二

天气预报这回很准，暴雨足足下了两天。西城的不少道路积水成患，雨却依旧没停。

蔚玖已经回到学校，傍晚时分，她拿了一条毛巾盖在头上，推开寝室门去楼道尽头和蔚井宏视频。

西城是个慢节奏的城市，碰上雨雪天气出租车都不愿出来干活，想打个车难于登天，所以蔚井宏总是在这种时候出车。尽管有了两天前那段不太愉快的谈话，蔚玖还是隐隐有种不好的预感。

果然，五秒钟左右，视频邀请被拒绝了。蔚玖看着断掉的画面愣了几秒，改拨电话过去。这回蔚井宏很快接起来：“小玖？”

“嗯嗯，今天电话打晚了，您……”话没说完，蔚玖停住了。听筒那边传来熟悉的嘈杂声，她咬住下唇，突然问，“您在哪儿？”

“哪儿……我能在哪儿，窝床上看电视啊。”

蔚玖抿住嘴唇，牙齿磨着内里的嫩肉，而后一字一句道：“您是不是又去拉活儿了？”

没等到他的回答，那边传来一个吊儿郎当的男声：“师傅，这个路口该右拐了。”

……

话筒两边陷入一阵尴尬的沉默。

蔚井宏先开了口：“小玖，爸爸一会儿给你打回去啊……”

蔚玖张了张嘴想说什么，电话已经挂断了。

她眼眶顿时就红了。这份包裹着未知危险的爱像一个定时炸弹，沉重又让人胆战心惊。靠着墙面待了很久，蔚玖才重新回到寝室。

归巧从床帘探出脑袋：“今天打了这么久。”

蔚玖点头，含糊地应了声。

“你跟你老爸感情真好。”归巧吐槽，“我老爸从我上大学到现在，给我打电话的次数连半只手都没有。”

蔚玖露出一抹难言的笑容。

好一会儿，她平复好情绪准备给小格舅舅发微信，才发现周末连续两天的请假消息，他都没有回复。

对于没收到回复这回事，蔚玖倒是没有多想，但确实是太不好意思了……她盯着界面发了一会儿呆，犹豫着要怎么开口。毕竟她已经请过两次假了，现在还要请第三次……

正当她纠结的时候，好巧不巧，小格舅舅突然发来了微信。

小格舅舅：“这周来上课吗？”

蔚玖紧张得心一抖，虽然知道他的年龄了，但为什么还是有种被长辈盘问的无措感……

她小心地回：“周一不能，周三不确定。你……很忙吧？如果请假是和于妈说，还是……”

这次他秒回：“和我说。”

蔚玖莫名察觉到一丝异样，但还是没多问：“好的。”

十分钟前，苏清屿接了于妈的一个电话，听完于妈汇报完琐碎的日常后，他顺口问：“新来的家教老师是不是被他气走了？”

于妈对他这个说法很诧异：“怎么会，两个人相处得很好啊？”

“嗯？”苏清屿翻出聊天记录，“她和我请了两次假。”

“哦，小老师没和你说吗？”

……

其实，苏清屿自诩是个理性的人，或许是那天太久没休息脑子不清醒，听郑一在旁边念叨，他鬼使神差地对这个不到二十岁的小老师产生了怀疑。他显然是那种在人际交往时心中有打分表的人，先前对蔚玖丁点的好感也不足以打败他既定的思维。

然而刚刚他从于妈口中得知了事情的始末，屏幕上她正经而不失礼貌的一句“好的”，让他默然了好一会儿，确确实实是他恶意揣度了这个比自己小八岁的女孩儿了。

停住思绪，他敲字问她：“听于妈说你爸爸病了，去医院了吗？”

蔚玖愣了下，回复：“没有……他不肯去。”

她想起两天前自己第一次用近乎反驳的语气和爸爸说话，要他最近不要出车了，她很害怕。蔚井宏依旧不当回事，父女俩在雨中僵持了很久。

小格舅舅：“这是上一辈人的通病。”

或许是先前误以为他是长辈，蔚玖对他有一种莫名的敬畏感。突然的问候，再加上无助的情绪作祟，她胆子也跟着大了，慢慢输入：“嗯，我爸爸很固执……”

小格舅舅：“怎么？”

见对方没有不耐烦的情绪，蔚玖紧张的唐突感消减了不少，但回忆和复述让她的情绪更糟了一些。

小老师："他跟我一再保证的，可他刚刚还是在外面……"

小老师："现在也不知道是生气还是难过。"

那天，蔚井宏眼里的无奈和妥协让她心软，她还是信了。可现在呢？他又骗了自己。

苏清屿看着她连着发来的几条消息，恍然明白了什么。

小格舅舅："所以你请假是因为这个？"

蔚玖有些窘迫地摸了摸鼻头："嗯……我想着只能这样看住他。"

苏清屿笑了，说自己爸爸固执，其实她本身也是个固执的姑娘。

虽然跟她接触的次数不多，但他能感觉到蔚玖是一个软绵绵、非常温柔的女孩儿，显然面对这样的情况，她不知道要怎么办了。

"有没有听过一种说法？"他问。

小老师："嗯？"

小格舅舅："越是至亲的人，越不愿意去相信。"

小老师："？"

小老师："我好像没听懂。[尴尬]"

苏清屿不自觉地扬起一边嘴角，对方心里那道一本正经的屏障似乎出现了一丝缝隙。这么想着，他更耐心了不少。

小格舅舅："你有没有发现，有很多上一辈的人，比起家里人，更听得进外人的劝？"

蔚玖一愣："你是说……"

苏清屿单刀直入道："从你爸爸的好朋友下手。"

蔚玖顿住，烦躁又无措的感觉在这一瞬像是突然消失了……她从来没有想到过这一点。这就像是递过来的救命稻草，蔚玖的心跳怦怦作响，大脑中突然浮现出一个人的脸庞。

"我爸爸真的有这样一个好朋友！"她敲键盘的动作都快了不少，"齐叔叔！齐叔叔说不好的东西，无论我怎么说，爸爸都不会买的。"

“竟然真的是这样！”她像是在自言自语，“我怎么没想到呢？”

语气里的欢快仿佛要透过屏幕溢出来，还真的是瞬间转晴。

苏清屿用大拇指蹭着嘴角，直到位置越来越偏，才发现不自觉间他的嘴角扬得太靠上了。他缓缓敲下一行字：“嗯，这下开心了？”

蔚玖盯着短短的一行字，不知为什么，脸颊后知后觉地开始发热。她性子慢，连身体反应也比常人慢了一拍，她的心跳也异于常态。

不知是因为男人在她心中的厉害程度又增强几分，还是这个谋略本身令她激动兴奋？

等脸上的热度下去了，蔚玖才悄悄从枕头底下重新拿出手机。她弯了眉眼，开心得抱着手机转了个方向。

“晚安。[月亮]”她一下一下把消息编辑好才发送过去，这对蔚玖来说颇具仪式感。她向来认为晚安是一个非常温暖的词，是熟悉的朋友之间才可以说的。

两个人的关系似乎因为苏清屿那句话中透出的若有似无的无奈变得微妙，两人躺在床上都不禁回忆这个过程是怎么诡异地开始的。

原本较为陌生的两个人突然变熟，这样的时候总是让人有些心跳怦然。或许还无关爱情，只为一种神奇的牵引。

苏清屿更甚，他的世界里除了音乐、家人就是工作伙伴，和这种乖巧的小女孩儿打交道还真的是没经验，不过出乎意外的很新鲜。

或许是出于一种……难以言说的熟悉感，仿佛他们认识很久一样。

他去浴室洗了个澡，脑子也跟着清明起来，隐秘的开关被打开，他回到床上重新翻出聊天记录。

她说爸爸很固执，她不知道要怎么办才好。

她说不喜欢下雨天，因为爸爸总会疼到睡不着。

她说爸爸开出租车，在这之前是货车司机，曾经出过两次特别大的车祸，所以一直腿脚不好。

苏清屿的目光在某一刻突然凝滞，已经重新翻到最后的聊天记录——连“晚安。[月亮]”这个搭配，都有一种诡异的熟悉感。

三

蔚玖的生物钟很准时，醒来的时候寝室其他三个人还在睡。她轻手轻脚地下床，带上钥匙，走出寝室给齐叔叔打电话。

齐叔叔和她爸爸在网约车还没兴起的时候，一起开过车。那时两个人每天想方设法躲警察，也算是患难兄弟了。

蔚玖和这个齐叔叔也见过几次面，他听了蔚玖的诉说，没等她开口拜托就急着打断了：“唉，你爸那个倔脾气！我一会儿就找他说道说道，瞧把闺女给急的。”

蔚玖有些不好意思，缩了缩脖子：“麻烦您了……”

回到寝室的时候，室友们还在睡。蔚玖趴在归巧的床头小声叫她起床，看半天没效果，又踮起脚戳了戳她的脸：“归巧，起床了。”

最后实在没办法，蔚玖一脸认真道：“今天要交图了。”

床上人瞬间睁开眼睛，蔚玖抿着嘴笑道：“起床啦。”

归巧面无表情地揉着脑袋：“又被你骗了。”

今天的第一堂课是建筑设计。蔚玖和归巧两个人一组，这次的大作业是要做学校三教学楼的模型。

蔚玖所在的建筑学院因为学生不大，师资力量相对比较雄厚，大一下学期便有个“星光导航”计划。四五个人分配给一个导师，如果运气好跟了好导师的话，跟着做几个项目能长不少见识。

她们两个就属于运气好的那一拨，导师是个业界很有名望的教授。他只负责动动嘴指指挥，钱就呼啦呼啦往他口袋里钻了。而且，他还是他们建筑设计的总评老师，每次大作业评图的时候，两个班四个老师一起评，他说话的分量总是最重的。

大概是懒，他把带的学生，本科生、研究生、博士生，全弄在一个微信群里了。老师长期不发言，学生们聊天也就肆无忌惮，他在讲台上面布置模型作业，底下的同学在微信群里已经因为这个任务量炸开了锅。

四周时间，刻六张 A1 图纸，还有一个模型，同时水粉课一周一张的水粉画不能停……

几个大二的苦不堪言，学长学姐们已经见怪不怪，直到一个学长出来秀了把优越：寒假前的几周他们大四也就是准大五的几个人要跟老徐去一个剧组瞅瞅。

他们以后想选择的就业方向是CG建筑，那个剧组在拍的是奇幻剧，全是 3D 场景。

剧组探班……这种新奇的活动对大学生的吸引力太大了，几个偷瞄手机得知消息的人当即蠢蠢欲动起来。归巧眼睛转了转，当即戳了戳认真听课的蔚玖。

蔚玖笔记正记得认真，迟钝了好一会儿，才心不在焉地转过来：“啊？”

归巧眼中满是跃跃欲试，却硬生生忍住：“你先记，下课再说。”

等下了课，归巧立刻拉着蔚玖跟上徐教授。

蔚玖完全没搞清状况：“怎么了？”

“一会儿和你解释，先跟上他。”

离得近了，归巧直接喊：“老徐！”

徐教授步子顿了一下，像没听见一样，继续目不斜视地往前走。

归巧瞪眼。

蔚玖过来帮忙喊：“徐老师？”

徐教授这回听见了，停下步子转过来看了两人一眼：“什么事？”

归巧气结，暗自嘟囔：“谱儿还挺大。”

当然，面上不能表现出来，归巧摆出了一副诚恳的外交面孔：“老徐，我听说你要带着他们几个老家伙去剧组？”

徐教授瞥她一眼："干什么？"

归巧继续道："我们也想去啊！多好的学习机会，我们大二也没那么忙。"

"你们才大二，软件刚上手多长时间？别给我添乱。"

"所以才要学啊！"归巧戏做得足，表情也诚恳极了。蔚玖在旁边看得一愣一愣的，忍住没笑。

"学什么？学软件，还是学拍戏？"徐教授冷笑道，"你以为我不知道你下学期要转表演系？"

"哪儿能啊！"归巧被怼了，反应却迅速，灵光一闪，立刻把旁边的蔚玖拉了过来，"你不信我，你总该信蔚玖吧！"

蔚玖突然被点名，又没搞清状况，整个人有点蒙。看着归巧一个劲儿朝她使眼色，她终于反应过来，慌忙点头："是……我也希望能去学习一下……"

"对吧，你看！"归巧继续道，"带蔚玖一个也是带，加上我两个也是带！老徐……"

又开始表演可怜的戏码了……蔚玖低着头，有点想笑。

徐教授蹙着眉，挥了挥手："行吧，行吧，跟李媛他们联系。"

归巧立刻比了一个 YES 的手势，还不忘夸道："老徐，你今天特别帅！每天都帅，今天尤其帅！"

等徐教授走了，归巧笑出声："不愧是我媳妇儿，看咱俩这默契程度！"

蔚玖也跟着笑："你在玩什么呀？"

没等归巧回答，手机进来了电话。蔚玖看着来电名字，心跳顿时停了一拍，她一直在等这个电话。

和归巧示意了一下，蔚玖去了另一边安静的地方接。

"齐叔叔？"蔚玖小声问。

"小玖？没妨碍你上课吧？"

蔚玖摇头："没事您说，我刚刚下课。"

"嘿，我是来跟你汇报来了！圆满完成任务。"

蔚玖眼睛一亮："您……"

"老井可真不禁忽悠，我就随便编了个挺熟的哥们儿出事家破人亡的故事，他就信了。你是没看见，他那模样可逗了，一脸凝重地就决定收车回家了，被咱父女俩糊弄得一愣一愣的。我哪有这么个哥们儿啊！"

蔚玖听了一乐："爸爸一直很相信您。"

"哎，别说了，别说了……现在你说这个，我听着都有那么点儿愧疚了。"

蔚玖脸上的笑收不住："齐叔叔，真的特别特别谢谢您。"

挂断电话，她的心情还处在持续的雀跃中，她蓦地想起这个事情最应该感谢的人。她点开他的微信头像，昨天的那条消息还醒目地挂在上面，那句问话好像更适合现在的场景。

嗯……是很开心才对，蔚玖又有些脸热了。

她斟酌了一会儿，才发过去微信："事情解决了，真的很感谢！周三见。^0^"

归巧凑过来问道："欸欸欸，和谁发消息呢？笑得这么开心。"

蔚玖慌忙把手机屏幕摁灭："没有谁呀。"

归巧原本只是想逗她，可见蔚玖这个反应，八卦神经顿时就敏锐起来。

她眼神在蔚玖身上审度很久，把蔚玖看得快要把头缩到看不见的壳里，才淡定地开口："蔚玖，你一定不知道，你每次心虚的时候，回话的速度都是你平时的三倍以上。"

"啊……"蔚玖下意识又想急着回答，眼睛却对上了归巧似笑非笑的视线，"唔……有吗……"

归巧抱着胳膊看她。

左脸写着：你说呢？

右脸写着：招不招？

本来没有什么，经归巧这么一闹，蔚玖真的脸红了，倒真的像有点儿什么。

归巧夸张地瞪大眼睛："说，哪个野男人？！"

"真的没有……"蔚玖连忙拉着她不让她说了，旁边都有人往她们这边看了……

"你看看，你看看！你又反应这么快！"

最后无法，蔚玖败下阵来去哄她："就是别人帮了我一个忙而已……"

归巧眼睛上上下下在她脸上扫了好一会儿，将信将疑："就这样？"

"嗯……"蔚玖不知那股心虚是从哪儿来的，眼神有点闪烁，"就这样。"

"那好吧。"归巧竟然没有继续追问，大度地放过了她。

蔚玖都做好从实招来的准备了，她顿时松了一口气，匆匆转移了话题："刚刚怎么回事啊？你想和徐老师去哪里？"

归巧扬眉笑道："老徐这个笨蛋，他还以为我是想去学拍戏。"

"不是吗？"蔚玖疑惑地问。她刚刚听得一知半解，但大体得出来的就是这个结论，她记得归巧刚进大学就想转进表演系。

归巧高深莫测地摇了摇头，她拿出手机翻出来一张截图："你看这个。"

归巧冲她挑眉："韩止刚接了这部剧的男一。"

"韩止……"蔚玖惊讶得微张着嘴巴。

韩止是谁？蔚玖当然知道。

——苏清屿最好的朋友。

四

剧组十一月开机，在那之前漫长的一个月，蔚玖依旧是学校——

家教——家，过着三点一线的平淡生活，唯一不平淡的就是……从那次之后，她和小格舅舅熟稔了不少。

两人不再局限于家长与老师的角色，偶尔也会说几句轻松的话题。蔚玖也是因此知道，他的工作好像是全世界跑的那一种，很辛苦。

有时候，她甚至在想，他那时候说他二十七岁是不是在唬自己？无论是从前还是现在，她生活中见过的二十七岁的人，没有任何一个可以这么成功。他的想法同样不像是二十七岁的人有的，总是能够让她醍醐灌顶。这似乎是她遇见过的第二个给她这种感受的人。

想到这里，蔚玖有些愣了，好像有……一个月没想起他了。她拿出手机，发现苏清屿也确实有一个多月没更新微博了。

没等她去搜一搜他现在在做什么，手机收到了一条消息。

小格舅舅：“休息了？”

蔚玖一顿，下意识抬头看摄像头。

她已经慢慢熟悉这个诡异的场景了……两个人隔着大洋用微信交流着，摄像头拉近了他们的距离，却仅仅是单向的，他看不见也摸不到，她在他那里却无所遁形。

蔚玖不知道该做什么表情回应，慌忙又低下头。她的语气已经不再像最初那么刻板：“嗯呢。对了，今天我想提前一个小时下课。”

小格舅舅：“嗯？”

小老师：“明天要交图了……我还没有弄完。”

小格舅舅：“你是艺术生？”

小老师：“不是的，我是学建筑的呀，交图纸。”

苏清屿的眼神胶着在“建筑”那两个字上，竟然半天没能摁下一个键。

小老师：“我要继续给小格上课啦。”

他回过神来，暂时抛开脑海中不确定的记忆，视线回到手机屏幕上，看着蔚玖盯着手机认真等回复的样子，他轻轻笑了：“多休息一会儿没关系。还有，我在墨尔本，和上课时间可以大致对上。”

“这两天可以跟小老师实时交流了。”他又回。

蔚玖把第二条消息读了两遍，脸突然烫了一下，不知是他话里那股隐隐的期待感，还是——

小老师……

明明于妈和小格都这么叫，不是吗？

很快，她反应过来他是在调笑她，心里隐隐的气恼却很快被另一层欣喜掩盖。

小格面无表情地看着眼前面若桃花的小老师，他闭着眼睛都能猜到她刚刚在和谁聊天。谁能想到两个人会发展成今天这个样子？难道是魔性相吸？他暗暗吐槽。

蔚玖看着对话框上的几行字，有些出神。她每每想勾勒出他说那些话时的动作和表情，却连一个模糊的轮廓都得不出。她那时才发现，这个家，竟然连一张男主人的照片也没有。仔细想想，其实她连他的声音都没有听过。

小格盯了蔚玖好半天，也没看懂她究竟在想些什么。

这时候，iPad 进来两条微信。

大魔王：“低头记你的琴谱。”

大魔王：“别乱看。”

小格：“……”

下课回学校的时候，蔚玖坐在公交车上，前排的窗户没关，十一月中旬的风已经变得刺骨。她裹了裹身上墨绿色的外套，只露出前半个手掌看手机，意外地刷出来了苏清屿一分钟前更新的微博。

一个字：夜。

配了一张窗外的夜景照片，定位是墨尔本。

蔚玖在心底“咦”了一声，他竟然也在墨尔本，点开看了看评论，她明白过来。

原来他是去开演唱会了。

周六清晨，终于到了剧组开机的日子，一行共六人，一起前往的还有两个学长和两个学姐。

影视城离蔚玖家特别近，步行大概十几分钟的距离，然而就这一小段的距离，蔚玖的手心已经开始出汗。

她脑中开始浮现一个月前的场景。

归巧冲她笑吟吟道："你说，苏清屿会不会来探韩止的班？"

蔚玖的眼神下意识四下扫了扫："不会吧……他在开演唱会。"

"万一呢，拍戏怎么说也要两三个月吧？"归巧显得比蔚玖还跃跃欲试，"再不济，混熟了跟韩止求个人情搭桥……"

"哪有那么容易呀？"蔚玖笑道，慌乱了一瞬的情绪很快恢复正常。他距离她太遥远了，那个圈子，也太遥远了。

想是这样想，到达片场时，蔚玖还是紧张了。她在原地等了一会儿，看到其余几人走来的身影才悄悄舒了一口气。

同行的两个学长一个是觉思南，为人随性幽默；另一个苏均正相反，性格沉闷内敛。至于两个学姐李媛和陈离昕，平时蔚玖和归巧跟她们没有什么交流不太熟。包括这次，徐教授明明把带她们的任务交给了李媛，大多时候却都是觉思南在热心张罗。

蔚玖冲他们笑着点头示意，看到归巧也在，她从包里拿出一颗酒心巧克力冲归巧挥了挥手。

归巧老远就"啊"地张开嘴，蔚玖抿起嘴唇，把包装纸小心地剥开，等归巧离得近了喂到她嘴里。做完这动作，蔚玖不太好意思地冲大家打招呼："学姐、学长。"

觉思南笑道："我们没有这待遇吗？"

归巧显然跟他比较熟："滚开，我媳妇儿专门给我准备的糖。"

"有的。"蔚玖习惯了归巧的脾性，没有管她直来直去的话，从包里又拿出了几颗巧克力，"一、二、三、四颗刚刚好。"她笑着分给大家。

从前，李媛没怎么注意到蔚玖，毕竟蔚玖和归巧总是同进同出，而归巧那种张扬的性子存在感又太强，很容易让人忽视她身边的人。她偏过头打量了蔚玖一眼，问道："蔚玖，你的份儿呢？"

蔚玖摇头道："没事的，我不爱吃甜食。"

"不爱甜食还带巧克力？"大家显然不信，蔚玖的性格太温和了，八成是迁就大家。陈离昕狭长的眸子轻飘飘地瞅了蔚玖一眼，连不善言谈的苏均都歪过头来注视她。

蔚玖忙摆手："真的，你们吃就好。"

"和你们说了是特意为我带的。"归巧把巧克力嚼碎了才出声，"上次我说喜欢吃，她每次和我出去就都会带几颗。"

"哇，这么虐狗的吗？"觉思南夸张道。

"那是。"归巧得意极了。

觉思南摸了摸下巴："谁娶了蔚玖可真是太幸福了，肯定被照顾得特别细致。"

归巧拧眉道："滚开，我媳妇儿又不是要给谁当保姆的。"

"别急啊，说着玩的嘛……"觉思南秒认怂的语气瞬间逗笑了几人。

"归巧……"蔚玖不好意思当话题中心，悄悄拉了下她。

这时，一声不和谐的哼笑讽刺地响起——"还没进片场，演给谁看呢？"陈离昕说这话时，并没有看他们的方向，细长的眼睛用力合上，然后翻出一个白眼。

从知道这次实习空降两个大二学生的那天起，陈离昕就看她们不爽了，归巧气焰太盛她不好惹，对待蔚玖她却有恃无恐。

"你小声点……"李媛连忙提醒她。

"你说谁呢？！"归巧瞬间拉下脸，横起眉瞪陈离昕。

"欸！别内讧啊。"觉思南愣了下，急忙打圆场。

蔚玖这个当事人站在原地，却有点无措。蔚玖平时安静又低调，在人际交往中她感受到的常常是善意和温暖，很少碰到这种尖酸性格的人。她实在想不起来自己是哪里得罪过陈离昕，所以颇为莫名地看向陈离昕。对方却矜贵得很，半个眼神都不分给她。

归巧看得更来气，撸着袖子就想上前：“你再说一遍！”

原本暖融融的气氛骤然变了，矛盾一触即发。就在这时，一句由远及近的调笑伴随着细碎的脚步声传来：“今天的群演吗，在这儿练罚站？”

声音温和含笑，却又隐约带着点熟悉感，几个人纷纷回头。

那人摘下墨镜，冲他们几个露出了张扬的笑容，眉梢还微微上挑，生怕别人没注意到他似的。

不过……男人也的确有如此恣意的资本，他的五官标准精致得活脱脱像个明星！

明星？！

几人里李媛最先反应过来，人已经凑了上去：“韩止！我、我能找你签个名吗？！”

“咳——”韩止摆造型的动作顿了顿，看了下四周，然后小声告诫她，“混进来的？低调点儿，别被发现。”

他快速低头签上名字：“赶紧回去，上班的上班，上学的上学。”

然后，他看向归巧，眼神似乎在说：该你了。

归巧：“……”

这是把他们当成狂热粉了？她本来气儿就还没顺，这下更无语。

还没等归巧翻白眼，陈离昕已经把背面朝上的手机递了过去，不过半分钟的工夫，她已经从背包里掏出了一支记号笔，显然是早有预谋。

“呵呵……不能偏心呀。”她冲韩止笑，先前那副刁钻刻薄的面孔俨然被隐藏得完好无痕。

归巧看了一眼蔚玖，暗地里翻了一个大大的白眼。蔚玖也没办法地撇了撇嘴角，挠了一下归巧的手心，暗示她不要闹事。

不过几分钟的时间，陈离昕已经将他们几人的身份给韩止介绍清楚，韩止没想到这几个小孩儿是工作人员，所以又多跟他们聊了两句。

当然这个“他们”……基本上依旧只有陈离昕一个人罢了。

蔚玖在他们谈论的间隙，偷偷看了几眼韩止。不得不承认，有些人的气质和面貌是天生要当明星、天生被人注目的，这样近距离看，韩止比电视上的样子还要更具有冲击性。而他的性格，也像屏幕上所呈现的那样亲和幽默。

那……他呢？蔚玖自然而然地联想到了苏清屿。有很多人都说明星私底下和荧幕上的形象大相径庭，呈现出来的也只是被包装出来的“人设”。她这样性格的，甚至也和人争论辩驳过，她始终觉得他不一样。她注视了他一路走来，她知晓他最初的样子，也知晓他成长起来的样子。她虽然从未见过他，但她相信她是了解他的。

思绪有些飘远的时候，她听到陈离昕问韩止：“那……苏清屿会来探班吗？”

蔚玖猛然抬头，心跳瞬间不规律起来。

“他啊，”韩止想也没想就答道，“还流放在外开演唱会呢。”

蔚玖轻轻呼出了一口气，丝毫不意外这个答案。可那些杂乱又细小的希冀像是墨汁滴入宣纸，安静地漫延渲染，一经注入再也抹不掉了。

五

第一个周末眨眼过去，第二次实习紧跟着来临。后期还处于摸索阶段，老徐也没怎么给他们布置任务，所以现阶段还算轻松。可本该非常愉悦的实习，因为陈离昕那天的阴阳怪气变得不甚愉快。归巧看不惯她对男人女人两个态度，更觉得那个叫韩止的家伙脑子也不灵光，被这么个女人耍得团团转。

蔚玖对待陈离昕也仅仅是做到点头问好的程度，归巧却恨她不争气：“那种女人你跟她打什么招呼？你越这样她越得意！”

“我……太尴尬了，不知道说什么所以……”蔚玖有些赧然。

“那就不说，别理她！”

“嗯。”蔚玖仔细想了想，颇为认真地点点头。

归巧看蔚玖这么乖巧，眼珠转了转，看向拍摄的方向，果然陈离昕又往韩止身边凑了。

“走。”归巧拉上蔚玖，悄悄朝两人那边走。

“你……想干什么？”蔚玖有种不太好的预感。

“放心。”

“你们昨天拍到几点呀？”陈离昕的声音逐渐变得清晰。

“深夜三点，”韩止打了个哈欠，“还是睡了两个小时的。”

陈离昕捂嘴惊讶道：“那你怎么还这么帅？”

韩止被逗笑：“你这个小妹妹，不要总说实话。”

陈离昕莞尔，正要继续说些什么，却被刻意提高的声音打断。

“嗨，学姐！”

两人闻声扭头。

“早啊。”归巧看了陈离昕一眼，却又迅速垂下双眸，皮笑肉不笑，实实在在地瞟了她一眼。

陈离昕嘴巴立时抿成一条线，却又碍于韩止在场不好发作，只好也摆出一副笑容，道了声：“早。”

怎么听怎么有种咬牙切齿的感觉在里面，归巧得逞一笑，看了眼韩止和他身后忙碌布景的工作人员，目光才又重新回到陈离昕身上：“还没开场，学姐这是演给谁看呢？”

归巧的声音尖锐，丝毫不客气。

陈离昕眼睛顿时小幅度地瞪了起来，却依旧硬生生压下来，敢怒不敢言。她怎么也没想到归巧在韩止面前，竟然也敢这么跟她说话。

蔚玖微微张着嘴唇，有些僵硬地扭头看韩止的反应。她很容易害羞，此时这场景，不光因为韩止是明星，更因为他们跟韩止并不熟，她尴尬得浑身起了一层鸡皮疙瘩。

韩止颇为意外地看着她们仨，全然没有察觉到其中的剑拔弩张，笑着问："你们学姐学妹之间打招呼的方式，都这么清奇的吗？"

"噗……"归巧不可思议地看着眼前比自己高出一个头的男人，仿佛在看一个智障。

陈离听见机插进来转移话题："韩老师还没跟我说苏清屿探班的事呢，到底是不是真的呀？"

韩止听到这话，嘴边的笑容一僵，嘴角迅速耷拉下去："露出真面目了吧？跟我套话套一早上了。"

他轻哼了一声道："苏清屿是谁？"傲娇意味十足，说完转身就要走。

蔚玖紧绷的身体顿时放松，忍不住笑了。

这时，他们身后响起一声轻笑："我是不是来得不是时候？"

蔚玖脸上的笑容和眼神瞬间定格了。那边话音刚落下去，她的心一颤，立刻扑通扑通加速跳了起来。

这、这个声音——她曾一度认为没有人会比她更熟悉的声音。她昨天有些睡不着，还找出了他早年录的睡前故事来听……

她顿时就不敢动了，紧张得连手都在发颤……

蔚玖用力握着归巧的手，脖子已经僵住了，只有眼珠颤巍巍地移动着。她看到韩止将已经迈出的步子收了回来，看向她身后，神色有一瞬间的惊讶，然后大步迈过来，经过她身边的时候，他还笑着问："什么时候回来的？"

一瞬间血液上涌，蔚玖只觉得心脏都要跳出来。她匆匆闭上眼，企图克制几乎是条件反射的战栗，最后还是归巧一把将她转了过去。

蔚玖睁开眼睛。他一身白色的运动装，脸上有些风尘仆仆的疲倦，却带着轻松的笑意。和二十岁的他相比，他的面部线条更坚毅，眼神也更深邃。

她突然觉得这个瞬间很陌生，却又在下一刻觉得熟悉。如果有一天，真的有那么一天，能以这个距离见到他，她会说些什么，她要做什么开场白。

她想起来了，这场景在她梦里出现过。可到此时，大脑一片空白，她什么都不知道了……

脚步声由远及近，苏清屿从她身边经过的时候，明明没有风，蔚玖却感受到了一阵吹拂感，让她浑身僵直，呼吸顿住。她看到他和韩止碰了碰拳，言简意赅道："刚下飞机，找你拿个东西。"

"欸？不是说来探班的？"韩止故意摆出夸张的受伤表情。

旁边两个围观的工作人员偷偷笑了，彼此交换了个大家都懂的眼神。

韩止挑眉，抬起脑袋往几人的方向示意："你看，她们都看不过去了。"

苏清屿顺着他的视线看过来。

蔚玖心空了一下，下意识垂下脑袋，任凭归巧一个劲儿掐她的手，她也不敢抬头。

苏清屿以为他们几个是粉丝，冲他们点了下头，目光从那个垂着的小脑袋上一扫而过，又悄然绕了回来，在她墨绿色的外套上打了个转，也只是一秒的停顿。

他懒得配合韩止的表演，眼神朝韩止示意："真有事。"然后两人就往一边角落走了。

归巧恨铁不成钢地甩开蔚玖的手："人都走了！"

蔚玖终于慢慢抬头，顿时舒了一口气。

归巧抿着嘴数落她："你说你怂不怂？"

蔚玖垂下眼睛："怂……"

委屈巴巴的，归巧又被逗笑了。

徐教授这时候出来找两人，招呼着两人快些进去。归巧拉上蔚玖，小声说："等一会儿我们溜出来再过去搭讪。"

蔚玖站在原地没动。

归巧回头问："怎么不走？"

蔚玖有点不好意思地答："太紧张了，想去厕所……"

归巧："……"

蔚玖从厕所出来的时候，脑子还有些发蒙，烘干机响了好几遍，才想起来把手拿出来。出了隔间，她低头看着被烤得发烫的手指，目光一个不及，就撞上了前面人的后背。

她慌忙后退一步："不好意思。"

苏清屿挂断电话回头，这么一瞥，他又扫到了那件眼熟的墨绿色外套，刚刚那个低头的小粉丝。

蔚玖抬起头，闯入眼帘的是一只半湿的手腕，分明的骨节给人一种非常硬气的感觉。她的心莫名咯噔了一下，然后目光一路向上，冷不防就撞进了他深褐色的双眸里。

"苏……"蔚玖感觉自己的下巴顿时不受控制地颤抖着，连带着声音都是颤的，整个人像受惊的鹭鸟一样，又往后退了一步。

苏清屿低着头，看着眼前只到他胸口的女孩儿，一时间也愣住了。

厕所附近的灯光不是太亮，女孩儿微圆的小脸莹白得好像在发光。她眼睛的轮廓很特别，曲线柔和好看，笑起来眼睛弯弯的，很温柔。

这是通过摄像头看不到的美。

此时，她的眼睛左右乱瞟着，就像两个人每次在摄像头前视线即将相交的时候，她总会红着耳朵匆匆挪开，仿佛只注视着他都是犯了天大的错。

而此时，这种交汇毫无预料地真实发生了。苏清屿真切地感受到了这一瞬胸腔微震的酥麻，只有身体的疲累提醒着他这并不是梦境。

尴尬的沉默持续了几秒，蔚玖猛然记起自己此时的身份，她攥紧双手，深吸了一口气，鼓起勇气重新对上他的眼睛："苏老师……"

如果说刚刚还是深深的即视感和怀疑，现在这声音进入耳朵，职业所致，他对一切声音都非常敏感，可以说是过耳不忘。

苏清屿的眼神一下子变得深邃，蕴含微光。

不过——苏老师？

他的目光顿时带上了点笑。

想来也挺有意思的，二十七岁的他，先是被她当成了长辈，现在又成了老师。见小姑娘紧张得不成样子，苏清屿轻声笑了笑，假装毫不知情："粉丝？"

蔚玖愣住，目光里似乎闪过一丝被发现的窘迫，然后下意识拼命摇头。做完这个动作，她才反应过来自己是在否认，而且是在当事人面前否认自己是他的粉丝……她匆匆解释："不是……"

话说出口，发现越解释越说不清楚，蔚玖急得脸都红了："不是，我的意思是……"

苏清屿第一次近距离观赏到她手足无措的样子，扬起一边嘴角，仿佛真的没懂她想表达什么。他把手机转了个方向握住，脚尖不经意地往她那里挪了一下，声音上扬："嗯？"

像是一阵电流蹿过般的酥麻，蔚玖呼吸顿住，这一个音节在她的脑海里卡带般不断地重复，一瞬间天旋地转，她左手悄悄扶住了墙壁。

苏清屿瞥到她的小动作，低低笑道："好像确实没有听过粉丝叫我老师的。"

"我……"蔚玖仿佛在他的眼神里看到自己一跳一跳的心脏，硬着头皮道，"我是新来的工作人员。"

"哦？"苏清屿半挑起眉，问道，"什么工作？"

什、什么工作……蔚玖怎么都没有想到他会往下接话，舌头都开始打结，悄悄攥起拳头："后、后期……"

她听到他轻笑了一声:“我只听过后期,还是第一次听说后、后期。”

他的调侃太明显，连停顿的间隙都和她刚刚一模一样。蔚玖脸瞬间通红，再也没有勇气直视那双含笑的眸子，低头解释:“是后期……”

看不见他的脸，他放大的笑意却通过耳朵直接传到了她心上，蔚玖已经完全不知道要怎么办，她竟然有点想逃。

好在这时韩止走了过来，他看到苏清屿还在这里，语气疑惑:“你怎么还没走？不是说挺急吗？”

走得近了，他才看到被苏清屿挡住的蔚玖，打量着两人之间的距离和蔚玖脸上的红晕，他不明情况地“欸”了一声。

蔚玖瞟到韩止，几乎是下意识地松了一口气。

苏清屿的目光还没来得及收，就这么直直地看着蔚玖，将她小幅度的吸气呼气尽收眼底。

“嗯，改变主意了。”

六

蔚玖不知道自己是怎么回去的，进了房间坐到椅子上时，整个人都软了。

归巧凑过来：“嘿！怎么去了这么久？”

蔚玖心里的紧张感还没有消，被这么一吓，浑身都抖了一下。

归巧也被吓了一跳，这才察觉到蔚玖脸色的异样：“怎么了？上个厕所回来失魂落魄的。”

蔚玖的心跳在归巧的注视中终于缓缓趋于正常，神色中还带着不敢置信，她道：“归巧，我刚刚和他说话了……”

“他？谁？”

两人躲在电脑后面偷偷摸摸说了有一会儿。

“他这是在撩你吧？”归巧震惊出声。

蔚玖赶紧抓住她的衣服，归巧偷偷把头从显示屏后伸出来，一下子就撞上了老徐投过来的不喜的视线。

归巧打了个哈哈，重新埋进屏幕，转头问蔚玖：“问你什么工作，然后呢？”

蔚玖眼神闪烁了一下，刚刚发生的场景还清晰地映在脑海，却是无论怎么都说不出口。归巧察觉出蔚玖的神色有异，目光审视着她。

这时，蔚玖的手机刚好收到微信，她如获大赦，小心翼翼地冲归巧指了指手机，低头看消息。

小格舅舅：“实习感觉怎么样？”

蔚玖愣了一下，前几天她和他说要实习，所以想把今天上午的课挪到晚上，他说可以，还说他要回来了。没想到他还记得自己今天实习这件事。

她慢慢回复：“挺好的。不过工作间好小，里面有好多台电脑。”

小格舅舅：“可以多出来透透气。”

蔚玖把这句话读了两遍，不应该……是“出去透透气”吗？不过，她没多想，低头继续打字：“刚刚丢人了，不太敢出去了……”

苏清屿眉毛动了动，扬唇回复：“哦？”

小老师：“好像也没什么，遇到了从小就很喜欢的歌手，一不小心太激动了……”

苏清屿扬起的嘴角顿时弹了回来——“好像也没什么”“从小就很喜欢的歌手”。

嗯，从小，没什么，很好。

兴许是看他有一会儿没回消息，那边又发过来一条，转移了话题。

小老师：“你回来了吗？”

苏清屿有点气又觉得好笑，最后还是笑了：“嗯，刚下飞机没多久。”

归巧一直幽幽地盯着蔚玖的神色变化，准备等她放下手机继续刚刚的话题，结果她竟然毫无察觉，还聊得挺美。

归巧猛然凑过去，看到了备注的微信名字：“好啊，又是他。”

蔚玖被吓了一跳，慌慌张张地捂住了手机屏幕。

“别藏了，统共几句话，一眼就看完了。”归巧抱臂看着她。

“唔……”蔚玖心跳蓦地快了，“也没说什么呀……”

“没说什么？”归巧翻了个白眼，“家长还私底下问候家教老师的实习顺利与否吗？”

“因为我和他提过，他出于礼貌才问的……”蔚玖说到最后，自己都有点没底气。她说不过归巧，明明真的没什么，也真的挺在理，可是每每在归巧的审问下就理亏了，只好消了声，委屈地看着归巧。

归巧被她的神情逗得“扑哧”一声笑了：“你别害怕，我就是吐下槽。”

“啧啧，你这一波可以的，桃花要么不来，一来就扎堆儿。”归巧瞟向门外，冲蔚玖挤眉，“另外一个还是重量级的。”

蔚玖被归巧调笑得脸色越来越红，捂住她的嘴不让她说了。归巧还在低声“啧啧啧”个不停，她最后干脆心无杂念地对着电脑作图……

几墙之隔的房间外面，韩止从厕所里出来，看见了十分诡异的一幕。

“你对着手机笑什么？”

苏清屿扬着嘴角，把手机攥进手里，问了他别的：“这部剧是你半年前和我说的那部？”

韩止身上的鸡皮疙瘩还没消，一时没反应过来：“半年前什么？”

苏清屿摁灭手机屏幕，轻声笑了：“欠你的主题曲不要了？”

韩止僵在原地，一脸的不敢置信。他半年前看到这剧本就去找了苏清屿，当时这人说什么来着？

——“我宁愿它烂在录音室，也不想它响起的时候，屏幕上是你的出戏脸。”

然后，他就暴走了，想着苦心钻研演技总有一天要打这人的脸，结果现在？！他目光灼灼：“你也觉得我演技提升了对吧？！”

苏清屿停顿两秒，一言难尽地看了他一眼。

韩止自己也觉得这个可能性有点小。苏清屿这个人的心思一向很难猜，但有一点，韩止这些年完全看透了。那就是，这个人极度阴晴不定。他打量了苏清屿一会儿，得出个结论：“你心情很好？”

苏清屿挑了下眉，没答话。

啧，和刚刚调戏小姑娘时一个表情。

欸，小姑娘？韩止若有所思，然后紧皱起眉头：“你知道你现在像什么吗？”

“嗯？”苏清屿语气轻松，问道，“像什么？”

“那个词叫什么？”韩止想了好半天，“对，‘腹黑犬系攻’。”

苏清屿罕见地愣了一会儿，才想起来这几个字是什么意思。这么多年了，他不是不知道，他们两个的粉丝中衍生了一群“CP 粉”，而且其中人才辈出，同人文也层出不穷。韩止曾经给他看了一眼，还很愤慨地问自己为什么是“傲娇奓毛受”来着。

他脸一下子黑了。

韩止一脸认真：“还是发情期的。”

苏清屿冷哼一声：“我觉得主题曲你好像不想要了。”

“欸，开个玩笑，别认真嘛。”韩止秒怂，“所以说你为什么调戏小姑娘？”

回到拍摄点，韩止被拉去补妆，苏清屿便和导演聊了起来。

“真没拍戏的想法？”陈导问。

苏清屿摇头：“隔行如隔山，拍戏是真做不来。”

“话不能说死啊，你看韩止，一年前采访他时还说不演戏呢。”

苏清屿笑了：“是，他现在留下的都是真爱粉了。”

陈导哈哈一笑：“一针见血啊。”

又寒暄了几句，苏清屿话锋一转：“陈导，我这里有首曲子。”

“曲子？”

“之前跟韩止打赌输了，答应写主题曲来着。”

陈导眼睛亮了，觉得挺新鲜：“你们这些搞音乐的，打赌都和别人不一样吗？”

苏清屿笑着说：“您别抬举我了。”

陈导眼睛转了几圈：“要不你客串个 MV 怎么样？”

“客串？”苏清屿不解。

“就是类似电影彩蛋的那种，也有卖点。”

“这个……”苏清屿蹙眉，没有说下去。他不是故意推拒，拍戏这件事，他是真不擅长。

“你别急着回答我，你可以先看看这剧讲的什么，再决定。”

苏清屿考量了一下，应道：“行。”

约莫聊了一个小时，他又一次看向某扇紧闭的房门，最终拇指抵着下唇无奈地笑了。

后面还有安排，父母已经在催了，他只得先离开片场。苏清屿缓慢起身，临走前他复又看了一眼那个方向，微微勾了勾唇。

不急，时间还长。

忐忑了两个小时，蔚玖再次出去厕所特意带上了归巧。她紧张得一个劲儿地舔嘴唇，也不敢抬头，揪着归巧的衣服问：“他在吗？”

“好像在。”

蔚玖的手骤然用力。

“欸，衣服都被你揪变形了。”归巧瞥了她一眼，“骗你的，不在了。”

她悄悄松了口气，讨好地看了一眼归巧。

“你看你追个星跟特务似的，别人都是雷达探测爱豆在哪个方位好贴上去，你是把我当雷达，然后你好躲。”

蔚玖咬唇："我真的挺紧张的，我也说不出那个感受，就是大脑一片空白，有点慌……"

"没救了，没救了。"归巧一脸叹息，"心疼活在手机里的小格舅舅。"

"你又说……"蔚玖顿时脸红。

"哈哈哈……"

两人闹了一路，回到工作间，一待就是一下午。

临下班，李媛看着蔚玖，问道："学妹，你脸怎么这么红？"

蔚玖愣了一下，双手捂住脸颊："有吗？"

归巧低头收拾东西，嘴上搭话："这叫面若桃花，你们不懂。"

"归巧……"蔚玖羞恼出声。

陈离昕意味不明地冷哼了一声，被归巧一瞪，眼看着两个人又要唇枪舌战起来。

李媛皱着眉道："不是啊，是有点不正常的红，你们过来看。"

其他的几个人一时间都围了上来，蔚玖微微往后退了一点，被这么多人注视，有些不自在。

几个人七嘴八舌地说了一番——

"好像是有点。"

"是不是生病了？"

"我才发现，蔚玖你穿得太多了吧？"

归巧凑了过来，摸了摸蔚玖的脑袋，问道："你感觉怎么样？"

蔚玖摇头："就是有些热。"

"那应该没事。"归巧摸了摸蔚玖的毛衣，"你这也太厚了吧……还没法脱。"

"我没想到这里的暖气这么足……"蔚玖缩了缩脖子，看向大家，"我没什么事，不用担心的。"

大家见状放了心，便互相告别分开了。

蔚玖从这里回家步行的话，只需要十几分钟，但是去给小格上课要坐一个多小时的公交车。所以，她顾不上回家吃饭，在门口的小店买了一个面包就坐上了车。

今年西城的冬天特别冷，风尤其凛冽。蔚玖坐在位置上，中途上来了一个中学生。他一个箭步抢到座位，坐到了她前面，刚一坐下就把前面的窗户敞开了。

寒风顺着大敞的车窗钻进来，车里的空气顿时流通起来，但伴随而来的是刀一样的刺骨寒冷，周围人一阵皱眉。蔚玖往后仰，身体紧贴座位。从窗户吹进来的风钻进她的脖子，她顿时打了个冷战。

有个中年女人出声抱怨，拨开人群挤过来，伸长胳膊把窗户关上。中学生视若无睹，又重新打开，车里一阵骂骂咧咧。

蔚玖只好把手中的围巾重新围上，一圈一圈缠紧。终于到了目的地，蔚玖下了车，觉得更冷了。

十几分钟后，她敲开别墅大门，于妈把她迎进屋。

“今天怎么这么早？”于妈看了看表，离上课还有一个小时的时间。

“于妈。”蔚玖点头打招呼，脱下围巾和外套，“我怕堵车，今天实习结束就直接过来了。”

“这样啊，那你吃饭了没？”

她点点头。

“你等等啊！”于妈和蔚玖示意了下，上了几步楼梯，提高音量，叫道，“小格，小老师已经来了。你要不要现在开始上课？”

蔚玖莫名有些紧张，眼神不自觉地往楼梯拐角瞟。

“不要。”小格迅速回答。

于妈又往上走了几步，身影完全看不见了：“乖一点，早点上完课，你再来继续玩游戏。”

“不要，不是七点上课吗？”小格头也不抬地回。

这一个月以来乖乖上课已经是他在大魔王欺压下做的最大忍让了，凭什么还要剥夺他现在的自由活动时间？于妈又苦口婆心地说了几句，小格已经完全沉浸在游戏中，不再回话了。

于妈无奈，一边下楼一边摇头道："小老师，怕是要让你等等了……"

蔚玖摇头："没事。"本来就是她到得早了。

不过……看来他不在，不是说已经回来了吗？她看了一眼楼梯，心里有一种奇异的失落感，说不清道不明的。

"小老师，你先坐，我去把厨房收拾好。"

蔚玖颔首，在沙发的一边坐下。

时间一分一秒过去，客厅的地暖温热，蔚玖感觉到脸上的热度越来越无法忽视，再然后连手机屏幕都看不清了，一阵头昏脑涨，浑身又疼又软。

于妈从厨房出来没看到蔚玖，有些疑惑，再往前走几步，就看到她窝在沙发上闭着眼睛。于妈一惊，快走了几步："这是怎么了？"

再看看蔚玖脸上的潮红，她一下子着急起来，叫了好几声也得不到回应。她摸到蔚玖的衣服，恍然明白过来："哎呀，这傻孩子，怎么穿这么厚？！"

而被父母叫去的苏清屿此时正在另一间房子的客厅里摩挲着沙发扶手，静静看着屋内的五个人，心里一阵无奈。他早该想到的，从袁清今天中午把小格送回他那里的时候，他就应该猜到的。

"我们清屿不怎么会照顾人，你看看刚刚吃饭，都不说照顾着点秋怡。"袁清瞪了一眼苏清屿，对沙发主位坐着的中年男女说道。

"哪里哪里，已经够完美了。这个年纪能这么成功的孩子太少了。"

"是啊，以前那么点小的时候，谁能看出来清屿有这么高的音乐天分？"

袁清掩唇笑道：“他就是瞎玩玩，不小心玩出花样了。”

苏清屿看着他们，吸了一口气，目光扫向另一边，好巧不巧撞上了秋怡正递过来的含羞带怯的视线。

他有点头疼。老实讲，他都怀疑秋怡是袁清硬生生杜撰出来的这么一个儿时玩伴。因为他对她的名字和长相一点印象都没有。

他冲她轻点了下头，立刻挪开了视线。好在这时手机振动了一下，苏清屿低头，有了正当的开小差理由。

于妈：“清屿，我从你房间拿件衬衫行吗？”

他愣了：“可以。发生什么事了？”

于妈：“小老师烧得厉害，意识都不清醒了。我琢磨着给她把衣服换下来降降温。”

他猛地怔住，眉毛瞬间拧了起来，快速输入：“直接去医院。”

两秒钟的工夫，他又全部删掉，改成了：“我马上回来。”

空气恰好有一瞬的安静，袁清的目光瞅过来，略带责备道：“清屿，你别低头看手机，和秋怡挨着坐。你们同龄人有话说。”

秋怡微低着头，羞赧的神色隐在了刘海下面，上身已经有微抬的动作。

苏清屿突然说了句：“抱歉。”

沙发上的几个人纷纷顿住。

“爸、妈，伯父、伯母，”停顿一瞬，竟然没记住这个女孩子的名字，他只好再次冲她点了点头，“我有急事，必须走一趟。”

第三章

他天生就应该是被注视的

一

苏清屿一路将车开得很快，不到十分钟就回到自己家里。他一进门就急忙问于妈："怎么回事？"

于妈带着他一边往里走，一边说："今天小老师来早了快一个小时，我就让她先在客厅里待一会儿。我去厨房收拾东西，加上给她热牛奶喝，结果出来就看到她不对劲了。"

苏清屿蹙着眉，找到了其中奇怪的地方："既然来早了，为什么没提前上课？七点上课，上三个小时，回家得多晚了。"

他的步子没停，人已经走到了沙发边上，心止不住地一跳。他缓缓蹲下身，轻轻碰了碰她的脸，烫得吓人。

她紧紧闭着眼睛，脸色比白天见到的还要红，衬着他的白衬衫，尤其明显，是一种不健康的潮热。

"呃……"于妈听着苏清屿的话，看着小格，欲言又止。

小格站在沙发旁边，丝毫不觉得理亏："本来就是七点上课，老师来早了，学生就得早上课吗？你见过……"

苏清屿扭头，严厉地打断他："江格！"

小格嘟囔着："你凶什么？！我又没错……"

苏清屿看了他一眼，目光里的温度降到冰点，然后转头不再理他，稍稍站直一些，抱起蔚玖。

小格愤愤瞪了他一眼。

"等等。"于妈叫停，拿来自己的毛线帽，"别抱她，容易受凉。"

苏清屿的动作停住。

"你把她背起来，我给她戴上帽子，脑袋就吹不到风了。"

苏清屿这时才察觉到男人和女人之间的细心天差地别，二话不说，放下蔚玖。他拉起她的一只胳膊搭在自己的肩上，借着于妈的力，让她趴到自己身上。

蔚玖已经没有什么意识，她的身体不受支配，脑袋直接靠在了他的肩膀上，又滑到了另一个方向。

脖间突然传来湿润的触感，一触即离，苏清屿浑身过电般地一僵，人还没有完全直立，就停在了那里。

于妈也跟着停下："怎么了？"

他停顿了几秒，喉结轻轻滚动了一下："没事。"

到了门口，于妈要跟着一起去，生着闷气的小格突然插了话："我也去。"

苏清屿冷冷地回头："你去有什么用，在家待着。"

小格毫不失气场地顶回去："那你去有什么用？你能去给小老师挂号看病吗？"

苏清屿还真被噎住了，没了话说。于妈出声打圆场："小老师是女孩子，我去也方便，带上小格吧。"

他抿唇，勉强同意了。

小格挑眉，把手中的东西递给他："口罩。蠢死了。"

到了医院，苏清屿确实是没有办法出面给蔚玖跑前跑后，只能在旁边坐着看着她，等于妈去交费取药回来。

蔚玖还是闭着眼睛无知无觉地躺在诊室的床上。过了一会儿，似乎是被冰冷的床板刺激到了，身体开始蜷在一起，出现了发冷症状。

苏清屿进门时见是老大夫，已经坦然地把口罩摘了下来。他察觉到蔚玖的变化，抬眸看医生。医生看过来一眼："正常反应。"

理智告诉他这是正常反应，但情感上过不去。苏清屿蹙着眉，把蔚玖拉着坐起来。他坐到旁边，又把她抬起来让她坐到自己腿上，她的后背倚着他的胸膛。

因为大幅度的动作，蔚玖似乎有了点知觉，身子扭动了一下，不自觉地往后贴紧，靠住热源。

一瞬间头皮发麻，她身上的温度像是全都传到他身上似的，苏清屿仰头，强迫自己做了一个深呼吸。几秒过后，眼睛被顶灯的光线照得都有些看不清了，身体里的龌龊因子才一点一点消失。他捉住她的一只手握住，她才终于不再动了。也是这时，他才恍然觉出点什么，伸手把半掩的蓝色帘子全拉了过去。

医生又看过来一眼，笑着摇了摇头。

于妈和小格回来的时候，两人都刻意加快了动作。小格一把拉开帘子，刚要张开嘴说话，一大一小猛然定住了。

只见苏清屿一只手握着蔚玖的手，另一只手抚在她脖颈处感受温度，与此同时，两人的姿势还极其难以描述……于妈慌忙捂住小格的眼睛，着实震惊，语无伦次道："这、这……"

小格早就知道两人有一腿，只不过没想到大魔王刚回来，他们竟然就已经好成了坐大腿的地步了，此时也挺震惊的。

苏清屿倒是很淡定，保持着这个姿势，只是将搭在蔚玖脖子上的手拿了下来，问道："于妈，现在能去输液了？"

于妈张着嘴巴，缓了两秒才回过神来："能……能！"

蔚玖输了三个小时的液，药水里有安眠的成分，快输完时，她还没醒。于妈看着病房里的表，看向苏清屿："这都九点多了，今天晚上怎么办？"

苏清屿思考了一下："给她爸爸打电话吧，问到地址我们给送回去。"

"行。"于妈认同地点头，"不对，小老师的手机，我们是不是忘记带了？"

苏清屿顿了一下，当时太急了，他完全没想起来这点，正要点头，眼前递过来一部手机。

小格捏着手机，冷漠道："呵，不知道是谁不要我来？"

苏清屿抿唇，把他手中的手机拿过来，却是递到了于妈手里："您打吧，不然我不太好解释。"

于妈点头，从通讯录里找到电话就拨了过去："您好，是蔚玖的爸爸吗？"

蔚井宏把电视的声音调低："是我。"

于妈把事情简要地叙述了一遍，只是完全略去了苏清屿的部分。

蔚井宏瞬间站了起来，听于妈说并无大碍，骤然加速的心跳才得到了缓解，但他还是不放心："您在哪里？我来接她。"

于妈捂着话筒，小声知会苏清屿："说是来接小老师。"

他沉吟几秒，道了声："好。"

蔚玖是在快十一点钟的时候才醒的，这时候她人已经躺在了她的小床上。她的意识还有些混沌，撑着身子坐了起来。

蔚井宏听到细微动静，连忙从隔壁赶过来。

"爸……"蔚玖的声音中透着沙哑，她自己也愣了一下，"我不是去……"

蔚井宏把桌上的热水递过去："你啊，捂那么严实，一冷一热地发烧了。你去教课的那家学生家长挺好的，给我打了电话，我去医院把你接回来的。"

经这么一提醒，蔚玖似乎想起来了。但是……

"学生家长？"蔚玖的心一跳。

"对啊，还带了个小孩儿，小孩儿叫她于妈。"

"哦……"蔚玖的眼神有些游移，她模糊记得是有个男人抱着自己去了医院，但是又不太确定。

她抬起眼皮，小心翼翼地问："只有于妈？"

蔚井宏无奈地看着她："不是和你说了，还有你教的那个小男孩儿。

赶紧继续睡，好好休息，都烧糊涂了。”

听到这个肯定的答案，蔚玖的疑惑却更深了。她低头看看自己的手，上面仿佛还残留着不属于她身上的温度。不光是手，她又轻轻抚上了脖子，紧跟着全身都开始不自在起来。

是梦吗？可真实得……心尖似乎有一根羽毛在撩。蔚玖思索无果，有些失落地垂下手，视线触及手臂时却骤然凝住了。

她身上这件衣服是怎么回事？

察觉到蔚玖的神色，蔚井宏解释道：“那个于妈说是从他们家里找的衬衣给你换上的，虽然我也有点反感，但是你生病了，也情有可原。”

“哦……”她木木地点头应着。

见没有什么情况，蔚井宏便回屋睡了。等蔚井宏进屋后，蔚玖又重新盯着身上的衬衣，她的心跳越来越快。

一定不是这样的……

正当她纠结的时候，床边的手机突然亮了一下。

小格舅舅：“醒了吗？”

前一秒还在自己脑海的人，这么快就发了消息过来，蔚玖莫名有种被抓包的心虚感。她低头回复：“嗯……”

她盯着屏幕反复看着那三个字，反应过来什么……他知道今晚的事？一时间，她甚至回忆起了医院里那种温热的触感。眼睛左右游移，几个来回，她终于鼓起勇气，一鼓作气地问了出来“今天……是你吗？”

那边回复消息的时间长了些，蔚玖屏住呼吸等。

他发过来的字却很简短：“是。”

她的呼吸瞬间乱了……眼前立时浮现出了模糊的画面——她趴在他背上的，她靠在他怀里的，她甚至分不清楚那是自己的感觉，还是想象……

红润从耳朵一路蹿到了脖颈，气氛一下子被一种隐晦的暧昧笼罩。

蔚玖不敢多问了，纠结着要接什么话好，就看到他继续说：“明天不要来上课了，好好休息。”

蔚玖松了一口气，乖乖回复：“好。”

放下手机，她抱着被子，在床上滚了一圈儿。不知在乱想什么，她的脸颊越来越烫，最后埋在枕头里无声地笑了，好一会儿才成功入睡。

那道身影却又扰了她的梦，梦里的他是那么真实，他们牵手、拥抱，甚至浅吻。

蔚玖睁开眼睛，感觉心脏震颤着，她竟是紧张醒的。缓了一分钟左右的时间，梦里的每一个场景都还很清晰。她的感觉，甚至连触感都似乎是真实发生过。

只是——

蔚玖的眼神有些怔忪……

他的脸庞，是模糊的。

二

再次去剧组的时候，蔚玖的身体已经完全好了。她这次生病是纯粹发烧，没有遭罪的感冒症状，来得快去得也快。她长了记性，穿上了薄毛衣和厚羽绒服。她的身材本就属于娇小型，这么一裹，倒添了几分可爱。

齐彦看着她的目光都有些直了，被旁边的学长不怀好意地撞了撞手臂：“还装！我就说你拜托我找老师加名额，肯定是有什么别的目的。”

齐彦回过去一个感激的笑容，他眼底波光闪动，握紧手中的杯子，朝蔚玖走过去。

蔚玖正盯着电脑屏幕看得认真，突然感觉归巧一个劲儿地戳她。她转头，顺着归巧手指的方向转过去，愣了下：“班长？”

齐彦颔首，把手中的保温杯递过去：“杯子里泡了金银花，刚刚听你嗓子还没好利索。”

蔚玖呆住了，愣愣地看着他手中的杯子。

归巧戳了一下她的后腰，替她拿过来：“谢谢班长！”

蔚玖也跟着说：“谢谢你。”

齐彦说不用谢，像什么也没有发生过一样，回到座位认真地和旁边的学长说起工作。

蔚玖呆愣地坐在座位上，还有点没反应过来。归巧摸着滚烫的水杯，“啧”了一声：“我就说吧，你这桃花要么不来，一来就扎堆。”

她把杯子放到桌上，悄声问：“这又是什么情况？还有他今天怎么也来了？老徐那种人竟然会同意再进来个人。”

蔚玖这次是真的无辜，她脑子里迅速过了下曾经和齐彦的交集。

第一次交集是开学，他在班级群里问有没有人钢琴过了十级，他亲戚的小孩儿需要找个家教。她恰好会钢琴，也需要钱；第二次交集是他带她去认小格家；第三次交集是前几天，他问自己是怎么生病的？她更没放在心上，因为那一天同性异性加一起有六七个人都问过她。可是这一次送金银花茶，就有点超过了……

“我真的不知道怎么回事……”

归巧看蔚玖没有露出她在提小格舅舅时的羞赧反应，便知道是怎么回事了。

她看了一眼齐彦，小声吐槽：“我就知道他有问题。”

“什么问题？”蔚玖问。

她动了动眼睛：“没事。”

当时齐彦在班级群里找家教的前一天，曾经单独找过归巧，问她蔚玖的钢琴到什么程度，她回说过了十级。结果转天，班级群里就出现一个量身定做的“家教招募”，心思可谓是昭然若揭。但后来，她从蔚玖这里打探口风，却没探到他在家教期间怒刷存在感的消息，她这才慢慢把这个怀疑压了下去。

蔚玖注意力都在那杯茶上，小声说:“归巧，我是不是要还回去？”

“还什么啊，对嗓子好，不喝白不喝。”

“可是……”蔚玖眉眼里都是挣扎，声音更小，“我记得他平时用的就是这个杯子，我还怎么……”

归巧恍然大悟，似笑非笑：“你嫌弃他！”

蔚玖连忙让她小声点：“可是就是很奇怪啊，不是情侣之间才会……”

“嗯，确实奇怪。”归巧予以肯定，但很快又不怀好意道，“但要是小格舅舅递来的呢，你喝不喝？”

蔚玖气鼓鼓地捏了捏归巧。自从前两次自己和他聊天被归巧发现，归巧就总是拿这个调笑她……但她心里又忍不住开始真的把归巧的这个假设想象成现实，还有她下意识想做的反应。

她的脸慢慢红了。

“嘿，想什么限制级的画面呢？”

“没有……”

这天上午，齐彦的示好已经到了让人无法忽视的地步，可偏偏又更像是没有越界的朋友之间的关心。终于熬到了吃午饭，蔚玖实在坐不住了，她戳了戳归巧：“你有想喝的东西吗？我去帮你买。”

归巧笑她：“开始躲人家了？”

蔚玖低头：“你要不要买嘛……”

“哎，还撒起娇来了……好好好，那我要杧果汁。”

蔚玖抬头对上归巧恶作剧的眼神，撇着嘴巴回：“知道了……”

苏清屿晚上有一个颁奖典礼要参加，于是中午来片场回复陈导的提议。他驱车至影视城门口，抬眼望去。

不知道她这回看到自己是什么反应……想到这儿，他抵着唇笑了。

车子经过一排店面时，他却在后视镜里看到了意想不到的人，那个前一秒还在他脑海里绕的人。

外面不知什么时候开始飘起了雪，这应该是西城的第一场雪。

幸好自己戴着挺厚的毛绒手套，蔚玖想。虽然蔚玖人比较容易害羞，动不动就脸红，但她着实没有什么少女心，也完全没有把初雪和浪漫联系到一起过。

只是感觉冷……她缩了缩脖子，快要把头埋进围巾里，就这么隔着手套不断揉搓着双手。

能起什么作用……也就能有点儿心理安慰，苏清屿失笑。他默默下了车，取了帽子戴上，关好车门。

车窗外是一排小吃店，烤冷面、烤鱿鱼、家常小炒、奶茶店，还有她曾跟他聊天时提及过无数次的田记栗子。

由于地理位置比较偏，这里的店大多是开了很多年都没有变过。苏清屿一个个看过去，这一刻真切体会到了无数文字转换成画面的奇异感，而这些拼凑出来的就是她的生活。

她却一步步成长，到今天这么优秀。

蔚玖本来是要去奶茶店的，可在去的路上势必要经过田记栗子，现在是中午时间，田记门口破天荒地只有两三个人排队。她的动作和表情里都是明晃晃的犹豫，在原地站着思考了两秒。

苏清屿也跟着在不远处站定，安静地看着她。他好像一直都在远远看着她，从前是，后来她意外成了小格的钢琴老师是，现在也是。他的眼神里有他自己都没能察觉到的温柔。

刚沉浸在这样的温情里两秒钟的工夫，苏清屿又笑了起来。即使是被围巾遮住了，他也仿佛能看见小姑娘偷偷吞咽的动作，她已经义无反顾地往田记栗子那边凑了。

苏清屿扶着帽子，笑意没退。刚刚他还在感叹她的成长，现在这一刻却觉得，她还是那个有点嘴馋、偷吃杧果被骂的小姑娘。

所幸他的理智还在，虽然队伍不长，但还是有两三个人，他便站在十几米外，静静地看着她。

终于，轮到了蔚玖，后面已经没有人排队了。苏清屿蓦地快走了几步，两人的距离瞬间拉近。

蔚玖低头看了看面前的纸箱，栗子只剩了几个，要等下一锅了。她准备摘下手套摸口袋的动作顿时停了下来。天气冷得让人心里发慌，蔚玖纠结着要不要继续等下去，可是……真的很久没吃了。

田老板看她有那么点儿遗憾的表情，立刻知道她在想什么了，哈哈一笑：“小丫头，垂头丧气的做什么？”

说着，他蹲下了身子，从桌底搬上来一箱满得冒尖的冒着腾腾热气的栗子：“刚出锅的，哪，今天让你赶上了！”

蔚玖眼睛瞬间亮了，她弯着眼睛笑：“谢谢田老板。”

田老板笑道：“嗨，谢什么。”

苏清屿被她突然展开的笑容晃得愣神了，好几秒钟才反应过来。他一个箭步凑上去，左胳膊轻轻搭上蔚玖的后背。

“老板，再来一份，我们一起的。”

三

蔚玖猛地回头。苏清屿的目光看着老板，唇边勾着笑：“和她一样就好。”

蔚玖比上一次还要蒙，距离太近，她都能数清他有多少根睫毛……

田老板看着突然冒出来的戴着帽子的男人，有点疑心，他谨慎地问了句：“小丫头，你们一起的？”

苏清屿闻言，转头看着蔚玖，仿佛在等她这个熟稔的朋友解释他们的关系。

她慌忙错开目光："是……我们是一起的……"

"好嘞。"田老板放下心来，把两个袋子递过来，"丫头，记得趁热吃。"

蔚玖胡乱地"嗯"了几声，准备伸手去接，却被另一只手抢了先。

蔚玖侧头看着苏清屿，他替她拿东西的动作自然又坦荡。蔚玖迅速低下头，微微咬着唇，然后猛然反应过来什么，摘下手套调出手机支付码，急着给老板递了过去，把两份的钱都结了。

苏清屿歪头看着她，低低地笑了。

等她把手机收了回来，苏清屿看了看四周，压低帽檐："好了，走吧？"

蔚玖不知道此时是什么情况，待她反应过来的时候，她已经愣愣地按照他说的，随便找了一个清净的方向走。

终于，四周没什么人了，蔚玖停下，后面的脚步声也停了。她一只手攥成拳，一只手紧张地握着手机，鼓起勇气转身，问道："苏老师……你找我有事吗？"

苏清屿凝视着她躲闪的眼睛，笑了："怎么还叫苏老师？"

"我……"蔚玖有点恨自己的没出息，可是现在她真的完全不知道该说什么，整个人焦灼又混乱。

苏清屿注意到她的红鼻头，还隐隐有雪落在上面。小姑娘有慢性鼻炎，这种天气总是挺难挨。

他抬起视线，看到一家奶茶店，将手中袋子挪到蔚玖面前晃了晃："答谢你的栗子，进去喝杯奶茶？"

蔚玖抬头，木讷地看着他："好……"她完全处于一种懵懂状态，丝毫没有察觉到其中的牵强。默认她结账的是他，现在要回请的也是他。

苏清屿看她发愣的表情，勾起嘴角，眼神示意她过来。蔚玖屏住呼吸，挪着小步到他身旁一起走。两个人之间隔着两个拳头那么远，她不敢越界，他也恰如其分地掌握着不远不近的距离。

直到坐到奶茶店里，周身暖和起来，蔚玖摘下手套，看到苏清屿已经自发地去柜台点奶茶时，她的脑子才逐渐清明起来。每一个步骤好像都是顺其自然的，但是似乎又有哪里不太对……

苏清屿端着两杯奶茶过来，就看到蔚玖纠成一团的小脸。他把红豆的那一杯推过去："怎么了？"

蔚玖摇头。几秒的沉默，她捧着奶茶试探地找话："演唱会……结束了吗？"

她从来没有想过能这样对着真人问出口，仿佛他们是久别重逢的旧友一样寒暄。紧张之余，她心里生出隐隐的兴奋感。

苏清屿顿时饱含深意地看着她："承认是粉丝了？"

"啊……"她脸上才消下去的红润又浮了上来，"没有不承认……"

苏清屿看着她红透的耳朵，愉悦地笑了两声。蔚玖把头埋得更低，奶茶店里安静极了，他说的话一字不落地进入她耳朵，她的心都跟着颤了颤。

他不再逗她："嗯，结束了，接下来基本都会待在国内。"

"哦……"蔚玖乖乖点头，为了缓解尴尬，她抱着奶茶低头喝了一口，然后眼睛直了一瞬。

苏清屿一副不知情的样子，轻挑起眉，问道："怎么了？"

小动作被发现，蔚玖不太好意思地笑了："刚好是我喜欢的口味……"

他勾了勾唇："嗯，好巧。"

她其实有点害怕，但幸好小店里生意不够红火，屋里只有他们两个，没多久两个人就喝完了奶茶。

临离开座位，苏清屿看到蔚玖一圈一圈认真缠围巾的样子，微微一怔。

她认真、懂事、乖巧、一丝不苟，和他想象中的一模一样。

"我……还要去买一杯杧果汁。"蔚玖缠好围巾，抬头对上他的视线。

“杧果汁？”苏清屿问，“替别人买？”

蔚玖点头。

“门口冷，我去买。”他说。

蔚玖愣了一下，轻轻点头和他说谢谢，她看到他去和老板打了个招呼。

她发现他真的有别人形容的那种魅力，他可以迅速与任何人熟络，不远不近的程度，完全不会让人感到不舒服。

包括她，短短的二十分钟，最初窒息般的紧张感已经消了大半，这是她努力再久也学不会的本领，这就是她最崇拜的人。她近乎痴迷地望着他。

苏清屿侧头看了过来，蔚玖顿时像触电一般迅速挪开目光。这回他没有笑她，只冲她半挑起眉：“送你回去。”

两人进了影视城便分开了，众人忙得热火朝天，也没人注意到他们一起进来。蔚玖回到工作间，把杧果汁放到归巧的桌子上。

“媳妇儿真好。”归巧拿起来吸了一口，随意地问，“你怎么去了这么久？”

蔚玖心虚地动了动眼睛，却又恰好对上齐彦的视线。她顿时觉得更乱了，便没和归巧细说，只把栗子悄悄摆上桌面：“还买了这个。”

归巧见了栗子，顿时什么要问的都忘了。

蔚玖嘴里还残留着红豆的甜味，她低头想了想，他……今天又是来探班的吗？

没一会儿，陈导进来，和老徐说了几句话。蔚玖偷偷往那边看了一眼，却发现两个人都在看自己，她有种说不上是好是坏的预感……

下一秒，门又被推开了。苏清屿迈步进来，他先是环视了一圈屋内的环境，然后跟陈导和老徐点了点头。蔚玖屏住呼吸，紧张得把头低下去，像是要把自己藏进电脑屏幕里，那种奇怪的预感越演越烈……

几人小声说了些什么，然后老徐咳嗽一声：“来，大家都停一下。”

其实不用他说，在苏清屿进来的瞬间，就已经没人在看屏幕了，一个个可劲儿地抻着脖子看向老徐几人。大家的反应不尽相同，但吃惊却是人人都有。

老徐将众人的表情尽收眼底，又咳嗽一声：“是这样，陈导打算成立一个小剧组，专门负责一个独立MV彩蛋的制作。”

陈导在旁边点头：“对，彩蛋的故事是独立的，剧情和画面设计都可以和正题分开。”

大家木然地听着，视线都集中在苏清屿身上，眼中有一簇簇期待的火焰。

陈导笑了：“没错，清屿参加客串，主题曲也是他写的。”

小屋子里顿时响起一片吸气的声音。

老徐言简意赅地把需要负责的事情交代完，淡定地扫过几个已经坐不住了的女生，继续说“所以要挑几个人去后期制作，你们谁想去？”

话音一落，屋内一阵诡异的安静。谁不想去？从众人眼神里，就能看出来他们浓烈的热情了。然而当事人就在眼前，却是没有一个人敢先开这个口。

归巧眼睛一转，一把拉起蔚玖的手举起来：“老师，蔚玖！让蔚玖去！”

蔚玖蒙了，不敢置信地看着归巧，然后猛然转过头，恰好对上苏清屿似笑非笑的表情，整个人像是被点燃了。

“你急什么？”老徐嫌弃地看过来一眼。

“蔚玖的软件功底很扎实啊！”归巧据理力争，“而且后期制作肯定是得和MV、和歌匹配吧？那蔚玖更合适了。她可是人家的八年忠粉，歌词都能倒着背的那种。”

蔚玖感受到大家朝她投来的好奇的视线，窘迫极了。现在她否认也不是，不否认也不是。

老徐罕见地没有反驳，点头："那成，还要三个。"

归巧凭借巧舌如簧要到了名额，齐彦的认可度很高，最后一个人是经验老到的学长觉思南，这事儿就这么定下了。

苏清屿和陈导出门后，屋子里半天都静不下来，有艳羡声，有蔚玖和归巧的拌嘴声，还有老徐的一声——"行了！好好干活儿！"

只有一个人的表情在这里面分外突兀。从苏清屿出现在这间屋子里时，齐彦就死死地盯着他，直到他关门走了，齐彦整个人还是愣怔的状态。

怎么可能……八年……

之前，他还坚信蔚玖不会是那种肤浅的女生，而且，难道他们先前见了面？齐彦攥紧双拳，有个不可思议的想法在他的脑海中升腾，周身一阵发冷。

四

陈导的做事效率极高，不过一个多小时的工夫，便找人拾掇出来了一个空房间当临时工作室，又派了两个导演助理过去。蔚玖他们四个需要把笔记本电脑、桌子等家当都搬进那个屋子。

齐彦心里不是滋味，他一言不发地替蔚玖拿起了书包和他的水杯。这么一看，水都凉了，她却没喝一口，他的脸色更阴沉了。

蔚玖自然也察觉到了齐彦的脸色，她舔了舔唇，却不知道该如何解释。在她懊恼的空当，齐彦已经拿着东西出了房门。

"啧，男人哦……"觉思南看着这一幕，冲他们俩不怀好意地笑道。

蔚玖顿时感觉浑身不自在。

男人吗？为什么她觉得不征得她同意就这样做，让她有一些不被尊重的感觉……

屋里有几个人也跟着出来围观小工作室，眼下见蔚玖手里空荡荡，齐彦却双手满满当当，有人又开起玩笑：“齐班长，这护花使者当得够尽责啊。”

一时间，大家都开始笑着看向他们两个。蔚玖不知道要怎么办，只好快走几步赶上齐彦，说：“不重的，我自己可以。”

齐彦挪了下胳膊没让她够到：“没事，我来。”在外人眼里，这根本就是暧昧的你来我往，周围的嘘声更大了。

“不是……”蔚玖急着解释，但蚊子一样的声音立刻就被掩盖住了，她的心猛然沉了下去。还有这么长时间的实习期，她是真的不想都在这样的氛围中度过。

归巧拉了拉她：“别理他们，越理他们越来劲。”

蔚玖点头，抿着唇不再说话了。

苏清屿还在和陈导说话，注意力却早已被那边的声响吸引。他蹙着眉，看到蔚玖被围在中间一脸无措的样子。

陈导的话停了，他顺着苏清屿的视线看过去，笑了。

苏清屿这才发觉自己失态了：“陈导，抱歉。”

陈导笑着看他。陈导和苏清屿认识有四五年了，苏清屿这孩子，虽然还很年轻，但入圈早，怎么也算在娱乐圈里摸爬滚打了七八年，整个人透着一股沉稳和老成，这倒是陈导第一次看到他这么频频失态。

“认识你这么久，也没见你求过什么人，这回却特意找徐教授要了这个小实习生。”陈导挑了挑眉毛，“你不用过去救个美？”

苏清屿又看过去，见归巧已经将蔚玖拉过去了。他摇头，丝毫没有被戳穿的窘迫，只是为自己的不专注抱歉地笑了笑：“不用了。”然后抬起眼皮，复又看了一眼齐彦的背影，目光深沉。

陈导对此只是笑了笑，没有再继续追问。

和陈导了解完拍摄流程，苏清屿意外地收到了小格的语音信息，他走到一旁稍微安静一点的地方点开。

小东西：“姥姥问你今天晚上回不回来吃饭？”

苏清屿又点了一下，重新听了一遍小格的语气。自从上个星期蔚玖生病时，他对小格说了两句重话，小格就一直是这副冷淡的样子。

这种情况不是没有过，但最后都是小格理亏，然后傲娇地翻篇，假装没发生过。这次持续的时间却有些久了。苏清屿耐下心来，试图拿出长辈的样子做出让步，问：“你想去吗？”

小东西：“姥姥是在问你，你问我干什么？”

小东西：“反正你去我就不去，你不去我就去。”

苏清屿皱起眉来，眼神变得严厉：“江格，你又在闹什么？”

小东西：“你管我？”

大魔王：“我是你舅舅，我当然可以管你。”

大魔王：“一个星期了，你都没觉得自己哪里错了，还在这里闹？”

大魔王：“最基本的长幼尊卑，你都忘了吗？”

小东西：“我不想和你说话！”

苏清屿内心呵笑一声，不想和他说话？

他正打算调出软件看看那小东西在干什么，有没有好好练琴，一条让他意外的消息在这个空当钻了进来。

他抬眼看了看小工作室，那里还是房门半掩的状态。他低头打开消息。

小老师：“你在干吗？”

苏清屿呼出一口气，低头打字：“教训江格。”

蔚玖愣了一下，小心地问：“他怎么了？”

小格舅舅：“闹脾气，都一个星期了。”

蔚玖顿时忘了自己先前想要说的话，问道：“因为什么？”

苏清屿把那天她意识不清时发生的事情大概说了一遍，蔚玖看着那一长串经过，愣了足足有快一分钟。

待到她反应过来，顿时觉得自己像一个罪人。她努力加快打字速度，澄清着两人的误会："我生病和小格哪有什么关系啊……是我没注意增减衣服，和小格没关系啊。"

"他愿不愿意早上课，我都已经生病了……而且他本来就不用必须早上课。"蔚玖完全没料到他会这么想，这样的判断完全不像理智如他的人会做的。她的思绪有些乱，这一刻他们之间的角色颠倒了，她才是理智成熟的那一个。

小老师："你这样，他要更不听我话了。"

直到看到这一条，苏清屿才终于被说服了些，紧皱的眉头松动一瞬。

小老师："你不要生气了……"

苏清屿被这一句哄得轻轻笑了。

小格舅舅："我有那么可怕吗？"

小老师："要讲实话吗？"

小格舅舅："当然。"

小老师："这是我对你的第一印象……"

小格舅舅："……"

这是他第二次发省略号过来，蔚玖掩着唇偷偷笑了。

归巧不错眼地盯着蔚玖，突然出声："蔚玖，你和我说实话，你是不是网恋了？你自己说说，这是第几次被我逮到对着手机傻笑了？！"

蔚玖被吓到，慌忙要去捂她的嘴。归巧眼神里都是调侃："哎，齐班长刚出去有五分钟吗？你就这么迫不及待地找你的小格舅舅解忧了？"

蔚玖气势一下子弱了下来，归巧竟然全说中了……她刚刚确实是想和他说这件事，想问问他怎么处理最得体？她自己都没有察觉到，一旦遇到超过她解决能力范围的事，她便开始下意识想询问他的意见。

和他说了这么一会儿，她方才的纠结和烦闷骤然被她抛到脑后，完全忘记找他的初衷了。

看着她对待齐彦和小格舅舅的这个反差，归巧瞬间就什么都明白了，凑过去问她：“能看吗？”

蔚玖顺着归巧的视线看过去，懂了。归巧在问她能不能看她和他的聊天记录，她纠结了几秒，还是点了头。

归巧喜上眉梢，将刚刚两人的聊天记录看了一遍，完全秉持着不耻下问的态度，有不懂的地方一定刨根问到底。蔚玖被归巧弄得既害羞又紧张。

归巧突然“啧”一声，蔚玖心一跳，问道：“怎么了？”

归巧的表情有点古怪：“他因为小外甥没提前上课，就这么晾了小外甥一个星期？”

蔚玖点头：“是……”其实她也觉得他的逻辑很牵强，她想和归巧辩解，他平时真的不是这样的人。

“可以的。”归巧忍不住笑了，点了点头。

蔚玖还在想辩解的措辞，听到这话一脸茫然：“什么？”

归巧一边摇头一边同情地感叹：“真心疼小外甥……可以说是强行背锅了。”

“嗯。”蔚玖点头，然后努力观察归巧的反应。她知道他是什么样的人，但别人不知道。她不希望因为这件事，归巧就把他定义成无理取闹的舅舅……

归巧看了看蔚玖欲言又止的样子，又看了看门口的方向。这小格舅舅有点厉害啊……这是连天王级别的偶像，都能 PK 掉的存在？

五

苏清屿没待太久就走了，他的行程满当，不像他们这些学生有固定的双休和假期。其实这一个星期，他并没有空闲下来，知道他在走之前留下主题曲试听小样和歌词的时候,大家都被这个速度震惊到了。

能成为第一批听到新歌的听众，蔚玖心里有些雀跃，也有着小粉丝的成就感。喜欢得久了，炙热的情感早已平平淡淡，她甚至常常要迟上一两个月才知道他是去开演唱会了。而这些天，她好像找回了最初喜欢苏清屿的那种状态，他的音乐最能平复她的心情。

这会儿，蔚玖坐在公交车上，耳机里还在反复循环一首歌，手机冷不丁进来几条消息。看清是谁发来的以后，蔚玖悄悄关掉音乐，勾起嘴角。

小格舅舅：“实习好玩吗？”

蔚玖耳尖不禁有些发烫，他们之间从上一次送医事件之后，就好像变得更……说不清道不明了。他突然变得主动起来，每天晚上都会和她发消息。偶尔没等到他的消息，她就先发过去。总之每天的联系不能断了，这似乎成为两人之间一种心照不宣的默契。

“好玩”这个字眼，如今看起来也变得暧昧，他同她讲话总有种对孩子说话的语气。

“我已经十九岁了……”她婉转抗议。

对方很快回过来，语气好似透着笑意：“是谁把我当成长辈来着，嗯？”

蔚玖顿时面色通红，妥协道：“好玩的……”

苏清屿不禁轻笑出声。

他越来越大胆赤裸地调笑她，她也甜蜜地照单全收。蔚玖低头暗自开心了一会儿，想起什么，给他发了一句：“我……还有十分钟到。”

暗示意味会不会太明显了……蔚玖心跳如鼓，慌忙想点撤回，手忙脚乱间却错摁了删除。她心跳仿佛骤停，眼睛紧紧盯着屏幕，一分钟好像一个世纪那么漫长，最后等到了一句：“嗯。”

看到这么简单的音节，蔚玖突然有一点泄气。

他回来有几天了，她也过去上了两次课，但不巧的是两人从未碰面过。他从来没有和她提过见面的事，他不提，蔚玖更怯于提。

选修课上，蔚玖的精神有些恍惚。这堂课还是开学的时候，归巧帮她抢的，名字叫“恋爱必修课”，当时归巧说是要让她开开窍。这课也是西大的网红选修课，主讲老师是心理学界极为有分量的袁清教授。

精神恍惚的蔚玖被老师的声音震醒，视线集中到幻灯片上。

男生在乎女生的表现是什么？标题很醒目，底下罗列了不同性格的男生可能有的表现——

最喜欢看女孩儿笑、最喜欢和女孩儿拌嘴、最喜欢女孩儿找自己帮忙、最喜欢女孩儿在身边鼓励自己……

她无疑是喜欢他的，只要思绪沾上他，都会让她心里一阵小鹿乱撞，她对感情还比较懵懂。但……他呢？

蔚玖的视线缓慢地从上至下查看，想找到一条贴合自己的，却发现他们之间连见过面这个最基本的前提都不能达到……

回到寝室，归巧察觉到了蔚玖的不对劲，她凑上去问：“怎么了？看你这表情……那小格舅舅其实是个秃顶大叔吧？”

蔚玖被逗笑了一瞬，摇摇头：“我们还没见上面。”

“又没见到？！”归巧纳闷道，“他不是在国外工作吗？回国了不该成天闲着吗？”

“不知道……每次他都不在。”

“他不是在躲你吧？”

蔚玖顿住：“如果是的话……为什么呢？”

“肯定是长得太丑。你想啊，他从监控里早就知道你长什么样子，现在回来了觉得自己拿不出手呗。”归巧说得眉飞色舞，一脸嫌弃。

“打你哦。”蔚玖无奈一笑，推了推归巧的脑袋，她知道归巧是在安慰她。不短时间的相处，她觉得他绝不会是归巧口中那样在意外在的人。那么他不愿见自己的原因……无非就是不喜欢罢了。

归巧看蔚玖又落寞下来，敲了下她脑袋："哎呀，你就别自己瞎猜了！直接问他在不在家，约个时间碰面不就好了！"

"我……"蔚玖神色犹豫一瞬，但没等归巧竖起眉毛就做好了决定，"好。"

转天去做家教的路上，蔚玖把头倚在车窗上，斟酌再三，还是鼓起勇气给小格舅舅发了微信，问他在不在家。她真的想和他见一面，前所未有地想。她长这么大，和那么多人交往都没这么主动过。

一分钟后，她收到回信："今天有工作，不在家。"

蔚玖愣怔一瞬，她连邀约都没能说出口。维持了一天的希冀就这么悄无声息地散掉了，他没有推托，是正当的理由，却仿佛也是一种既定的命运，削弱了她心头隐隐期待的火焰。

是不是只有她自己，迫切地想要见到他？

她虽有些失落，但还是给他回："回来晚的话小心开车。"

课间休息的时候，蔚玖习惯性地愣神。她发现，琴房里很多原本被收起来的东西又被重新摆了出来。从苏清屿的第一张专辑到最新的一张，限量版、典藏版一应俱全。

如果他是张扬一点的性子，喜好透明玻璃橱柜，又或者如果她不那么恪守家教礼节，好奇地打开柜子瞅一瞅，那么一柜子的奖杯便足以让所有的真相大白。

然而所有的一切都没有如果，几张专辑而已，她并没多想，依旧本分地上完课，和小格、于妈告别。

出小区门口的时候已经十点钟了，这个时间只有一班通宵公交车还在运营，她坐在公交车站牌下的座椅上，低着头，心头涌上一阵疲惫。

大概过了五分钟，蔚玖听到一声鸣笛，她想要抬头看的时候，已经有一双脚停在她眼前。隐约有些熟悉，她抬起头，眼神怔了怔：“苏老师？”

苏清屿低头看她：“想什么呢？按了三下你才有反应。”

蔚玖的反应有些慢：“这么巧啊……”

苏清屿被她逗笑了：“是，这么巧。”

他又问：“这么晚了，还在等公交车？”

蔚玖点头：“我刚上完家教课。”

苏清屿皱眉，刚想说哪个不靠谱的家长让家教这么晚下课，又硬生生吞了回去：“上车，送你回去。”

“啊？”

“上车。”

蔚玖糊里糊涂就上了苏清屿的车，规规矩矩地扣好安全带。苏清屿开着车，敏感地发现小姑娘的情绪似乎不是那么高，连见着他的那股紧张劲儿都消了不少。

“坐公交车回去要多久？”他问。

“一个多小时。”蔚玖低眉顺眼地答。

“这么久？”苏清屿蹙眉，明明开车只要二十分钟。

“嗯。”她点头，“这个时间只有这条比较久的线路。”

蔚玖笑了笑：“你应该很久没有坐公交车了吧？”

苏清屿也笑了。他发现她真的很温柔，是一种极致的善解人意的温柔。就像现在，她情绪明显不高，似乎更想一个人等公交车，却驳不了他执意送她回家的要求，温顺地答应；她似乎更想沉默，却仍在努力地找话题。

过了一处路口的时候，苏清屿发现她又在愣神，轻声问了句：“怎么了？”

“啊！”蔚玖猛然回神，反应过来有些不好意思，“您……说什么？”

苏清屿没说话，直直地看着她，像在等她的下文。

蔚玖歉疚地看了他一眼，支吾道："我……昨晚没睡好。"

搪塞的意味很浓，毕竟两人的关系哪能诉这么隐秘的衷肠。她不敢抬眸，但幸好苏清屿很给台阶地没深究，只说："别熬夜。"

她忙不迭点头。

两人有一搭没一搭地说着，经过影视城的时候，蔚玖才猛然想起来："我好像忘记说我家地址了……"说出口才发现不对，她错愕地看向苏清屿。

他……怎么会知道？！

苏清屿不紧不慢地解释："之前在奶茶店，你不是说影视城在你家附近？"

"哦，对，"蔚玖缩了缩脖子，脸有些红，"就是前面那个小区。"

气氛变得有些尴尬，空气里弥漫着沉默。想起小区里路灯少得可怜，蔚玖怕他找不到回去的路，主动开了口："您……把我送到小区门口就好。"

苏清屿没回应，仍在专心看路，车也当然没停。蔚玖紧张得悄悄吞咽了一下，有种等待发落的意味。快要驶入小区的时候，他才终于开口："应该怎么走？"

这话显然表明了他的立场，语气并不严厉，但就是有种不容拒绝的意味在，蔚玖动了动眼睛，小声道："进去左转……"

说完，蔚玖不自觉弯了弯唇，心里涌出一阵暖意，在这样情绪有些低落的晚上，这个"粉丝福利"好到让她觉得有些不真实。

苏清屿给人的感觉很安心，他没有什么多余的话，只是循着蔚玖的指路利落地打着方向盘，却让蔚玖有些挪不开眼。他太耀眼了，即使是做着最普通的事情，也能让人将视线凝在他身上。

他天生就应该是被注视的。

此时在她身边、载她回家的男人，好像又回到了那个遥远无法触碰的位置，神圣、不可侵犯。

临下车，蔚玖认真而诚恳地说："谢谢苏老师。"

苏清屿握着方向盘笑道："还叫苏老师？"

蔚玖有些局促地咬住下唇，不知该如何回答。她眼神不自觉地左右转了两圈，透过车窗，今晚的月亮明亮又透彻，弯得……就像最早版本微博里晚安的表情。

那时的她怎么会想到今天呢？

蔚玖的眼神怯怯地回到苏清屿身上，闪烁着异样的光彩。重复了1013次，这么一个只属于自己的秘密，就让她任性一次吧……

"嗯？"听她半天不说话，苏清屿又问了句。

"那……"她红着脸，停顿了好一会儿才继续道，"晚安，苏清屿！"蔚玖说完就像做贼似的慌忙开车门走了。

苏清屿愣在了驾驶座上，等他再次反应过来的时候，后视镜里她已经悄悄走远。

不一会儿，不远处的楼栋，楼道里的灯一层一层亮起。苏清屿笑了，轻声说了一句："晚安，蔚玖。"

蔚玖一路快走没停，进了家门时，还是有些喘。她倚着房门，右手捂着胸口，心脏还在猛烈地跳动。

刚刚的一幕太具有仪式感，就像是完成了她那么多年的夙愿。

第四章

“知道还欺负我的人？”

一

周六一早，蔚玖很早就到了剧组，不出意外今天陈导会安排苏清屿和韩止试戏。还没进工作间，她远远就瞧见陈导已经在一边和两人说着什么，奇怪的是陈离昕也待在一旁，不知道有什么安排。蔚玖安安静静地推门进屋，没察觉到其中一道视线轻轻朝她掠来一瞬。

归巧仍旧是最后一个到的，她刚进门就一脸不爽，和蔚玖窃窃私语："你看见陈离昕在外面干什么了吗？"

蔚玖点头："她来得比我还早。她在……"

归巧冷笑一声："刚刚打水忘记把水杯拿回来了，帮我去拿下。"

蔚玖一头雾水，看见归巧朝她使了个眼神。于是趁着老徐还没来，她偷偷摸摸开门溜了出去。

蔚玖往苏清屿的方向看，发现只剩下了苏清屿和韩止，陈导和陈离昕都没在那里。蔚玖实在不懂归巧在搞什么，只得按照她的指示去打水间。

打水间旁边有一间换衣间，想要去打水就一定要经过换衣间，蔚玖轻手轻脚地过去，发觉换衣间的门是敞着的。她本没有想要朝里看的想法，却在经过的瞬间听到了些声音。

蔚玖的脸"噌"地红了，身体顿时有些僵直，眼睛也不敢乱动，余光看到半敞的门里一个男人反坐在椅子上，脖子上有一双手在替男人按摩。她听到的声音就是那个男人因为被按压对了地方，而发出的舒服的喟叹。

蔚玖舔舔唇，稍稍松了口气，她、她还以为……

她也不敢看里面是谁，快步走到打水间，可这时里面的人却开始说话了。两间小屋距离太近，换衣间又没有关门，蔚玖这下出去也不是，不出去也尴尬。

踌躇的工夫，陈离昕的声音传了出来：“陈导，舒服点儿了没？”

“嘶——别说，你这小丫头，人不大，这手劲是真大。”

陈离昕捂嘴笑得很婉转：“还有啊，跟您说，我之前也是熬夜做作业颈椎总是不好，我姑姑带我去那家按摩店，做了几次效果就特别好。”

“欸，疼疼疼，轻点儿。”

蔚玖实在有些听不下去了，拿了归巧的水杯就急匆匆地回身走人。这么一趟，好像做了亏心事的是她一样，她心跳咚咚地逃回工作室。

归巧看她回来，眼睛里都是八卦的光芒：“怎么样，怎么样？”

蔚玖的表情很怪异：“呃……”

“刺激不刺激？”

蔚玖捂着胸口，还没从诧异中完全回过神来，半天才出声：“陈导……不是有妻子吗？她……不知道？”

归巧一脸鄙夷道：“你说呢？”

蔚玖觉得有点不可思议，组织了半天语言都没能说出一句话来。在她这十几年的人生观里，她是不会轻易用言语来判断一个人的，只是亲眼所见的视觉冲击让她实在缓不过来：“我们不是才和陈导见了几次面，就……”

“是吧。问题的关键就在这儿了，如果熟了的话也没什么，可是根本不熟，就见了几次。”归巧说着突然一顿，“但我怀疑她的目标不是陈导。”

蔚玖觉得更乱了，看向归巧，隐隐有种预感：“你不会要说……”

“对，我觉得是你家苏清屿。”

蔚玖因为归巧的话噎了下。其实以往归巧一直是这么称呼苏清屿的，蔚玖抗议两次无果，也就随她去了。但现在她已经跟本人有了微小的交集，再将这话听在耳朵里，实在有些怪异……

归巧还在自顾自说着：“你早上看到她跟他们一块儿看剧本什么

的了吧？我来的时候凑过去问了下工作人员，说是有个女演员来不了了，所以她才那么积极。”

“原来是这样，”蔚玖恍然大悟，“她想进娱乐圈吗？”

“屁！”归巧说，“你忘了那角色是跟苏清屿有互动了？”

“啊……对，她好像也喜欢苏清屿……”蔚玖这才反应过来，想起那时候陈离昕跟韩止一个劲儿地套近乎，也是为了套到苏清屿的消息。这次又……真的是不择手段了。

归巧显然也是想起了这个事，“啧啧”感叹：“你看人家追星多敬业多努力。”

蔚玖气恼地捶了捶归巧，老徐恰巧推门进来。他先瞅了瞅屋里的人，然后问：“陈离昕呢？”

“学姐啊，”归巧扬声回答，“在外面拍戏吧。”

“拍戏？”老徐问，“怎么回事？”

归巧耸耸肩：“我也不知道，反正估计要一直待在外面帮忙了。”

蔚玖有些尴尬地拉拉归巧，但她的目的已经达到了。老徐果然拧起眉头：“本来活儿就干不完了，她还去拍戏了？”

众人看老徐有些发怒的征兆，纷纷沉默不敢说话。

老徐拧着眉好一会儿才继续说：“算了，不管她，咱们先干。”

归巧歪过头，冲蔚玖嘚瑟地挑了挑眉。蔚玖被逗笑，她有时真的很佩服归巧这种疾恶如仇、想做就做的性格，不像她，总是畏首畏尾、患得患失……

怎么又想起他了……蔚玖抿抿嘴唇，低头点亮了手机屏幕，解锁后出现的就是和小格舅舅的聊天记录，上面是昨晚他发过来的晚安。愣愣地发了几秒钟呆，她才重新将屏幕摁灭装进口袋。

大概过了两个小时，大家盯电脑盯得累到不行，听着外面隐隐传来拍戏的声音，一个个心猿意马起来。老徐也累了，于是大发慈悲道：

"都去休息！一个个没精打采的。"

屋子里顿时发出一阵疲惫的呼气声。

"腰要折了……"男生们纷纷站起来活动身体。

蔚玖也起身活动了一下膝盖。

安馨是陈导选过来帮他们的导演助理，性格很好很会活跃气氛，她叫上蔚玖和归巧："我们出去看他们拍戏去。"

从屋里出来的时候，他们似乎正在休息，陈导拿着剧本在和韩止讲下一场戏需要注意的内容，苏清屿在一旁也在低头看剧本。

在屋里老徐盯得太紧了，好不容易出来能说话了，归巧和蔚玖咬耳朵："忘了问你，你跟小格舅舅怎么样了？"

蔚玖垂下眼帘，摇了摇头。

归巧震惊道："之后没再联系你？"

"不是……"蔚玖抿起嘴唇，"他会和我说晚安。"

他照常每晚会发来微信，他似乎很忙，但总要发来一句晚安，仿佛是他的什么执念一样。而且他从不说"晚安"，而是说"晚安，蔚玖"。

蔚玖不知道是自己的主观情绪作祟还是什么，总觉得被他这样一说，简简单单的晚安却带上了一丝珍重的味道。

可是即使每天都和她说晚安……关于见面的话题，他仍旧没有提起。

"不应该啊……"归巧摇摇脑袋，聪明如她也实在搞不懂了。

蔚玖不太想继续这个没有结果的话题，而且安馨也在，于是环顾下四周随意地说："今天剧组好多人啊。"

归巧果然被转移了注意力："欸，你看她们手上的东西。"

蔚玖这才注意到，边缘处围着的大部分都是女生，而且像是一个有组织的小团体，几乎人手持着一块灯牌。

"那……是什么？"蔚玖仔细瞅了瞅灯牌上的字——"'SH'，是有什么特殊含义吗？"

“啊，你竟然不知道吗？！”归巧惊讶极了，“S——苏，H——韩，我都比你清楚。”

“哈哈哈……对。”安馨也加入她们的话题，“他们两个的CP粉可是超多的，今天算是破例让一小撮人进来看的。”

“啊……”蔚玖猛然反应过来，又瞅了瞅那一张张热情洋溢的脸。可能是因为苏清屿在认真看剧本，他们也不吵闹，就安安静静地举着灯牌看着，场面挺温馨。

没一会儿，苏清屿终于抬起头，手边有人非常体贴地递来一瓶水。他歪头看到陈离昕，礼貌地笑了下：“谢谢。”

“这是新来的助理？没见过啊？”其中一个粉丝小声说。

“不是啊，好像是群众演员？刚刚不还参加拍摄了。”

然而说完那句谢谢，苏清屿并没有接陈离昕手中的水，而是伸手从韩止座位旁边拿起一瓶。

“扑哧——”归巧没忍住笑出了声。

原本安静的粉丝们顿时炸开了锅，发出长串的“嘤嘤嘤”。

“啊啊啊——喝他水了！苏清屿喝他水了！”

几个妹子灯牌也不举了，眼睛一下子亮了，死死地盯着两个男人。

“我就说今天会发糖吧！”

“啧啧，动作自然得哟。”

陈离昕自然是听到了众人的小声议论，尴尬地收回手，面色不虞地回到座位上。苏清屿跟韩止差别太大了。先前跟韩止非常容易说上话，但苏清屿对人永远保持着礼貌的疏离，她暗暗攥起拳头。

韩止原本在跟陈导讨论，也被这声响引得回头，应和着嚷了句：“喂，我喝过了的！”

苏清屿不紧不慢地喝了两口，一秒拆穿：“我刚开封。”

周围的工作人员也跟着笑了。一片笑声中，两个当事人却是一身恶寒，嫌弃地看了看对方。

蔚玖湮没在人群里，看着两个人你不理我、我不理你的互动，嘴角泛起一阵笑意。

他们从出道开始就在一起，起初连住也是住一起，几年如一日，各大书店、音像店总是会把他们两个的专辑放到一起，就连粉丝的关系也是和谐极了。

她翘起嘴角，想起了几年前那一次。两个男人模糊不清的疑似牵手照突然被爆了出来，新闻一出，在网上引起了不小的波澜。那时候没有“腐女”这一说，也鲜有人拿这种事情开玩笑，被新闻标题和网友诱导，她真的相信了，还傻乎乎地给他发了私信……

私信内容是什么来着？

她跟他说：祝你幸福……

这么一想，那好像是她发给他的最后一条私信，蔚玖低着头，被自己的傻气逗笑了。

此时此刻，不止她想起来了，看着她的笑容，苏清屿也想起来了。她先是发给他一个无厘头的新闻链接，还附加了一个问号。一如既往地没有得到回应，隔了两天以后，她又发过来一条——

说祝他幸福。

……

再然后呢？

再然后她就消失了。

二

回到小工作室后，蔚玖始终有种怪异的紧张感，她总觉得刚刚她笑他们的时候被苏清屿看到了，而且看向她的眼神竟有些“责怪”的味道？这种被抓包的心虚感萦绕在她脑海中挥之不去……

下午快下班时，苏清屿竟然推开门进来了。陈离昕异常乖巧地跟在后面，喧闹的屋子顿时安静起来。这一屋子的人，除了安馨大多都是刚接触这个圈子，总觉得和明星相处会有一种格格不入感。

苏清屿在门口停了几秒，打破尴尬：“过来和大家认识一下。”画面这才重新启动，大家纷纷回应。

苏清屿作为主题歌的作者，肯定要参与MV的讨论工作，只是一天的时间他都在陈导那边，所以只能晚点过来。徐教授出去了，长桌一头一尾两个主座便是专门给苏清屿留的，他只需要再走两步就足够。然而，苏清屿却绕过了离门最近的椅子，径直走到了最里面的那个位置。

蔚玖的目光追着他的身影缓缓拉近，猛然预料到什么，身子顿时不动了，脖子转回来正视前方。

苏清屿先和齐彦点了点头。这小子选了和蔚玖相对的位置，只要一抬眼就能看到电脑屏幕后面的她。

齐彦皱眉，看着苏清屿脸上的笑，总觉得有那么些意味深长。

见苏清屿坐下了，蔚玖不得不偏头看着苏清屿，中规中矩地打了个招呼：“苏老师。”

听到这个称呼，他的笑容更深了，别人看不明白，但蔚玖懂。画面顿时被拉回到那个晚上，她大着胆子脱口而出的“晚安，苏清屿”，说完还就这么跑掉了……

当时可能是情绪低落、脑子坏掉了，现在想起来恨不得把自己埋起来，她偏过视线，有些不自在。

“哟哟哟，这算粉丝福利吗？”他这个舍近求远的行为着实突兀了些，觉思南想起上次归巧嚷嚷出来的话，笑着起了句哄。

苏清屿见蔚玖已经开始脸红了，她真的经不起一点调侃。

男人的劣根性在心中作祟，他想看她更害羞的样子，想等她湿漉漉的眼睛投来求助的视线，但现下却是舍不得了。

他挑眉，半开玩笑地回：“知道还欺负我的人？”

屋子里顿时一阵诡异的安静，过后便是排山倒海的沸腾。

小工作室里就三个男生，除去脸色黑得不能再黑的齐彦，另外两个都是闹腾的主儿。两个人愣是闹出了千军万马的架势，又是拍桌子又是叫唤，比蔚玖这个当事人的反应大多了。

当然，当事人蒙了的可能性更大一些。

苏清屿右手挨近嘴唇，比了一个噤声的手势，眼神往门的方向瞥了瞥："别把陈导引来。"

众人立马噤声，小幅度地点头，原本生疏的尴尬就被这一个小插曲消融掉了。

陈离昕神色阴晴不定，一言不发地回到自己位置坐下。

苏清屿俨然褪去了刚刚的轻松模样，迅速换成工作状态："大家听了小样以后，对 MV 有什么想法吗？"

"好听。"

"惊艳。"

"特别好听。"

"肯定会火。"

不够熟识，加上不够专业，让他们的词语贫乏得连他们自己都尴尬。到归巧这儿，众人一脸期待地看着她，期盼她能像往日一样巧舌如簧。

"我是音痴。"归巧努了努嘴，"这当然得问蔚玖了。"说罢，不怀好意地冲蔚玖抛了个媚眼。

蔚玖大拇指慌乱地蹭了蹭笔杆，先瞄了一眼苏清屿，发现他很认真地在看着自己，眼神里什么不好的情绪也没有，看来是自己担忧过度了……

她抛开杂念，镇静道："这首歌一开始的唱腔是偏雷鬼风，所以整首歌就是一种明快的，或者说是诡异的基调更准确，后面部分又融入爵士，这种轻快感就更明显了。这样的话……”

蔚玖本来就很少说这么长的话，还是当着这么多人，说到一半发现大家突然很安静，她的声音也不自觉弱了下去：“这样的话，感觉歌词和剧情也顺应着曲子的曲风会比较好……”

苏清屿侧着脑袋看她。她已经放下笔，眼睛比平时睁得大了一些，讲完了就目不斜视地盯着自己电脑上面的那个摄像头。

安馨听得似懂非懂，深感佩服道：“蔚玖，你是专业的吧？”

“不是呀。”蔚玖不再眼观鼻鼻观心，连忙摆手。

“可我连雷鬼是什么都不知道。”

“这个啊，其实……”蔚玖有些不好意思地说，“是苏……老师，他一直喜欢用雷鬼元素，我就……”

“原来如此……”安馨意味深长地点了点头，“真爱粉无疑了，鉴定完毕。”

觉思南笑道：“馨姐，我这个先例在这儿了，你还敢‘欺负’蔚玖啊？”

“啊，对！”安馨夸张得连忙认怂，“苏老师，我可没把‘你的人’怎么样。”

大家都是一副调侃的样子，笑吟吟地看着她。蔚玖暗暗咬住舌头，她感觉自己又说错话了……而苏清屿呢，这回也不帮她了，也饶有兴致地看着她，还低声笑了下，很浅，但蔚玖听到了。

这种感觉太奇怪了，与她和齐彦被人起哄时的感受不同，她对齐彦是朋友间的欣赏，无关男女之情，那只会让她有被误会的窘迫感。可他不一样，他是她从年少时就奉为神明的人，她没办法比肩，旁人的玩笑只会让她难以自抑地自惭形秽。

蔚玖自顾自紧张着，可屋子里的气氛却轻松了起来。安馨也算是在这圈人中跟苏清屿稍微熟一点的，她大着胆子问蔚玖：“小蔚玖，我特别好奇一个问题，不都说爱屋及乌吗？因为喜欢苏清屿，有没有让你有什么奇怪的喜好？我有姐妹就因为偶像影响，所以只喜欢穿帽衫的男生来着。”

这个……蔚玖偷瞄了一眼苏清屿，这种事情在当事人面前说也太奇怪了……但是看着大家期待的表情，不说又会很扫兴。

想了想，蔚玖含糊道：“就是……对姓苏的人会很自然地产生一些好感。”

“哦？”觉司南怪叫出声。

“你哦个鬼啊。”归巧翻了个白眼。

苏清屿笑着解围：“当着我的面这么说，真的好吗？”

“馨姐，我们继续讨论吧……”蔚玖避开他灼灼的眼神，软下语气说道。

安馨哈哈笑，做了一个 OK 的手势。

苏清屿不着痕迹地瞅了下齐彦有些微妙变化的神情。

——这个小丫头是不是有点太讨人喜欢了？

事实上，经过一个星期的准备，安馨已经有了几个剧情片段的雏形，只差和苏清屿这个大忙人针对歌词和剧情进行磨合了。真正要落实到 MV 里，既要考虑背景设定容不容易用 3D 技术来呈现，还要结合他们后期人员的设计想法。

都是刚实习的新人，一谈起想法来滔滔不绝，激烈的讨论完毕，蔚玖还在低头看着自己的笔记涂涂画画。

中间休息十几分钟，归巧拖着蔚玖跑了趟厕所，不巧赶上女厕所人流量高峰，两人在进门的位置排起了队。回想起刚刚的各种，归巧斩钉截铁地说：“他绝对是想泡你。”

蔚玖小心地瞅了瞅前面的队伍，幸好没人注意她们在说什么。她用那毫无震慑力的眼神瞪着归巧。

“我又没说他名字。”归巧一乐，“但他真的想泡你。”

蔚玖皱眉：“他不是那样的人。”

“你理解成什么了呀？”归巧笑道，“我一开始也是像你想的那样，但今天之后我觉得他是真想泡你，喜欢你。那个眼神，黏腻得啊，还什么‘我的人’，啧啧啧……”

“因为我是他粉丝嘛，”蔚玖翻起旧账，“都怪你说出来……”

“屁，不要甩锅给我。陈离昕不是粉丝吗，她就差贴他身上了。啧，人家不还是不为所动。”

蔚玖还是摇头：“不可能，我们才碰过几次，我都不敢和他说话……”

“那可说不定，没准他一看见你，咻地就被爱情击中了。”归巧动作夸张，右手扭啊扭就要钻进蔚玖的心口。

蔚玖轻轻咬着下唇，没有说话。

归巧认真道：“蔚玖，你别瞒着我，你自己其实也觉得挺奇怪吧？你对他那么了解，你肯定察觉到了，他对你特别不一样。”

“我……”蔚玖耳根有些红。

她说不出否认的话。是啊，她那么了解他，她确实不相信自己能够吸引到他，但同样不相信他会对任何一个女生都这样。这种矛盾和疑惑，从上次在公交车站偶遇，他送自己回家一直持续到现在。

前面的人差不多已经全部进入隔间，此时外间只剩她们两个。

“你什么你，”归巧声音放肆了些，捅了捅她，“还不赶紧上？蔚玖，你别犯傻，喜欢他这么多年，这么一个大好机会，你要是不抓住的话……”

归巧“啧啧”摇头：“我都挺想替广大迷妹打死你的。”

蔚玖的表情有些复杂，欲言又止。归巧已经开始认真地琢磨：“需不需要什么撩汉指南？欸，不对，直接问晓晓那个花痴，她追起人来有一套。”

眼看归巧现在就恨不得给晓晓打电话要秘籍，蔚玖着急了，忙着解释：“不是……”

“嗯？”

蔚玖垂下眼睛，觉得只这样私下说出来都是对他的不尊重，支吾半天，吞吐道：“我……我不喜欢他，真的只有崇拜。”

归巧怔了一瞬：“什么？”

“我从来没想过能和他谈恋爱……”蔚玖怕她不信，还伸出了两根手指放在脸庞，立誓一样，“真的。”

归巧像被雷劈中一样定了几秒，脸色由不敢置信到像看怪物一样看着蔚玖。

蔚玖抿起嘴唇，本来有点心虚，也有点害羞，但为了证明自己所说的真实性，她始终顽固地对着归巧的眼睛。

归巧仔细端详起她的神色表情，恍然般眼睛一亮。

“完了，蔚玖，你完了……”归巧一边摇头，一边兴奋地看着她。

“怎么了？”

“你真的喜欢上小格舅舅了！”

归巧原本以为蔚玖只是情窦初开的悸动，何况还是段“网恋”。退一万步来讲，即使已经不是单身，面对自己爱豆的诱惑，也不一定有几个人能坚守得住立场。

而眼下的情况除了陷入爱情的傻女人，不会再有什么其他可能性了。

归巧的语气斩钉截铁，蔚玖的脸顿时红了，心怦怦直跳。

蔚玖再也无法欺骗自己的内心，轻轻点了点头：“嗯。”

三

“哇，”归巧摸了摸下巴，满是惊讶，“竟然承认了。”

蔚玖低头躲着，应对不来她眼里的调侃。

“告白了？”

蔚玖猛地抬头，然后狂摇脑袋，脸都臊得通红。

门外洗手池边的男人正听到这里，韩止走过来奇怪地问：“愣这儿干……”

苏清屿一个眼神看过去，止住了他接下来的话。

韩止没懂，但配合地压低了声音：“陈导喊你过去一趟。”

“嗯。”苏清屿停顿几秒，还是没能等到里面再次传来声音。他看了一眼门上的女厕标志，嘴边不自觉勾起一抹笑，迈步离开。

归巧还想跟蔚玖说点什么，里间的厕所门突然被打开，吓得两人一愣。

陈离昕用手理了理上衣下摆，意味不明地看着蔚玖：“归巧没说错啊，学妹最近的桃花还真是好。”

拆开来看，话里的每一部分好像都没什么问题，但是陈离昕用那个古怪的语气说出来，却好像变了味道，字字带着暗刺。

她越过两人去洗手，不紧不慢地清洗得极为细致，要走的时候还轻轻笑了声，却并没在看她们两个，轻蔑极了。

蔚玖有些愤愤，但欠缺吵架经验的她无法迅速组织好语言。归巧忍不住了，在陈离昕出门前一瞬，呛声道：“桃花旺好啊，总比有些人死乞白赖也贴不上强。”

陈离昕的步子明显一顿，虽然留给她们的是背影，但蔚玖也从中感受到了咬牙切齿的意味。似乎是没能找到辩驳的话，她停顿一瞬，竟然没说什么，大步走了。

归巧死命地翻白眼：“看见了吗，这就是嫉妒的女人的嘴脸。”

蔚玖撇着嘴：“我是不是要被她针对了……”

“八成是，别怕，没事儿，我罩你。”归巧拍拍胸脯跟她保证。

“我不是怕，我只是觉得这样的行为让我很……不知道说什么。”蔚玖伸手碰了碰归巧，罕见地调皮了下，“别拍啦，本来就不……”蔚玖皱起小脸，适时地闭上了嘴巴。

归巧低头看了看自己，然后瞪眼：“好啊，敢调戏我了？”

“我错了！”蔚玖笑了笑，赶紧转身小跑了出去。

两人一路打闹，很快就赶上先一步出来的陈离昕。归巧和蔚玖经过的时候，她半个眼神都没分给她们，冷冷地说了句“幼稚”。

然而经过摄像大哥的时候，陈离昕却放软了声音，笑靥如花：“这个看着就好重啊，你举这么久累不累？”

“嘁。”归巧鄙视道，“眼睛长那么大，合着是多了性别滤镜吗？你看她那个样子！”

“别生气。”蔚玖赶紧给她顺毛，“别人的事情我们管不着。”

男人有时候也是敏感的，尤其是正在注意着某个女人的男人，苏清屿的异常，齐彦也察觉到了。危机四起，他不能再坐以待毙了。忙碌的时间过得飞快，没继续讨论多久就到了下午下班时间，齐彦始终注意着蔚玖的动向，瞄准时机，在正式结束前，立刻给她发了微信。

蔚玖收到微信时，抬头看了眼齐彦，他已经绕过苏清屿，走过来问她：“想吃什么？”

“……”蔚玖张了张嘴，一时没想到说辞。

归巧的位置已经空了，她刚刚一结束就迅速冲向了厕所，这次自己没有救兵了。

蔚玖敛眸沉默了两秒。自从在归巧面前承认对小格舅舅的喜欢后，蔚玖的心态已然完全不同。如果齐彦今天真的说了什么，正好趁这个机会解释清楚好了。

她正要点头答应，旁边的苏清屿却动作自然地看向他俩，准确来讲是看向蔚玖。他用非常熟稔的语气，淡淡道：“不是说没想好？”

两个人都一愣，看向他。苏清屿勾起嘴角，一只手拿起外套，人也站了起来：“抱歉，她有约了。”

然后，他歪头冲蔚玖示意了下：“逛逛就知道想吃什么了。”

整套动作一气呵成，自然极了。蔚玖迟滞地“啊”了一声，才接收到他眼神里的信号，忙点头：“好。”

“班长，不好意思啊。”她冲齐彦抱歉道。

齐彦看着苏清屿深邃的目光，胸口堵着一口气：“没事。”

苏清屿走过来，钩住了她椅背上的外套：“走？”

“嗯。”蔚玖点头，追上苏清屿的脚步。

两人出门走了一段距离，蔚玖轻轻呼出一口气。

苏清屿瞥见，轻轻笑了，问：“怕他？”

蔚玖窘迫地摇头，小声说：“就是有点尴尬。”她偷偷看了他一眼，“谢谢。”

苏清屿觉得这个时候的她特别可爱，逗她：“每个喜欢你的男人约你，你都觉得尴尬？”

这么直接地被点出来，蔚玖有点脸红，她先是点头，又摇头。

苏清屿的步子没停，应了一声，停了两秒又问：“那我呢？尴尬吗？”

蔚玖的脚步顿住了，有点惊慌地看着他。这句话……是不是有歧义？

他是把自己等同于“男人”……还是——喜欢她的男人？

蔚玖做什么事情都有些迟钝，可此时大脑却运转得飞快，只是怎么也转不出个所以然来。

苏清屿被她的表情逗笑了，他看了看四周有点嘈杂的环境，低声说：“逗你的。”

“想吃什么？”他迅速问了别的。

蔚玖还没从惊慌中反应过来，他又耐心问了一遍：“想吃什么？远的话开车去。”

“不是……”蔚玖有点语无伦次了，“真的要去吃饭？”

不是只是帮她解围吗？

“嗯？”苏清屿从她的语气里归结出来了某些意味，挑眉，“那么不想？”

“我……我得和我室友一起。”

“室友？”

蔚玖移开眼睛，“嗯”了一声。

这时，归巧从厕所出来了，瞅见他们两个站在不远处。她定睛看到了蔚玖窘迫的神色，快走几步到了他们身边。

“蔚玖？”归巧叫她。

蔚玖像遇见救星一样，转头知会苏清屿：“她回来了。”

苏清屿目光沉稳地看着她，就只是看着，没说好也没说不好。

蔚玖心里突然有些不得劲儿，他刚刚帮了她，她却要这么一走了之。她小声地妥协：“改天……改天可以吗？”

苏清屿看着她小心讨好的样子，心里的不舒服忽然就散了。尽管这种情形下的改天会是一个遥遥无期的敷衍，但还是成功给他顺了毛。

他“嗯”了声：“快去吧。”

蔚玖没动，低头看着他的手：“那个，我的外套……”

苏清屿这才想起这回事，把衣服递到她手上。小姑娘抬起小臂小心翼翼地接着，他感觉手背的骨节处不可避免地蹭了下她柔软的手掌。

他撤回手，不自觉地轻握了下拳。

蔚玖精神紧张着，没察觉到这零点几秒的接触。道过谢后，她快走了几步，和归巧挽着手。

刚走两步，归巧就小声问：“你们在说什么？”

等出了影视城的大门，蔚玖才差不多讲完。

归巧皱起眉头：“他什么意思？”

蔚玖支吾：“我也不知道。”

“厉害了，”归巧愤愤道，“天王级的顶尖唱作歌手竟然意图挖墙脚！还是挖粉丝的墙脚！”

“……”蔚玖被她气笑，“肯定不是你说的那样，我在想……是不是我们想多了？”

“绝对没想多。”归巧的语气很肯定，她低头思考了一会儿，认真道，“我觉得……”

“觉得什么？”

“我觉得我似乎得收回今天的话。”归巧皱眉说，“他可能真的是想泡你，

不怀好意的那种。”

归巧的判断不无道理。虽然她觉得如果自己是个男人也会追蔚玖，但绝不会在这么短短的几次碰面中就展开攻势。何况苏清屿在娱乐圈那么久，什么极品美女没见过，一见钟情也太扯淡了点。

蔚玖沉默两秒，依旧说：“他不会的。”

归巧看着她眼里的执拗，无奈地叹了口气：“好吧，但是在搞清楚之前，你一定要小心谨慎。尤其是单独相处什么的，一定要谨慎谨慎再谨慎！不是我把他想得太坏，只是再怎么说也男女有别是不是？”

“嗯嗯嗯。”蔚玖知道她在担心什么，心里很暖，认真地点头。

苏清屿看了一会儿两人的背影，目光挪到她们相连的手，他又轻轻握了下拳，仿佛上面还残留着她手上的温度。意识到在做什么，他低头轻轻哂笑了自己一下。

这时，韩止也从厕所出来了，有点诧异道：“你怎么还在这儿？”

他往四周看了两眼：“刚刚和你一起那妹子呢？”他进去的时候还看到的，蔚玖和苏清屿两个人是一起从小工作室里出来的。

苏清屿偏头看了一眼韩止，没说话，又看了一眼蔚玖。

韩止顺着他的目光看过去，蔚玖的衣服他认得，是那天那个小女孩儿。

“哦……”他看见是两个妹子一起便了然，幸灾乐祸道，“约饭失败。”

苏清屿无视他的调侃，迈步往外走。

韩止兴致勃勃地跟上去：“真看上了？真失败了？”

苏清屿没答。

韩止哪能不了解他，已经从他的态度里找到了答案。韩止“啧啧”两声，感叹：“你这种人竟然会约妹子吃饭。”

听了这话，苏清屿终于停下来。从来没以恋爱为目的和女生接触过，他倒是真开始认真思考起来。他轻蹙起眉，转头问：“我这种人？”

“对，你这种人，腹黑又奸诈。”韩止恶狠狠道。

他怕是被那一下撩昏了头，才会问韩止这个问题。

“哦，那我这种腹黑又奸诈的人也不适合去什么综艺。”苏清屿拿出手机，“你要不要和那边导演说一下？”

韩止被噎住。昨天拜托这人参加一个综艺，微信轰炸了他半个小时都没给准确答复，现在倒用这个来威胁了。

奸商……

“不用不用不用。”韩止连忙换了语气，也不敢吐槽了，歪头看着两人逐渐消失的背影，“话说，妹子旁边那个是谁？”他模糊有点印象，记得那妹子性格好像挺冲，好奇心一瞬间被勾起来了。

“嗯？”苏清屿看了一眼韩止的表情，“想知道？”

韩止还在盯着那个方向，随意地点了点头。

“哦，那你就想着吧。”说完，苏清屿就抬步走了。

韩止无语，这又是谁惹着他了？！

四

可能是最近有心事，蔚玖有些失眠，周日很早就去了剧组。安馨已经在工作间里了，蔚玖跟她打了声招呼，然后找了最里面的位置坐下。愣着愣着，她又不自觉拿出手机，机械地重复着这些天做了几十遍的动作，点进和他的聊天记录。

昨天，他照例和她说晚安，然后给她结算了这个月家教的工资。橘红色的转账消息分外刺眼，像是提醒着她，他们之间的关系只是雇佣和被雇佣而已。

她甚至不知道他的名字，只觉问出口都会是僭越。但她依旧这么陷入了，不知面貌，不知姓名。

正当她陷入思维怪圈的时候，归巧这么一大早竟然也到了。

归巧一看蔚玖的表情就知道她又遇到问题了，一坐下就问道："有啥进展了？"

蔚玖摇摇头。

归巧皱眉道："你可别自己胡思乱想啊。"

"没有呀。"蔚玖抿唇，"我觉得他看出来了……"

"看出来什么？"

"看出来我……"她没能说下去，她能做到承认，但还是不好意思说出来。

"看出来你喜欢他啊？"归巧直来直去惯了，直接问出口，声音也不小，引得低头的安馨微微抬头看过来一眼。

"嗯。"蔚玖脸有点红，点点头。

归巧不以为然："看你们之前的聊天记录，他肯定是喜欢你。"

蔚玖垂了眼眸："可是我很想见他啊，他……我的话，不应该也想看看我吗？"

"……"竟然有点儿道理，归巧不知该怎么反驳。

她囫囵道："直男的思维有时候就是难以理解，没准……他害羞？"

"等等，不对，从一开始就不对。"归巧似乎找到了一个突破口，"他怎么看出来你喜欢他？你根本都没表示过，就问他在不在家？也太隐晦了，直接说你想见他，喜欢他，不就成了？”

蔚玖看见安馨脸上的神情从探究变为疑惑，最后又有点了然，她立时尴尬起来，慌忙拽着归巧，用眼神提醒归巧还有别人。

归巧转头看到安馨，愣了一下：“嗨，你在啊。”

然后，她回过头认真地继续道：“据我的观察，他就是对你有意思。”她摸了摸下巴，“我们可以试探一下。”

蔚玖窘迫到不行，不好意思阻拦认真为自己分析感情问题的好友，又尴尬于安馨就这么直接听到了这件事。安馨倒是被她的表情逗笑了，视线重新回到电脑屏幕上，摆摆手：“你们继续，无视我就成。”

“OK.”归巧还抽空回了安馨一句，然后想起来蔚玖对自己的长篇大论还没有回应，转头问，“你觉得呢？”

蔚玖在这种自己不擅长的领域上完全信赖归巧，她偷偷瞄了一眼安馨心无旁骛盯着电脑的模样，终于放弃挣扎。她小声问：“怎么试探啊……”

归巧咬着大拇指想了一会儿：“你把手机给我。”

蔚玖乖乖把手机拿出来，想了一下，还贴心地把自己和他的聊天页面给她调了出来。

归巧看着上面金额不小的转账消息，问：“这是什么？”

“做家教的工资……”蔚玖抿了抿唇。

归巧盯着那条转账消息，不过十几秒的工夫，突然灵光一闪，说道：“有了，找他借钱！”

蔚玖反应慢吞吞的，卡顿两秒才疑惑地瞪大眼睛：“啊？”

她还没转过弯来，诚实道：“我现在不缺钱。”

“又不是真的借钱！”归巧痛心地敲了下她的脑袋，“你想啊，如果他特别痛快地借给你，那他喜欢你的可能性就有八成！”

蔚玖对恋爱方面完全没有经验，虽然她觉得归巧的思维方式很奇怪，但看着归巧胸有成竹的架势，眼下有些病急乱投医，根本没想过归巧也是个纸上谈兵完全没有实操经验的，竟然真的开始研究这个方法的可行性。

“真的吗？”她问。

归巧挤了下眉：“你就找他借六千块钱，随便找个理由。”

蔚玖一副已经做了坏事的样子，紧张地舔唇：“要撒谎吗？”

“这怎么能叫撒谎，你又不会真的骗他钱。”

“可我还是觉得很奇怪……而且很尴尬……”蔚玖整张小脸都皱成一团，纠结极了。

“别纠结了，我来吧。”归巧低头在输入框里打字，琢磨了几秒，“不对，那个小格舅舅是不是挺有钱的？六千块不行，太少，六万块好了。”

蔚玖皱着眉思索，突然在某一瞬间后悔了，她急忙说：“我想了想还是不太好，归巧……”

“理由写什么呢？我感觉扯一点比较好，最好是非常扯淡的理由，他还无条件相信你，那肯定是真爱没跑了。”

“归巧……”蔚玖越想越不对，伸手想把手机拿过来。

“那部电视剧叫什么来着，女主家地震房子塌了是吧？嗯……那你干脆说家里着火好了。”归巧凭借身高优势，手快眼疾“啪啪啪”地打完了字，迅速举过头顶。

蔚玖踮着脚，急得脸有些发红，胳膊在空中够了半天也没能摸到手机，她软下声：“归巧，你别闹了……”

两人正打闹着，门突然被推开。

苏清屿进门看到的就是这样的景象——两个女孩儿站着，贴得挺近，一个右手举着手机，手伸得老高；另一个满脸通红，急着抢手机。然而那个身高差距，显然是怎么都不可能抢到的。

屋里的三个人听到声响一同停住动作，齐齐看向门口。

蔚玖看见苏清屿的那一瞬，脑子“嗡”的一声，但此时也顾不上在他面前维护形象了。她趁归巧不注意，一只腿跪在椅面，想借着椅子的高度把手机抢过来。

归巧猛地侧身，勾唇笑道：“够狡猾啊，媳妇儿。”

蔚玖咬唇，努力不去看苏清屿现在是什么表情：“别逗我了……”

苏清屿挑了挑眉，没打扰两个人，往另一边挪了两步，低头问安馨：“她们在干什么？”

安馨咯咯笑道：“说是要试探蔚玖心上人的心意呢。现在的小姑娘花样真多。”

“嗯？”苏清屿罕见地愣了两秒。

放在几天前，他听了这句话可能会脸黑如锅底，可现在的心境却是完全不同。

“是啊，她俩真有意思。”安馨摇摇头。

顺着苏清屿的视线，那边的“战争”还在继续。归巧终于扛不过蔚玖的软磨硬泡，坐下来：“好好好，给你给你啦。”

蔚玖鼓着一张小脸，成功把手机揣到怀里。她悄悄看了一眼苏清屿，算是打了招呼，尴尬极了。随后，她匆匆低头看手机，在看到的瞬间，整个人石化般定在了座椅上。

她眼神涣散，缓缓转动脖子看向归巧，声音都在抖：“你、你发出去了？”

“对啊，发出去了。”归巧挑眉冲她笑。

苏清屿意识到什么，轻轻动了动眉。他从口袋里拿出手机，先抬头看了一眼小姑娘天塌了一般的表情，敛眸点开消息。待看清那行字是什么，他先是怔住一瞬，然后蓦地笑开来，眼睛直直地盯着蔚玖的小脑袋。

蔚玖已经浑身不自在到想把自己埋起来，脑海里晃过的都是一长串的“怎么办”……她紧张得提起上身往前，挪得只坐到了椅子的边缘，脑子才开始转。

她稳住手指长摁住消息，眼前却不是她预料的画面。她急得声音都带上了哭腔，扭头求助归巧："撤回……撤回呢……"

归巧咧着的嘴角僵住，苏清屿低头正忙活的手指也是一停，抬头看她。蔚玖眼眶微微发红，手指在胡乱地按着："怎么没有撤回了……"

归巧有点蒙了，顿时觉得这次玩笑开得有点大，忙坐下来，老实地说："超过两分钟了啊……"

蔚玖慌了，语无伦次地道："那、那怎么办……我要跟他解释吗？怎么解释？说发错人了，还是说是开玩笑？他会不会觉得……"

蔚玖说不下去了，她自己也不知道这一次他会怎么想她……

归巧神色开始凝重，她是真没想到蔚玖用情这么深。虽然蔚玖性子软好像很好欺负的样子，但她知道其实蔚玖比大多人都坚强，她还是第一次见蔚玖快要哭出来的样子……

而此刻更震撼的莫过于苏清屿，他有些怔忪，脸上露出了不敢置信的神情。这样的表情和情绪实在很少能从他的脸上看到。

他单手握着手机，默不作声地拉开她对面的椅子坐下，眼神一刻都没从她身上挪开。

蔚玖完全没察觉，她沉浸在自己的情绪中，急着找解决办法。

"你别急啊。"归巧拉住她胳膊，忙着解释，"我刚刚是逗你的，他肯定是百分百喜欢你啊。不然，我怎么可能敢发出去坑你？"

蔚玖抿住嘴唇，一时没有回话。

"我说真的。我没哄你，我什么时候骗过你了？"

蔚玖听见这话，吸了下鼻子，转头看归巧，小眼神有点怨怼。

归巧尴尬地笑了笑："刚刚也不能说是骗你了啊……不信，你等他回！"

蔚玖摇头，继续盯着屏幕。她冷静了几秒钟，把眼泪憋回去，点了一下输入框，低头思考要怎么解释。

输入的光标刚闪烁了几下，手机突然收到一条微信消息，橘红色的，很亮眼。

小格舅舅："转账给你 50000.00 元。"

蔚玖瞬间愣住，吓得又吸了吸鼻子。

小格舅舅："等等，有限额。"

只过了十秒左右，那边又发过来一条消息。

小格舅舅："转账给你 10000.00 元。"

她是真的完全愣住了。

归巧察觉到蔚玖的异样，慢慢凑过来。

"哇！"她提高声调，也有点震惊于对方这种不问理由一掷千金的做法。

"这下你信了吧！"

蔚玖脸颊上的红晕以肉眼可见的速度蹿到耳根，她埋下脑袋，双手捂住脸，大拇指轻轻摩挲耳朵，眼睛则是眨也不眨地盯着手机屏幕。她轻轻咬着下唇，心脏扑通扑通地剧烈跳动着。

"啧啧啧，刚刚还要和我生气，"归巧掐了掐她的腰，"现在美了吧？"

蔚玖脸更红了，眼睛还盯着屏幕，仿佛在验证着眼前画面的真实性。她小声回道："没有生气……"

"你都要哭了，还和我说没有生气。"

蔚玖咬咬唇，小腿蹭了蹭归巧，讨好一样。

归巧一乐："恋爱中的女人，真是阴晴不定。"

蔚玖讪讪一笑，低头想了一会儿，甜蜜的情绪爬上眉梢，嘴角不自觉地上翘着。她低头，刻意地想隐藏脸上的笑容，打字回复："你不问我吗？"

苏清屿歪头，将她小女人的表情收进眼底，回："有想要问你的。"

蔚玖恍然未觉对面两米开外的男人脸上的深意，甚至一时忘记了他的存在，注意力全集中在了手机屏幕上。

她紧张地打字："嗯？"

苏清屿低头笑，回复："二楼的房间很多。想要问你，现在无家可归了，想挑哪一间？"

蔚玖一愣，一时没理解这句话的意思。

紧跟着，他又发来一条："我那间也可以。"

一秒，两秒，三秒，蔚玖像被按了定格键。

他说了什么？

他那间也可以……

"轰"的一声，她仿佛被一簇撩人的火焰从头烧到脚。她顶着热气腾腾的脑袋，动作小心翼翼，生怕一不小心点到了收款，颤着手指回："我刚刚开玩笑的……"

他回得很快："但我是认真的。"

原来有的人之于有的人，他一句话就能在你的世界里翻云覆雨，也能让你的世界瞬间转晴。

第五章

自己倒成了自己的情敌了

一

阴郁了这么久的心情终于拨云见日，蔚玖做了无数次深呼吸，脸颊还是红通通的。如果眼前有脑电波显示屏的话，她的那一块恐怕满屏都是那句——

“但我是认真的。”

归巧凑过来问：“他说了什么啊，你那么激动？”

蔚玖瞬间捂住屏幕：“没什么……”

“哟，开始有秘密了。”

“没有啦……”蔚玖捏着耳朵，感受到胸口处传来一阵阵没有规律的心跳声。

她低头打字：“我先忙了……”

她又添了条：“谢谢你……”

苏清屿看见这两条，胸腔不由得轻震起来。

蔚玖听到隐隐的笑声，终于从自己的情绪中脱离。她猛地抬头，猝不及防迎上苏清屿的视线，吓得浑身都绷直了。

他不、不是在门口的吗？她大脑空白一瞬，然后脑海中开始自动播放自己刚刚那一系列举动……

天啊，他待了多久……

苏清屿把手机收好，嘴角勾着一抹笑，问：“男朋友？”

归巧顿时竖起耳朵听。

蔚玖下意识摇头：“不是。”

话落，她又觉得这个情况有点怪怪的，于是壮着胆子添了句：“还不是。”

苏清屿垂着视线看她，轻捏桌上的剧本，只觉内心的愉悦感比在洗手间外听到她那一声“嗯”时更深了。

他本是觉得目前没有必要向她挑明他们之间的千丝万缕，这事一下子说出来也显得突兀。更何况，他理所应当地认为，相较而言，她喜欢八年的“苏清屿”，和未曾谋面、相识仅仅不足两个月的“小格舅舅”，一定是前者胜算更大。

可谁料到……他低头笑了。

蔚玖没敢看他现在是什么表情，好在没等尴尬继续发酵，门外有了动静，又有人推门进来了。她慌忙起身让位置，回到原本的座位上。

午休的时候，归巧直冲蔚玖比大拇指，蔚玖不明所以道：“怎么了？”

“男朋友？”归巧捏着嗓子把声音压低，然后学着蔚玖上午的语气，说道，“还不是。”

蔚玖顿时反应过来她在取笑自己，窘迫得要捂住她的嘴：“别说……”

“哈哈哈，”归巧笑得不行，“你也太忠贞了！这还没坐实关系呢，就急着把所有野草都拔干净了。”

“不要乱说……”

“不过，苏清屿的反应有点奇怪啊！你不觉得吗？我怎么感觉他听了你这么说以后还……挺开心的？”

“对啊……”蔚玖点头，“所以之前我们肯定是误会了。”

“我看不像。”归巧摇头，继续道，“蔚玖，你确定你不喜欢他对吧？”

蔚玖小声说：“嗯，不是那种喜欢……”

“我怕他缠上你。他这种人想要得到什么都太容易了，不让他得手的话，他未必会轻易罢休。”

蔚玖摇头：“他……”

“得得得，你又要说他不是那种人对吧？”归巧翻了个白眼，“那你之前有想过他会这么对你吗？”

蔚玖没话说了。

“一会儿就这样，你就听我的。”归巧有了计策，在蔚玖耳边嘀嘀咕咕了一阵。

“好……”

苏清屿回到休息室的时候，归巧立刻开始表演，一通收拾，她把自己的东西跟蔚玖的全部调换了，还在旁边夸张地说：“蔚玖，你这个位置就是好啊，空气都不一样。”

苏清屿停顿了一瞬，敛眸看了一眼默默换了位置的蔚玖，她微低着头，轻轻“嗯”了一声。

她是默许的。

他心中生出些许疑惑，轻轻抿起唇。

蔚玖不敢看他，但想也想得到他肯定会很无语吧，会……生气吗？

“是这样，完善的剧本大概一会儿就可以出来。我刚刚问了韩哥，他下午的戏不是特别多，所以我们可以把剧本先给他看一下，顺利的话，晚上就能和苏老师再试试戏了。”安馨手里拿着工作计划，已经开始继续上午的内容。

苏清屿把思绪收回来，颔首道：“我晚上在。”

“然后，后期这边……”安馨看向齐彦。

齐彦继续道：“这两天我们在研究门派的山门设计，现在有了两个方案。”

他把手中的打印材料分发给大家，“方案一是我的设计，方案二是觉思南的设计，两种风格。”

两个人把各自的想法都陈述了一遍，苏清屿听罢，沉思了几秒，问：“蔚玖呢？”

突然被点名，蔚玖紧张了一下，抬头看他。

苏清屿继续说："我想听听你的想法。"

蔚玖看着他那充满信任和鼓励的眼神，像是刚刚换座位的插曲没有发生过，心里就有那么一点小人之心的心虚，她没敢看他的眼睛，低头看着自己在剧本上的圈圈画画。

稍微整理了一下思绪，她慢慢开口："中午的时候，我仔细看了一下最终定下来的主线，其实我觉得班长和学长的设计都很好，我在想……是不是可以同时采用两个山门？"

"同时？"大家都诧异了下。

"嗯嗯。"蔚玖点头，"因为剧情发展是有时间跨度的，最开始是个小门派，所以山门可能会比较肃穆、萧条一些；等到百年后主角归来，门派已经发展得人丁兴旺，地位是数一数二的，这时候山门就是气势磅礴的。"

"而且……"她继续说，"这样好像也可以突出一下主角回来后的……物是人非？"

苏清屿静静地看着她，注意到她的用词——"可能""好像""是不是"。她严谨却有些不够自信的样子，可爱又迷人。

蔚玖没有辨别错他眼神里的东西。他想鼓励她，在鼓励她，像是弥补多年前错过的那么多。

齐彦和觉思南都安静地思考了半分钟。

"我觉得可以。"齐彦点头。

"之前怎么没想到……"觉思南给蔚玖竖起大拇指，"还是你们女孩子对剧情的把握比较到位。"

归巧"嘁"了一声："别给性别甩锅，那是我们蔚玖认真。"

她拿起蔚玖的笔记本大剌剌地抖了几下，炫耀道："看见没？"

隔得挺远也能看到上面密密麻麻的字。

"厉害啊。"

“不愧是西大高才生。”大家纷纷表示佩服。

蔚玖窘迫地摇头，拨浪鼓一样。

等大家的声音消了，苏清屿才出声。他看着蔚玖，慢慢说：“为什么没有你的设计？”

“我？”蔚玖愣了一下，“我在设计上面没有亮眼的想法……而且现在只是大二，也帮不到什么的。”

“是吗？”苏清屿不认同地皱了下眉，淡淡地说，“可我觉得很好。”

蔚玖僵了一下，隔空对上归巧投过来的肉麻眼神。

“谢谢苏老师……”她中规中矩地回，没再敢抬头看他的眼睛。

快结束的时候，苏清屿出去接了个电话，是昨天韩止和他说的那个综艺的导演打来的。这档综艺下个月就要出发去录制，时间挺急的。

关上门的前一秒，他似是不经意地回头瞄了一眼。果然，里面的小姑娘像是警戒解除一样，整个人都松弛下来了，仿佛一条搁浅的鱼重回大海。

他的表情静止了一瞬，此刻才恍然意识到什么。

他的小姑娘对待什么都认真极了，现下有了明确的准男朋友人选，怕是要与他们这些所有候选人划清界限了……

自己倒成了自己的情敌了，他顿时哭笑不得。

电话那边的人察觉到他半天没说话，叫了他一声，苏清屿掩上门，压下心头的情绪：“嗯，我在。”

苏清屿这通电话打得有些久，他和韩止一起推门进来的时候，大家已经收拾东西准备结束工作了。不过，他也不是压榨劳动力的人，只问了句：“我们还要在这儿拍一会儿戏，有人想留下来吗？”言下之意是可以留下来看他们拍戏了。

安馨笑道：“哇，苏老师又在发放粉丝福利了哟。”

韩止对这话不满了："韩老师呢！韩老师也在发福利。"

"对对对，两位老师最好了。"陈离昕立刻跟了句，"我们所有人都可以吗？"

苏清屿颔首道："当然，男生也可以，不搞性别歧视。"

众人一阵哄笑。

觉司南不安生地问了句："我怎么觉得这是专门给我们蔚玖定制的福利啊？"

蔚玖眼睛轻轻地瞪了一下觉司南，尴尬得不行。

苏清屿淡笑，没有反驳。

归巧是最淡定的一个，她当然想看，因为她对拍戏非常感兴趣。她只问道："大概要拍到多晚？"

沉默寡言的苏均罕见地开口道："太晚了，女生回家不安全。"

苏清屿沉思几秒后，开口道："不确定因素很多，我也不能给出一个准确的时间。你们都有人来接吗？"

归巧耸耸肩:"其实我就是随便问问……我叫司机晚点来就好了。"

蔚玖也摆摆手："我家很近的，走路就到了。"

"不行。"齐彦和苏均异口同声道。

蔚玖张了张嘴，还没开口，陈离昕就掩唇笑了："蔚玖有男朋友来接吧？"

"啊？"蔚玖不明所以，"没有男朋友。"

"没有？"陈离昕挑眉，摆出一副羡慕的表情，"学妹桃花这么旺都没有男朋友，让我们怎么活啊？"

蔚玖臊得拼命摇头："没有、没有……"

陈离昕歪头似是开玩笑般问苏清屿："如果又想看拍戏又没有人接怎么办？苏老师包送吗？"

苏清屿看了她一眼，将她眉眼间的表情尽收眼底，没怎么犹豫就点头："当然。"

归巧白眼快要翻到天上，还做了个作呕的表情，然后又迅速恢复如初，也像是开玩笑般问陈离昕："你怎么不问包住宿吗？"

"噗……"空气里顿时响起一阵此起彼伏的喷笑声，最先喷出来的是韩止，他摸了摸鼻子，有点想给归巧比个大拇指，但还是忍住了。

大家也跟着哈哈笑起来，陈离昕脸色铁青，十分下不来台。

苏清屿笑了笑："住宿可不行。"

二

大家本来以为苏清屿先前玩笑似的拒绝陈离昕住宿已经是挺无情的做法了，然而令人万万没想到的是，拍戏结束的时候，陈离昕还是不死心，上去娇羞地问："苏老师……不是说包送吗？"

"噢。"苏清屿像是才想起来，转头把经纪人喊了过来，"郑一？"

郑一立刻会意，拿着车钥匙过来，对陈离昕说："走吧，小美女。"

陈离昕气得连半个字都没吐出来。到了车上，她还存着一丝侥幸，问郑一："这……是苏清屿的车吗？"恐怕她自己也没有意识到，她的要求已经降低再降低，哪怕送她回去的这辆车是苏清屿的也好。

郑一笑了笑："这么便宜的车，怎么可能？"

陈离昕没有再说话，胸口因情绪的变动剧烈起伏。

同一时间，蔚玖才从厕所出来，结果发现在外面等她的不是归巧，竟然是苏清屿。

这有点像他们第一天见面的场景。

蔚玖不敢自作多情认为他是在等自己，弱弱地和他点了个头就要绕开。苏清屿适时转身，没有其他动作，但只靠这一个细微的动作就让蔚玖停下了。

——他在等她。

蔚玖突然像第一天一样，紧张得不行，她耸起肩，然后缓缓抬头。

苏清屿问："怎么回去？"

蔚玖眼神非常细微地晃了晃："我……我爸爸来接我。"

苏清屿凝视了她一会儿，也没有等到其他答案，只好道："回去早点休息。"

蔚玖紧张地点了点头，急忙跑走。

苏清屿一个眼神就把蔚玖看透了，根本没有人来接她，他也不放心她一个人回家。等了几分钟见人都走得差不多了，他才去车库将车缓缓开出来，车子没开出太远，就寻到了她的身影。

蔚玖走得极慢，虽然今天发生了很多事情，但回家路上萦绕在蔚玖心头的还是和小格舅舅聊天的那几条信息。

她低头笑，嘴边甚至哼上了小曲儿。今天一整天，工作间里都在放苏清屿的那首曲子，她都没有意识到自己哼的也是那首，自然也没有意识到身后不远处一辆关掉车灯缓缓行驶的凯迪拉克。

蔚玖到家时，蔚井宏正在厨房忙活。听到蔚玖的声音，他诧异道："今天这么高兴？"

歌声戛然而止，蔚玖"唔"了一声，问道："有吗？"

蔚井宏呵笑几声："有啊。"

"对了，小玖，"蔚井宏从厨房探出个头，下巴指着她的枕头，"那件衬衫你是洗了吧？回头记着还给人家。"

蔚玖看过去，这事她自然没忘，只是前阵子内心太纠结，她甚至做好了一别两宽，偷偷将衬衫藏起来留个念想的打算……

想到这里，她脸有点红，应道："嗯，好。"

蔚井宏怕蔚玖吃不惯剧组的盒饭，硬要给蔚玖再做一顿晚饭。蔚玖实在拗不过蔚井宏，只好随他。

爸爸在厨房忙活还不让她插手，蔚玖坐在床上，看着枕头上折得整整齐齐的衬衫。她纠结了一会儿，还是鼓起勇气给小格舅舅发去消息。

毕竟……今天过后，应该不一样了吧？

“你的衬衫，我怎么给你呢？”她问。

那边很快回复：“我以为你忘记了。”

蔚玖脸红了一下：“我没忘……”她只是，之前实在没有勇气打开和他的对话框。

小格舅舅：“嗯？那怎么现在才和我说？”

蔚玖囫囵地略过这个话题：“我可以送到别墅里，直接给于妈吧？”

小格舅舅：“就这么急着把衬衫还给我？”

没等蔚玖想好该回复什么，那边的信息又发了过来：“看来是我自作多情了。”后面还配了一个遗憾的表情。

蔚玖屈着右手放在嘴边，看到这句话差点笑出声。她低头打字，删删减减，最终发送：“你要是不介意的话……其实我挺想留存的……”

发完这句话，蔚玖捏着耳垂降温。她死死盯着手机屏幕，有点不敢相信这句话是她发出去的。是不是太……啊……是不是不应该这么说？要不要撤回……可是他万一看到了怎么办？

蔚玖感觉心脏怦怦直跳，她默默数着秒，终于等来了他的回音，小脑袋腾地热起来。

小格舅舅：“当然听你的。”

甜蜜的情绪像糖丝，丝丝密密地拉扯，蔚玖的嘴角一直没放下来过。

两个人又聊了一会儿，蔚井宏在厨房里嘀咕着：“怎么糖用得这么快？”

蔚玖听到了，提高音量说道：“爸爸，我去买吧。”

蔚井宏点头道：“行，顺便买瓶酱油。”

她低头给他发消息：“先不说啦，我要下去给我爸爸买东西。”

外面天色很暗，蔚玖换了件厚外套，刚把衣服穿好，手机就响了。

她低头一看，是一长串陌生号码，也没有提醒是诈骗的标记。她没犹豫多久，接起了电话：“你好？”

那边没有回答。蔚玖把电话拿远了些看屏幕，又贴着耳朵：“喂？”

她皱起眉，耐心等了几秒钟，决定挂断。

这时，话筒里传来了一道声音：“蔚玖。”

这一声，让她整个人都僵住了。

“是我，抱歉，我是从安馨那里要来的号码。”

苏清屿的车还停在蔚玖家门口，他原本打算“送”她回家后就走，却在掉转车头的前一秒收到她的微信。他怎么可能看不出来她在努力尝试着主动靠近他，这一刻他只想见到她，作为她喜欢的人见到她。

当即，他可以说是冲动地找到安馨要来号码，然而小姑娘好像被吓到了。他安静地等了几秒，只听到她的呼吸声。

“下来一趟好吗？”他问。

蔚玖蒙了好几秒，才梳理出来他话里的意思，她的声音甚至有些颤抖：“你……在楼下？”

“嗯。”

“我……”蔚玖紧张得手都变凉了，“我……晚上……家人不让出来……”她无措地左看右看，硬着头皮撒谎。

“……”苏清屿没有立刻回话，他拿开手机，看了一眼蔚玖刚刚给他发的微信。

不是说买东西吗？

小骗子。

他把手机贴到耳边，声音辨不出情绪：“没关系，那改天见吧，有事情和你说。”

挂断电话后，蔚玖整个人还处于不敢置信的状态，愣了好几分钟才回过神来。她磨蹭了好一会儿，又在几个窗户边都看了一遍，确信没看到苏清屿的车子，才偷偷地开门下楼。

可能是做贼心虚，她的步伐无意识地加快，脖子都不敢左右转，就这么奔着超市的方向，目不斜视，在心里默数着步子。

然而刚走了十几步，她的手腕猛然被人拽住，又被拉回了楼道。蔚玖被吓到，发出了一声短促的惊叫。

其实外面不黑，可楼道过于密闭，灯又年久失修，整个环境黑漆漆的。

蔚玖喘了几下，却没有很惊慌，反而是紧张占了大部分。她已经预感出来了——

“在躲我？”苏清屿的声音从头顶传来。

蔚玖垂下眼睛，眼睫毛微微发颤：“没……”

“为什么躲我？”

蔚玖咬唇，没说话。

苏清屿叹了口气：“我只是想和你单独谈谈。”

“好。”

小姑娘声音颤颤巍巍的，苏清屿不由自主地放低了声音：“怕我？”

蔚玖迅速摇头。

他笑：“那就是觉得尴尬了。”

是他白天说的那句话……

蔚玖左手抠着墙壁，他话里的意思只有她懂，这样的氛围太暧昧了……尤其是她刚刚还在和小格舅舅甜蜜地发了微信……

她不知道别人谈恋爱是怎么样，尽管她还没和小格舅舅在一起，但她觉得和别的异性哪怕稍微熟络一点，都是对他的不忠贞……

她稍稍退后了一点，快要挨到脏兮兮的墙上。苏清屿没有放过她的意思，人也跟着挨近。蔚玖甚至觉得他的帽檐已经快碰到她。

她紧张得有点想哭……

“谈、谈什么……”她在他离得更近的前一秒，急匆匆说道。

苏清屿伸出一只手，垫在她的后背，把她带回来了一点距离。他语气里有微微的无奈：“是有多抗拒我，连衣服也不要了？”

蔚玖身体瞬间僵直，他却没有占她便宜的意思，将她捞回来一点就把手收了回去。饶是这样，蔚玖依然觉得后背那一块，隔着衣服也是滚烫般的灼烧感。她没有想过推开他，是源于多年来形成的信任。

“没……”她只能依旧这么回。

苏清屿看着她问：“觉得我对你的态度很奇怪？”

“……”

“嗯？”

耳朵骤然发烫，她硬着头皮回：“有、有一点……”

苏清屿无奈地笑道：“那你躲什么，不想知道为什么吗？”

蔚玖抿住嘴唇，抬头认真地凝视他。她像是被蛊惑了一般，喃喃出声：“想。”

苏清屿望着她的双眸，目光不经意地往下挪，她启唇后嘴巴还没来得及完全闭上。目光绕回她的眼睛，那里面是近乎虔诚的等候，他的喉结无法克制地剧烈滚动了一下。

安静的楼道里，这点轻微的声响被蔚玖清清楚楚地捕捉到了，她对着那双深邃的眸子，顿时就慌了。她有一种羞于启齿的预感……只是想一下都仿佛是原罪。

他……在靠近了。

正当她不知道要怎么办才好的时候，楼上突然传来蔚井宏的声音："小玖？听得见吗？醋也没有了，再买一瓶醋回来！”

蔚玖如梦初醒一般，慌里慌张地往旁边挪"不、不好意思，苏老师，我……我要急着去买东西了……”

苏清屿下意识地捉住了她的手腕，蔚玖愣了一下，没太用力地就挣开了，然后也不等他的回应，更不敢看他的眼睛，匆匆跑走。

出了楼道门，她对着四楼窗户的方向提高音量喊了一声“知道了”，就继续逃似的跑远了。

苏清屿在原地站了一会儿，安静地回到车里，动作沉稳看不出情绪。

他一只手搭在方向盘上，另一只手拿出了一根烟来抽。他已经不记得自己有多久没抽过烟了，没一会儿，烟盒见了底，憋闷的情绪却还未能宣泄。

这个晚上，他近乎放肆、赤裸地撩了她，却在最关键的时候断了。他都能想到下一次见面，她会对他多避之不及，甚至把他当作心怀不轨的浪荡子……

他在先前的二十七年都没这样过，想告诉她，又怕吓到她，他舍不得她受到惊吓。他眉眼里是温柔的挫败，这样畏首畏尾真的不像他，但这感觉竟非常不赖。

他抬起头，透过车前玻璃往外看。四周的夜色浓重了些，一弯浅月高悬在上空，再过几个小时就要到说晚安的时候，而那个说晚安的小骗子——

他被气笑了，哪里还能看得到她的身影。

三

“怎么去了这么久？”蔚井宏听到开门声，问了一句。

“嗯……”蔚玖点头，把东西放进厨房。今天蔚井宏下厨做糖醋鱼，关于鱼的菜式，蔚玖一直做不来，连下手蔚井宏都不让她打，蔚玖只好回到小床上。

望着枕头上的衬衫，脑子里却浮现出刚刚苏清屿那个有些炙热的眼神。她不算特别迟钝，有些东西并不是不懂，只是她不懂为什么……她根本不敢再深入去想。

她思考不出个结果，思绪已乱成一锅粥。好一会儿，蔚玖才听见蔚井宏叫她，她回过神："啊？"

蔚井宏一手拿着锅铲，走了出来："愣什么神呢？叫你半天都没反应。"

蔚玖讨好地缩了缩脖子："我好像走神了。"

"我手机响了，徐安打过来的，你去接？"

"啊！"蔚玖这才从嘈杂的炒菜声中捕捉到手机铃声，她匆匆站起身，"我去接。"

蔚玖把手机拿出厨房，走到安静的阳台上才按了接通键："爸爸？"

"欸，小玖啊。"

"小玖接的吗？"一道有些微弱的女人声音从听筒里传来，"那我要跟她说。"

"哪有你这样的，怎么也得有个先来后到。"

"嘁，我就说直接给小玖打吧，你看现在不也是小玖接的。"

"要把人家女儿拐来，你不打算先告诉人家一声的吗？"

蔚玖听两人吵了一会儿，弯起唇打断："爸、妈。"

林菁哼笑了一声，然后温柔地回："小玖，怎么是你接？"

徐安也问："老井呢？"

蔚玖回："我爸爸在做饭。"

"是有什么事吗？"她停顿了一下，"昨天打电话的时候没听妈妈说呀。"

林菁语气里有点无奈："还不是——那个丫头……"

抽油烟机有点坏了，屋子里油烟味变重，蔚玖歪头把手机夹到肩膀上，伸手把窗户打开了一点点。

"怎么了？"她问。

"她不是明天生日吗？昨天我跟她说姐姐周日要工作，没办法过来，她就一直闹个不停。"

“啊……对。”蔚玖愣了一下，“明天是一一生日。”

她轻轻蹙起眉：“对不起……我忘了……”

三人又说了一会儿，蔚玖低头看脚尖，抿唇笑了笑：“可以啊。”

挂断电话，蔚玖再次进了厨房，蔚井宏正在将菜装碟。她一边把碟子端过来，一边说：“爸爸，明天一一生日。”

“过生日？”蔚井宏惊讶道，“这么快，几岁了这是？”

“三岁。”

“真快啊，一眨眼的工夫。”蔚井宏感叹。

父女俩默契地沉默了几秒，蔚玖抬眼悄悄看了一眼蔚井宏，小声说：“他们也想您去呢。”

蔚井宏摆摆手：“我去算什么。”顿了顿，他擦擦手，穿过蔚玖的小屋，从卧室里拿出五百块钱，“替我把红包给小一一就行。”

蔚玖抿住唇，最终还是点了点头。

转天早上，蔚玖很早就从家里出发。每次去养父母家，她都要倒两次地铁和一次公交车。郊区通往市区的地铁总是拥挤不堪，尤其是空调暖风全开下混合着的各种味道，让这次的旅途比往常更难熬了些。

终于，经过一处换乘站，车内空了三分之一，蔚玖刚找了个座位坐下，就看到又上来了不少人。

其中一对母子算是动作比较快的，母亲手快眼疾地把小男孩儿推到了蔚玖旁边的空座，小男孩儿很听话，规规矩矩地坐好。

蔚玖确实是站得有些累了，昨天又没睡好，她想让位置也心有余力不足。她冲扶着栏杆的那位母亲点了点头，又尴尬地挪了挪视线。

九点钟了，往常的这个时候她已经到了剧组，手机突然振动了一下，蔚玖低头查看，愣住一瞬。

小格舅舅：“在做什么？”

这一句话问得有些没头没脑，蔚玖趁着一点微弱的信号，给他回：

“今天实习请假了，来给妹妹过生日。”

又过了三站，还有两站就下车，蔚玖整理好书包和手中的袋子，放在腿上抱好。她歪头看了一眼小男孩儿，正好对上他打量自己的目光，澄澈的眸子里是显而易见的探寻。

蔚玖冲他笑了笑，没太在意，只当是小孩子的好奇。可一分钟过去了，她发现，她稍微有什么轻微的举动，男孩儿都会下意识紧张一下，然后看一眼他妈妈。

反复几次，蔚玖恍然意识到什么，提起袋子起身。刚走一步，就听到小男孩儿微弱却急切的声音：“妈妈，快坐！”

蔚玖转头，女人已经被小男孩儿拉到座位上。小男孩儿看她的眼神顿时变成了颇为生疏的警惕，生怕她把这个座位抢回去。

女人摸了摸小男孩儿的脑袋，冲蔚玖抱歉地笑了笑：“不好意思啊。”

蔚玖忙摇头道：“没关系，您坐，我本来就要下车了。”

蔚玖下车后，透过玻璃门，看到小男孩儿的神情终于放松了下来，安静地握住妈妈的手。蔚玖看了好一会儿，直到地铁在她眼前驶离。

真好啊！

到了小洋楼，果然是一一来开的门，蔚玖蹲下来轻轻捏了捏她的脸：“想没想姐姐？”

“想！”一一拼命点头，还觉得不够，在蔚玖脸上重重地吧唧了一口。

蔚玖笑开来，站起身就看到林菁拿着手机对着她们。

“妈妈。”

林菁的脸从手机后面露出来，把屏幕翻转过来给蔚玖看她刚刚录的小视频：“我两个女儿真好看。”

蔚玖探身看过去，小视频拍的角度和声音都很完美。她微微撒娇：

"您发给我一份好不好，我也想要。"

"好好好。"林菁刮了刮她鼻头。

一一有些不满了："妈妈，你又疼姐姐！"

蔚玖笑了，弯下身子，也刮了她鼻头一下："一一好小气，这个也要计较哦。"

徐安走过来："你还想干什么？姐姐不来你闹，来了你又小气。正好今天三岁了，可以丢出去卖钱了。"

徐安和林菁都笑起来。

蔚玖的笑容僵硬了一瞬。

一一脸都红了："不准把我丢出去！一一可听话了！"

屋里一片笑声，其乐融融。

一一把蔚玖拉进她的公主房，把洋娃娃给她挨个介绍了一遍。蔚玖耐心地听着，也细细地观察着一一。

小孩子是真的长得快，隔了一段时间没见，就会发现有很大的变化。

一一被徐安和林菁养得很好，脸蛋还有一点婴儿肥，性格虽然有一点娇纵，但也没有过分，反而添了几分可爱。

"姐姐，姐姐！"一一给娃娃换好衣服，突然叫她。

蔚玖应声："怎么啦？"

"昨天幼儿园的小朵和我说，她都是穿她姐姐小时候的衣服。"

"嗯……"蔚玖停顿了一下，"怎么了？"

"我也想穿姐姐的衣服！"

蔚玖没想好要怎么回答她。

"妈妈好过分，只疼姐姐，好看的衣服只给姐姐穿。"一一皱着眉头，"上次我找她要，她都不给我找。

"姐姐，你告诉我在哪里好不好？"

蔚玖搓了搓手指："姐姐小时候太淘气了，衣服都被穿坏扔掉了。"

"啊？"一一不解，"妈妈说姐姐小时候可乖了。"

蔚玖眼睫微动，揉了揉她的头。

一一奇怪了一会儿便没再纠结，继续玩她的娃娃换装游戏。

蔚玖低下头，很多事情她至今都没有和徐安还有林菁说，所以徐安刚刚才会毫无顾忌地说出"三岁可以卖钱"的话。

她是三岁多的时候走丢的，后来辗转了不知多少个地方，一直到五岁，被徐安和林菁从福利院带走领养。

她一直记得自己是有亲生父母的。在福利院的时间不长，记忆也模糊，但是那种对血缘的向往和执念却早早在蔚玖心里生根发芽。

她很小的时候就注意到家里有不少婴儿用品，只是那时候林菁身体不好一直要不了孩子。但蔚玖特别清楚，林菁有多遗憾和渴望。后来收养了她，林菁都没把那些婴儿用品丢掉。

现在他们终于可以体会到将自己的骨肉抚养成人的感受，蔚玖发自心底地为他们高兴。

手机响了，她低头一看，是林菁把小视频发过来了。她点开，一一也循着声响把小脑袋凑过来，咿咿呀呀地闹着让她放了好几遍，她顺手就分享到了朋友圈。

这时候，林菁的声音传过来，喊她们穿好衣服出去吃饭。蔚玖收起手机，给一一找了件粉色的呢子外套穿上，还戴上了白色的耳罩和浅灰色的绒帽，真像一个小公主。

蔚玖抿唇笑，林菁的审美还是没有变，她小时候的穿着打扮也是同样的风格。

上大学后，蔚玖周六周日基本都是回和蔚井宏一起住的小房子，徐安他们已经有一个多月没见蔚玖了。两人都觉得蔚玖瘦了，在饭桌上拼命给她夹菜。结束后，三人陪着一一在外面逛了很久，回到家已经是晚上十点钟。

于是，蔚玖被留在了这里过夜，转天他们直接送她去学校。

本来蔚玖的房间还一直给她留着，但是今天一一格外兴奋，非要蔚玖陪她一起睡。蔚玖拿着干毛巾给一一擦完头发，两个人窝在被窝里。

说了一会儿话，一一的眼睛就睁不开了，这一天她太兴奋了。

蔚玖给她掖好被子，从床边把手机拿出来，才看到白天那条朋友圈底下有了好多评论。她发朋友圈的频率太低，连自拍都没有，这么一个小视频炸出来了挺多人。

有问她小妹妹是谁的，有夸她的，还有只留一串表情的。她点进去，挨个回复，一直滑到最后，手指停顿一瞬。

小格舅舅："很漂亮。"

五分钟前的评论，她刚点进来的时候还没有。

蔚玖脸红了，她盯着这三个字看了很久，实在不知道回什么，索性直接给他发消息："还没睡呀？"

"嗯，有工作，才回来。"他回，"那个是你妹妹？"

"嗯嗯，可爱吧？"

"可爱。"

过了几秒，他又说："你朋友圈里没有照片，不爱自拍吗？"

蔚玖有点囧："不是，是不太会……"

苏清屿笑道："我想看怎么办？"

蔚玖咬了咬唇，心跳有些快："你又不是没看过我……"

语气里怎么听怎么有点撒娇的意味，苏清屿勾起唇回："明明很久没看到了。"

哪里有很久，这样一来一往的暧昧对话让蔚玖觉得脸热。她在手机相册里翻了翻，今天还真的和一一拍了几张合照。

她反复比对了很多遍，才挑了一张最满意的发过去。约莫一分多钟，那边都没有回复，蔚玖有点紧张。

结果，他直接发了张截图过来——他把这张照片设成了他们的聊天背景。

暗示意味很明显了，蔚玖感觉后颈都变成了淡粉色，心怦怦跳着。她不知道怎么应对这样直接的表达，小鹿乱撞了几秒，才大着胆子回：“你都没有给我发过你的照片。”

苏清屿忍不住笑了。越是熟稔，就越能发现她有多柔软，恰到好处的撒娇，真的撩到他心尖上了。他的目光凝了几秒，没再犹豫，伸手调了调灯光的亮度，拍了一张自拍发过去。

蔚玖翻了个身，再看手机的时候，那张图片就跳了出来。她愣了一下，照片上的人是她再熟悉不过的苏清屿，照片里的眼神让她不自觉回忆起昨天在楼道里……

她窘迫地回：“你别取笑我……”

苏清屿无奈地笑笑，他简单地试探了一下，她还以为他在逗她。

两人又聊了一会儿，已经很晚了，蔚玖想着他刚结束工作，想让他早些休息，便先和他说了晚安。

放下手机，她把脸埋进枕头，将聊天记录在脑海里重播了一遍，嘴角不自觉勾起笑。

不过……他为什么不愿意给她发照片呢？家里也是，一张照片也没有。

蔚玖皱眉想了半天。唔……他是真的对自己的长相不自信吗？

四

转天，蔚玖晚上才有课，徐安将她直接送到了寝室楼下。

四周已经挺黑了，楼门前聚集了二十几个人，对着不知几楼的方向，一遍一遍地唱着《对面的女孩看过来》，偶有间隙，便是一道单薄却勇敢的男声，大喊着：“×××，我爱你。”

起哄的声音不绝于耳。

蔚玖从车里出来，徐安探头看了看，问：“这是什么活动？”

蔚玖有些尴尬道：“这个叫喊楼，就是……表白。”

“哦？”

蔚玖和他解释了一通。

徐安挑了挑眉，觉得挺新鲜：“现在年轻人花样真多。”

徐安没太多好奇心，嘱咐了蔚玖几句便开车走了。

蔚玖对这场景司空见惯，她们这栋楼是理工学部唯一的女生寝室，几乎每个星期都有一回喊楼，放在往常，她总是看上两眼就绕过他们匆匆走进楼门。然而这回，她却鬼使神差地站定，看了好一会儿。

一群人又唱了两遍，楼上有个窗子传出来声音：“让他一个人唱！”

周围一阵起哄，那男生被推出来，扯着五音不全的嗓子唱完了整首歌，女生终于下来了。

两旁的人自动让路，让女生走进心形蜡烛里。

起哄声更大了，一直叫嚷着“亲一个，亲一个”。

蔚玖屏住呼吸，跟着紧张起来，一直到两人的嘴巴挨在一起，她的耳朵倒是红了。

欢呼声一片，当事人抱在一起。蔚玖觉得脸热热的，移开视线，快步走进楼道。

寝室里室友都在，蔚玖进门的时候，晓晓眼睛亮了亮：“蔚玖，你刚上来看到喊楼了吧？答没答应？”

“嗯，”蔚玖点点头，“答应了。”

“我也觉得会答应。底下那群男生唱了二十分钟《对面的女孩看过来》，我上来的时候就在唱，真浪漫。”

“这么久啊！”蔚玖惊讶道。这个天气，她站那么几分钟都受不了了。

“而且那男生一看就是真心喜欢妹子，那女生好幸福。”晓晓捧着下巴说。

“这也能看出来吗？”蔚玖愣了愣。

“当然了。”晓晓恨铁不成钢道，“看眼神啊，喜欢是藏不住的。”

不知怎的，听了晓晓的这句话，蔚玖脑海中瞬间浮现的竟然是苏清屿的眼神，她像触电一样迅速把他拨出了脑海。

归巧在旁边吐槽：“恋爱专家又上线了。”

周瑛婕接道：“然而恋爱专家没有男朋友。”

归巧一个没忍住，大笑起来：“哈哈哈……扎肉了。”

晓晓回呛道：“说得好像你们有男朋友似的！哦，不对，瑛婕除外！”

“还有蔚玖，”归巧挑眉，“她那儿已经是半个男朋友了。”

“什么？”

“什么情况？！”

蔚玖还在放空中，从上楼开始，她就在反复地想，小格舅舅……应该是喜欢她的吧？那他们现在这个状态，是不是需要有人往前跨一步……

要……表白吗？光想想她都感觉心跳加速。

或者，要等他表示吗？

“蔚玖。”

“蔚玖？”

“蔚玖！”

蔚玖恍然回过神来，看到三个室友都注视着自己。她有些蒙，不是还在说晓晓吗？

“怎么了？”她的语气不自觉弱下来。

归巧已经把小格舅舅豪掷六万块的事迹讲完了。

晓晓窝在椅子上生无可恋："去上个家教都能找到男朋友。"

蔚玖反应过来了，脸红道："还不是男朋友……"

瑛婕："'还不是'，啧啧啧……"

晓晓："拒绝秀恩爱！"

瑛婕："真的是学生家长？那他多大了？做什么工作？"

晓晓："叫什么，叫什么？我给你们算算名字合不合。"

晓晓："啊！最重要的是帅不帅！照片，要看照片！"

蔚玖不知怎么回答，只好摇摇头。

摇头是什么意思？三人面面相觑。

瑛婕问道："不知道什么工作？"

蔚玖摇头："不知道……"

"没有照片？"

蔚玖摇头。

晓晓一脸好奇道："不知道他长什么样子？"

蔚玖视线下移，再次摇了摇头。

瑛婕震惊道："你别告诉我，你连他叫什么都不知道。"

蔚玖面露尴尬："不知道……"

三人顿时无语，归巧也没想到她竟然连人家叫什么都不知道。

蔚玖老实交代了一番，归巧扶额："他没说过，你也不问？"

蔚玖舔舔唇："没有找到合适的机会嘛……"

"问个名字还要什么合适的机会？"

"聊着天突然问名字就……很奇怪啊……"

眼见室友们对自己无语了，蔚玖缩了缩脖子，眼睛一亮："我昨天找他要照片了！"

三人默默地觑着她。蔚玖点开那张照片，把手机屏幕翻转过来给她们看："他给我发的这个……"

"噗……"晓晓喷了出来，"他知道你喜欢苏清屿？"

蔚玖点点头。

“情商不错，还知道投其所好。”瑛婕仔细地把那张照片看了看，“苏清屿是真帅啊……”

晓晓碰了碰蔚玖：“这个星期在剧组和你偶像有没有近距离接触？”

“啊？”蔚玖眼神闪烁了一下，“没有……”

她倒没说谎，在剧组几乎没有，但在她家楼下有……不过，这是她怎么也不敢说的。

对于这个答案，晓晓和瑛婕不觉意外。毕竟小小的后期人员，怎么能和这种大人物有交集呢？

三人接着聊了几句剧组的事，聊得嗨了，都没有发现归巧已经半天没有参与话题。归巧只在中间问了句：“今天多少号？”

晓晓抽空回她：“二十号啊。”

归巧握着蔚玖的手机，将那张图片放大，能清楚地看到床头柜上电子钟的时间：二〇一八年十一月十九日 星期日 晚上十一点〇六分。

再点击一下图片，返回微信聊天界面，归巧的瞳孔因震惊猛地收缩了一下。

果然——

那条消息的发送时间——昨天十一点〇六分。

在剧组的实习工作，因为考试周的临近将要进入尾声。周六是MV的正式拍摄，如果进展顺利的话，一天就可以拍摄完毕。蔚玖和归巧他们几个大二的在下周便会先结束实习，等寒假再过来帮忙。

蔚玖早早来了影视城，进门发现只有安馨在，她举着手机正在自拍。

安馨应声抬头：“蔚玖啊，早。”

蔚玖点点头：“馨姐早。”

安馨低头修照片，蔚玖走过去的时候瞄到了，拍得特别好。她纠结了好一会儿，还是没忍住，凑过去说：“馨姐，你拍得好好啊。”

“有吗？”安馨笑了笑，“这不是现代女性必备技能吗？”

蔚玖觉得更不好意思了。安馨也注意到了，有点好奇她在不好意思什么。蔚玖小声说：“馨姐，你能教教我吗？”

安馨愣了：“教什么？”

蔚玖把自己的手机放到桌子上和她的贴到一起：“就是这个。”

安馨思绪转了转，试探地问：“自拍，还是修图？”

蔚玖点点头：“自拍……我不太会。”

安馨“噗”的一声乐了，蔚玖脸都红了。

“自拍干什么？我看你朋友圈也不发自拍啊。”安馨想了想，笑道，“拍给男朋友？”

蔚玖脸更红了，轻轻点头：“嗯。”

安馨教了蔚玖很多实用技能，灯光要怎么找，哪个角度显脸瘦，哪个软件磨皮效果最自然。一整套教下来，蔚玖那个认真劲儿，就差拿小本子记下来了。

安馨笑着问：“怎么不问归巧？她自拍水平一级棒。”

蔚玖抿了抿嘴巴：“归巧可能不愿意教我……”

说到这里，蔚玖也觉得奇怪，最近几天归巧问了好几次小格舅舅的事，而且对他的态度急转直下，话里话外都是不满，让蔚玖对他冷淡点儿。但看她的样子似乎又不是全盘否决，蔚玖都不太敢和她说小格舅舅了……

而且，安馨都猜得到蔚玖是自拍给男朋友看，归巧肯定更能猜得到……正当她脑补着归巧会有什么反应时，归巧就进来了。

安馨嘴快，冲归巧扬扬下巴：“正说你呢，你就来了。”

“我？”归巧坐下来，“说我什么？”

“蔚玖找人教她自拍呢，你自拍不是特别厉害吗？”

完了完了完了……蔚玖满脑子都是这两个字。果然，归巧眯了眯眼睛，觑着蔚玖："自拍？"

蔚玖只好乖乖点头。

"你还打算给他发自拍？"归巧又开始气了。

"不行吗？"蔚玖小声顶了回去。

"不行。"归巧说得斩钉截铁，后半句自言自语起来，"耍人玩耍得很开心嘛。"

"什么？"蔚玖没听清。

小傻蛋。

归巧翻了个白眼："没事。"

五

这个星期，几个学长学姐有考试，所以没有办法过来，来剧组的只有齐彦、归巧和蔚玖。

由于彩蛋时长只有二十分钟，所以这两天就要杀青彩蛋部分。归巧跟徐教授申请去外面看拍摄，很幸运的是，到外面的时候拍摄还没开始，陈导拿着剧本正在和苏清屿他们讲着什么。

待到归巧她们走近，陈导的电话突然响了，他对着听筒说了几句，面露诧异，然后冲苏清屿和韩止交代"有个老朋友路过，我出去叙叙旧，你们先对对戏，我半个小时后回来，就拍重遇这段。"

听了陈导的叮嘱，苏清屿和韩止纷纷点头表示没问题。

"你们过来了？"陈导看见蔚玖她们几个，招手让她们过来，"坐这儿看。"

蔚玖屏住呼吸，借着长刘海的遮掩抬眸偷瞄了一眼苏清屿，然后慌里慌张地将头埋得更深。

好在苏清屿是一个将工作和感情分得很开的人，进入工作状态他会非常投入，蔚玖知道他的习惯，等听到前面都安排妥当要开始了，她才敢抬头。

陈导点出的这一段可以说是这个故事里面的高潮部分。其实他们所拍的《禁灵路》正片中是没有苏清屿这个角色的，彩蛋故事带着搞笑的成分，强行加入了师兄的戏份。

彩蛋剧本中，苏清屿和韩止两人师从名师，从小一起长大。师兄致力于钻研灵力，在修炼中过于刁钻深入以至于走火入魔。他愧对师门，在半清醒半魔念的时候选择了离开山门，一消失就是几百年。师弟却一直不够用心修炼，师兄这一走，师尊把心血全部放在了他的身上，他的训练时长和强度一夕之间翻倍增长。师弟向来埋怨这个“好”师兄，而师兄这么一走，他内心的怨念更重了。他不是一个多上进的人，却因为那个大魔王，要日日起早贪黑被师尊抓起来修炼。

几百年里，他一直对这件事耿耿于怀，心情不好了就骂师兄几句解解恨。但他的内心深处却又是担忧师兄的，担心师兄有没有从魔道中脱离，又或者是以师兄那个正直的性子，熬不过去又不想危害四方，可能早已选择了结了自己的生命。

等韩止喝完水，安馨在旁边充当临时导演，小声喊了句：“开始吧。”

眼下拍的是师兄弟重遇，彩蛋中最精彩的片段。几百年不见，两人之间有憎恶、担忧、恨，也有怀念，感情复杂，可谓是爱恨交织。

韩止手上握着一柄剑，和苏清屿遥遥相望，灰暗的眸子里看不出情绪，让人猜不出两人的关系和故事发展。

这么对峙了一会儿，他蓦地把剑一扔，置气一般转身就走。

“师父怎么教你的，现在连师兄都不叫了？”苏清屿望着他的背影，淡淡开口。

“你还知道师父？”韩止冷笑道，“师父已经死了。”

他头也不回，直接进了山门。

彩蛋里的时间线继续推进。

接连几日，无论师兄说什么，师弟都不开口，顶多偶尔说上一句："空气怎么会说话？我不和空气说话。"师兄也不在意他的冷淡，该修炼修炼，该休息休息。

这天，师兄在闭目打坐，就这么坐了一整天。师弟出出进进了好多次，最后在离师兄挺远的地方也坐下了。

他还记得，当年这家伙就是这么坐了三天三夜，然后就半只脚踏入了魔道。他的眼神止不住地往师兄那边瞟。

在他第十次往那边看的时候，师兄睁开了眼睛，轻飘飘地道："是我这个空气很好看吗？"

师弟瞬间奓毛："谁看你了？！神经病！"

围观的众人都捂嘴偷笑，归巧一个没忍住笑出了声。

韩止还是气呼呼的，这个角色，太像苏清屿这个人了，看着就来气。苏清屿则没什么反应，还是气定神闲的模样。

听到有人出声，韩止扭头看归巧。

归巧直言不讳："你怎么演得跟个小媳妇儿似的？"

韩止内心一圈问号，莫名其妙地看着归巧，虽然这话说得有点直，可的确是很久没有人用这个口气跟他说话了！

别说，这些日子以来，他还真偷偷关注过这个牙尖嘴利的实习生，最初还是因为想观察蔚玖来着，想知道能吸引苏清屿这尊大佛的女生会是什么样子，结果反倒注意起了归巧。

这些日子以来得到的信息是，归巧家境不错，每天都有专车司机接送，说是来实习，但是挺吊儿郎当不务正业。韩止没少见她出来晃，有时在他们这个片场，有时候还去别的剧组那里晃。

最让人印象深刻的是她那张嘴，厉害极了。可能是她从小养尊处优，从来不会给谁面子，光他就看过她怼人怼了好几回，关键是很多时候怼得还恰到好处，他还觉得这女孩儿挺酷的。

前提是……没怼到自己头上。

但这会儿，这么多人在这儿看着呢。

韩止一下子有些下不来台。

归巧却没有停下来的意思，她右手抵在嘴唇上思考了一下：“我知道是哪里不对了。”

苏清屿听到这话，颇为认真地看过去，像是要聆听意见的模样。

“你们俩演得太有CP感了。”归巧停顿了一下，“比如韩止，我没看出来你对他有多埋怨，反而像是撒娇。”

韩止一脸愕然：“……”

苏清屿：“……”

“噗——”围观的其他人都笑喷了。

“还有你，”归巧毫不客气地指着苏清屿，“你回去的心情应该是比较沉重的，几百年后师父故去人事已非，可我感觉你表现出来的内心戏是看见师弟挺开心的。”

归巧说着想起了什么，眼神若有似无地瞟了一眼苏清屿：“就好像有些人，当面一套背后一套，别人可不都是傻子。”

苏清屿微微蹙起眉，对上归巧意味深长的目光。

归巧扭头没再理会他，叹了口气：“你们俩……克制一点！”

撇开分析得对还是不对，一个小小的实习生敢这么说话，周围的工作人员想笑又使劲憋着不敢笑。

“哈哈哈……”一阵突兀的声音响起，原来是陈导不知道什么时候回来了，第一个笑了出来。

众人回头，这才忍不住跟着笑了。

陈导调侃道：“这是哪个大导演在这儿批评我的演员呢？”

归巧顿时收敛了点，讷讷道：“陈导。”

陈导意味深长地看了一眼不再吭声的归巧，然后转身拍了拍苏清屿和韩止的肩膀：“不急，你们再体会体会剧本里的情感，下午再试试。”

言下之意，陈导并没有否认归巧刚刚那番话。

韩止诧异地看了一眼陈导。

陈导冲他们挥挥手，然后扭头走了。

归巧撇嘴，溜过去跟了上去。

蔚玖一时也没弄清什么情况，就看见归巧一言不发特别温顺地跟在陈导后面。她看了一会儿没得出结论，转过头来，不想正好撞上苏清屿的视线。

蔚玖愣了下，还是默默低下头。

苏清屿的神色顿时无奈又纵容。

齐彦不动声色地将这一切看在眼里，这一上午他都隐隐觉得蔚玖有些奇怪，一举一动都透露出一种不自在。起初，他以为是自己先前的示好吓到了她，但现在看来，恐怕吓到她的另有其人。

中午，蔚玖和归巧一起吃饭，苏清屿他们和陈导一起吃。韩止依旧很憋闷，迟迟不能从被一个小实习生数落的阴影中走出来，他的情绪非常表象化，一声不吭，只知道闷头吃饭。

苏清屿太了解他了，却没打算管他，安安静静地吃自己的盒饭。十几分钟过去，陈导也觉出有哪里不对了，先看了一眼苏清屿。苏清屿朝韩止的方向使了个无奈的眼色，陈导才恍然大悟。

“韩止啊。”

“嗯？”韩止咬了一大口鸡腿，囫囵应道。

“巧巧那孩子就是任性，从小被家里人宠坏了，刚刚你别放在心上。”

“呃……”韩止嘴里东西太多，惊讶得张嘴想说话，结果差点被噎住，“巧……巧巧？”

陈导无奈地笑了笑：“她啊，李越的女儿。”

这下苏清屿也有些诧异地看过来。李越可是圈子里数一数二的大导演，近年来他的作品虽然少，但部部都是精品，没想到他竟然是归巧的父亲。

韩止喝了好几口水才把嘴里的东西咽干净，说出来的第一句话却是：“那她怎么不姓李？”

陈导更无奈了：“巧巧一直跟她爸关系不好，可能是她爸在她小的时候太忙了，她心里有气，懂事了以后就闹着改姓，跟妈妈姓了。”

“改姓？”韩止瞠目结舌，伸手比了个大拇指，“真猛。”

“所以她从小跟我反而亲一些。”陈导无奈，“之前填志愿的时候跟她爸闹了好久想读导演系，但是人家只招艺术生，现在来这儿实习估计是还没死心呢。”

“怪不得说得还头头是道的……”韩止自言自语。

“那当然了，她从小耳濡目染。”陈导颇有些骄傲。

这么一个插曲过后，韩止的表情肉眼可见地恢复神采，陈导笑道：“不憋闷了？”

韩止又大口吃了一块肉：“还憋闷什么啊！跟着两个大导演从小熏陶，平衡了！”

“哈哈……”

归巧从工作间出来扔饭盒，就看见韩止毫无形象啃肉的画面。两人的视线猝不及防对上，韩止一扫脸上的阴霾，冲她挑了挑眉，还发射了一抹帅气十足的微笑。

“……”归巧一时间有些愣了，敛住嘴唇，像看白痴一样看他。

六

齐彦是个很会抓住机会的人，先前他一度以为苏清屿跟蔚玖已经有所发展，但是今天看来事情好像并不是他想象中的那样。剧组最近就要杀青了，他们也马上要进入考试期，像这样可以在校园外相处的机会，很有可能再也不会有了。

他这回学乖了，没有像上次先询问，而是下班以后直接追上了独自走路回家的蔚玖。

蔚玖听到有人叫她，有些茫然地回头。齐彦很会找话题的切入点，没等蔚玖开口，就先问："蔚叔叔最近身体怎么样？"

蔚玖顿了一下，才说："没什么事了……"

"我爸让我去看看蔚叔叔。"齐彦面色自若道。

蔚玖果然上钩，连忙说："上次真的很谢谢齐叔叔。"

齐彦摆摆手，跟蔚玖并肩："走吧。"

蔚玖抿唇，实在找不出拒绝的话，点头跟上。

而不远处准备再次做护花使者的苏清屿坐在车子里，看着躲了自己一天的小姑娘走在别人的身旁，虽然听不见两人说了什么，但清楚地看见蔚玖点头同意的动作，他神色顿时复杂起来。

苏清屿回到家已经是晚上十一点半，他没有意外地发现于妈给自己留了灯。不过……今天的灯似乎亮了一些？

他正这么想着，一推门就听见袁清的声音——

"Surprise！"

苏清屿身子一顿："妈，您怎么这么晚过来了？"他一边换拖鞋一边问。

"你工作那么忙，"袁清瞪他一眼，"连谈恋爱的时间都没有。"

苏清屿无奈，知道母亲这是还在怨自己先前在"相亲"时提前离开。他伸手要拿走果盘，嘴上说："爸没过来？"

袁清移开手："他那个老年人作息早就睡了。还没弄完呢，你先坐着等去。"

苏清屿谨遵指示，刚坐下没一会儿，手机就振动了。他拿出来一看，是蔚玖发过来的："我到家啦。"

两人关系变得微妙以后，相处模式也暧昧不少，因为他说过好几次蔚玖自己一个人太晚回去不安全，所以蔚玖这几次从剧组回到家，都会给他发一条报备的微信，让他放心。

这下苏清屿郁结的心绪缓和了不少。透过这几个字，他脑子里浮现的是她坐在小床上低头认真地一个字一个字敲手机键盘的模样，安静又可爱。

就这么怔了几分钟，袁清不声不响间已经走了过来。她探过脑袋："小老师……这是谁啊？"

袁清有些惊讶地看着苏清屿，她老远就看见儿子对着屏幕一阵傻笑。

他从十几岁的时候就和他爸一样，一本正经又老成。就连通讯录里的联系人，除了她和苏淮永，还有他的死对头小格，他对所有人都备注的全名。

眼下这个疑似是昵称的……小老师？

苏清屿不动声色地转了下手机，握进手里："没事。"

袁清眼睛转了几圈，心里已经悄悄乐开了花，调侃道："还没回答妈呢，这谁呀？"

苏清屿问："您水果切好了？"

哟，转移话题了！袁清迅速把果盘放到茶几上，坐到他身边："宝贝儿子，这是要给我带儿媳妇回来了？"她越说越高兴，"你早和妈说啊！那个秋怡你不喜欢，我就不介绍给你了！"

苏清屿不禁抚了抚太阳穴："您这都能看出来？"

袁清忍不住笑道："你就差把'恋爱中'三个字写脸上了。"

苏清屿真的是人生中第一次感到憋闷。

恋爱？小姑娘躲了他一天不说，还被齐彦拐走了。虽然内心知道不会有什么，但理智如他也做不到心里没有一丝波澜。

他移开视线，沉默了几秒钟，一手揽上袁清的肩膀："妈，今天我有点累。"

袁清瞬间中断了思路，眼神担忧："累了？"

他"嗯"了一声，一手拿起果盘，另一只手揽着袁清往二楼卧室走："您今天住这儿吧。"

"欸，"袁清站定没动，"你先上去，我给你爸打个电话。"

苏清屿打量了自己老妈一眼，应了声，转头走了。

等苏清屿消失在楼梯拐角，袁清抻着脑袋探了探。

"小浑蛋，"她低头嘟囔，"想装虚弱糊弄我。"

她蹑手蹑脚敲了敲于妈的门，跟做贼一样，压低了声音问："于妈，你睡了吗？"

……

"清屿最近好像是有点不太对。"没过多久，于妈虚掩的屋子里传来隐约的声音，"就是小格的家教老师，那天我跟他说小老师不对劲，他二话不说就回来给送医院了，举止也挺亲密的。"

"对吧！我就知道一定是有喜欢的女孩儿了！多大？小格的家教老师吗？"

于妈犹豫了一下："还是个学生。"

"学生？"袁清沉默了几秒。

于妈心里咯噔一下。她早就听闻有钱人家看中门当户对，内心想替蔚玖说些什么，还没来得及说出口，袁清紧张的声音就传了过来："高中生还是大学生？"

于妈反应了两秒，连忙说："大学生！今年大二了。"

袁清明显舒了一口气："那就好……我还以为我儿子还得清心寡欲好几年……"

于妈："……"

“你再跟我说说，那个女孩儿是什么样的？在哪里上学？叫什么名字？长得……以我儿子的眼光，一定漂亮吧！”

……

几分钟后，原本已经上楼的某人去而复返，听着两个女人窃窃私语，他一脸的无奈，但只是站了一会儿，便重新登上楼梯。

周一下午六点，袁清坐在办公室里，握着手机一阵发呆。她从于妈那里套来的情报少得可怜，只知道那个神秘的小老师的学校、专业，还有名字。琢磨一天了，袁清还是觉得“蔚玖”这个名字特别耳熟，绝对在哪里见过。

上课铃响了，她随手拿起花名册和电脑，心里却已经开始琢磨着明天去建筑学院院办老师那里问问，肯定有照片。

袁清是挺有名的心理学教授，这学期西大特聘她来上这门选修课，名字叫“恋爱必修课”。每节课人气都非常火爆，来蹭课的学生甚至比选修这门课的学生还多。

这两天光想小老师的事了，准备的课件内容根本撑不了三节课，她走上讲台咳嗽一声，有一种心虚感，低头拿出花名册：“今天我们先来点名。”

这还是她开课以来第一次点名。五分钟过去，她的声音有点异样：“蔚玖？”

“到。”蔚玖坐在第二排的位置，怕自己声音太小，还举了一下手示意。

袁清的嘴巴立刻张成了 0 型，她往蔚玖名字右边看了一眼所属院系，确认了一下：“建筑系的？”

蔚玖愣了下，但还是老实地点了点头。

袁清心里顿时乐开了花，她眼睛眨也不眨地在蔚玖的脸上打量了半天，才收了心思继续点名。

因为课件内容太少，所以袁清让大家看了一部心理学的片子，还发了一份问卷，才将将把课程时长撑满。

晚上九点半，课程结束，蔚玖恍然不觉自己已经被盯上了。她收拾好东西，齐彦从后面拍拍她肩膀："一起回去？"

齐彦当然没选这门课，只是察觉到自己还有机会，所以这几天不断地在蔚玖身边刷存在感罢了。他先前其实有些自卑，毕竟在苏清屿那样的人面前，他没自大到觉得自己有半分机会。

现在看来，恐怕问题出现在蔚玖还是太慢热了。但他有苏清屿没有的优势，他们同班，每天一起上课一起画图，他可以和蔚玖朝夕相处。

然而，蔚玖抿了抿唇，摇头道："我还要去别处，我们不顺路。"

说完，她也没看他，低头走了。

又被拒绝……齐彦看着她的背影，眉毛不自觉拧了起来。

袁清不动声色地把这一幕看在眼里，低头把刚刚收上来的问卷整理好。等她走出校门坐进自家司机的车里时，她立刻抽出了她暗暗记下的属于蔚玖的那一张匿名问卷，从上往下浏览，越看嘴角越往上咧。最后实在忍不住，她拿手机拍下来，传给了苏清屿。

苏清屿收到消息的时候，刚刚把车停进车库，人坐在驾驶座上。

他点开那张白晃晃的图，入目的几个词便是"性行为""频率""安全期"。他皱起眉头，再次点击屏幕，退出了图片界面，发过去一个符号："？"

他第一反应是袁清被盗号了。

袁清发来微信："我今天上课点名了，儿子，你猜我点到谁了？提示你一下，我今天在西大上课哟。"

苏清屿动作立时顿住，有种不太好的预感。

袁清接着又发送道："哈哈哈……所以我特意发了这张问卷，我未来的儿媳妇简直太可爱了！"

苏清屿舔了一下嘴唇，再次点开图片。他很快明白过来袁清口中的“可爱”是什么意思。

“恋爱必修课”这门课，不光教授恋爱知识，既然涉及恋爱，所以也不可避免地会科普一些生理知识，问卷上的很多问题可谓是相当直接露骨。

“请问你有性生活吗？”

“没有。”

“你认为性生活的频率应该怎样是最佳？”

小姑娘选的“其他”，在右边的横线上还很认真地写了：“不清楚。”

“你都是通过什么渠道了解性知识的？”

小姑娘依旧选的“其他”，依旧认真地解释了：“被室友科普的……”

苏清屿顿时被逗笑，他回：“您的课就是教这些？”

袁清相当坦荡：“这本来就是恋爱中的必修课啊。”

也确实没毛病，苏清屿扶额。

袁清又提醒道：“但是儿子，我看到那个男孩子了，就是叫齐彦的那个，他绝对是对儿媳妇有意思！你再不努力人家就捷足先登了！儿媳妇就要跑了！”

苏清屿的眼神凝住一瞬，又是齐彦。

事实上，他和齐彦在苏清溪的婚礼，还有小格的满月酒席都碰过面。他还知道，蔚玖就是齐彦介绍来做家教的，当初他的本意是想让苏清溪找专业的钢琴老师，齐彦却推荐了蔚玖。

袁清还在嘀咕：“不行，我要跟清溪说这个事……不对，直接跟小格他爸说，回头儿媳妇变成亲家了！”

苏清屿关掉车灯，车里顿时一片黑暗，手机上的光亮分外扎眼。紧接着，他低头回复：“别担心，不会跑。”

袁清反应了两秒，惊喜道："终于承认了？"

她太了解她儿子了，不想说或者拿不准的话他从来不会轻易说出口。就像小老师的事，一直都是她兴致勃勃地说，但凡话题有朝要他确认是不是确有其事的意思，都被他轻而易举地避开了。

苏清屿勾唇笑了笑，没有否认。

回到家，苏清屿冲过澡躺在床上，他借着月光看天花板，知晓袁清这次是不会放过自己了，绝对会暗搓搓地把蔚玖了解到底，但他竟然没有反感的情绪。

她那么招人喜欢，袁清没有理由不喜欢她。右手捂上眼睛，月光顺着指缝流进眼睛里，温柔得像她的目光，他不自觉笑了。

是啊，她那么招人喜欢。

这么温情的时刻，眼前却浮现出齐彦和她言笑晏晏的样子，他的劣势太明显了，他不能时时刻刻在她身边，他的内心顿时涌上一股冲动的情绪。

他是一个对一切都充满计划性的人，不论是对事还是对人，在他的计划表里，下次蔚玖来家里上课，他就会和她摊牌。是的，在这段关系中，他依旧用了他惯用的社交伎俩。

但此刻他清醒地知道，他不想再等了，不想等她一步步把他给她的暗示串联成线，现在的状况拖得越久反而越糟糕，他已经从她那个闺密不满的眼神中体会到了一点别的什么了。保不准小没良心没暗示到，反而暗示到别人身上了。

他无奈地笑了，从通讯录里拨出一个号码。

这还是冷战多日的两人第一次发生交集。

小格已经住回自己家，他看着屏幕上跳跃的三个字，等铃声响了好一会儿，才慢悠悠接起来，声音不咸不淡道："干吗？"

苏清屿沉默了两秒，沉声说："帮我一个忙。"

第六章

原来心动的感觉像是一场慢放的电影

七

周二，蔚玖他们上完课就直奔剧组了。今天是杀青的日子，虽然他们有课没在剧组，但是杀青宴还是要去的，尤其还是苏清屿请客。除了被导师安排了其他工作的齐彦，大家全部到场。

蔚玖全程低头吃饭。端杯喝酒的时候，她端起茶杯小小地抿上一口，其余时间都在默默吃饭。

饭局进行到后半段，苏清屿隔着一张圆桌看她。他今天很累，这个星期去了一趟巴黎参加活动，凌晨的飞机才回来，为了倒时差没有睡，还拍了一整天戏。

结果她的身影都是今天吃饭才第一次见不说，而且一晚上也没能得到她的丁点注视。

一杯喝完，苏清屿不再贪杯，借口去了一趟厕所，胃有些隐隐不适。从厕所出来，他摸出手机，没等他拨号码，屏幕忽然先亮了。

小老师："还是很困吗？今天休息得好吗？"

苏清屿真的被气笑了，刚刚那个不敢抬头甚至还有点歉疚的小没良心，趁他出去转眼就给别的男人发微信嘘寒问暖。

他低头回复："不好。"

小没良心回复得很快："怎么了？这么晚工作还没有结束吗？"

"睡前可以试试喝热牛奶，助眠，很管用的。"

"或者听听轻音乐，你不要想事情，很快就会睡着了。"

连续发了几条，她又发了一张明显是百度出来的网页截图，上面有详细的如何调理作息的方法。

苏清屿想象着她认真百度的样子，顿时就舍不得生气了。他能气什么？别的男人不还是他。

安抚了她几句，他退出微信界面。喝了几口酒，胃有些隐痛，但他的大脑很清醒。

他转身正准备回包间，却冷不防看到低头看手机的蔚玖。

蔚玖不好意思在大家都吃饭时一直玩手机，所以想也没想就出来了，甚至忘记了苏清屿刚刚也从包间出来了……

她正想着小格舅舅怎么没有回音了，突然低声惊叫一声，目之所及的是一片漆黑。

——她被拉入了一个无人的包间。

蔚玖心跳猛然加速，各种各样不好的想法和猜测在一瞬间涌入脑海，无助的感觉在心中滋长。她紧张得大口喘气，张嘴刚要说话，苏清屿似乎才察觉到自己的鲁莽有些吓到她了，低声说："是我，别怕。"

太熟悉的声音，蔚玖紧绷的神经顿时放松了，却在下一瞬重新紧张起来，喉咙像是被掐住，一个音节都发不出来。

苏清屿明明只喝了一杯酒，却好像有点上头了。他微微用力握住她的手，身子也亲昵地往前靠近。蔚玖避无可避，靠在墙上，能闻到他呼吸中的淡淡酒气。

"你……"

"嗯？"苏清屿问，"怎么？"

"你喝醉了……"

"怎么会？"苏清屿好像是笑了下，"不过，喝醉了也能抓到你。"

蔚玖沉默，不知道该说什么，没被他攥住的另一只手都不知道该如何摆布手指。苏清屿低头也攥住她的另一只手，避免了她的不安分。

蔚玖用力挣了一下，没挣脱开，紧张得脸通红。

"明明那么多人喜欢你。"苏清屿低声道。

蔚玖愣住。

他无奈道："看不出来吗？我喜欢你，蔚玖。"

"还不够明显吗？"他低头，想看清她的眼睛。

蔚玖不知道自己大脑宕机了多久，最后语无伦次道："我……我觉得你在开玩笑……”

“不是开玩笑。”

“你喝醉了……”

“蔚玖，我很清醒。”

蔚玖眼眶有些热，眼睛四处看，就是不敢看他，为自己的躲避而不耻，更因他的直接而手忙脚乱。

太崇拜他了……明明知道他不是那样随意撩人心弦的人，却依旧不相信自己何其荣幸能获得他的垂青。

蔚玖完全不知道要怎么办，突然一个用力挣开了苏清屿，动作快得像一条小泥鳅，手忙脚乱地开门走了。

进了原来的包厢好半天，蔚玖还是觉得自己的脸热得不行，好在屋子里人很多，主角也不是她，没什么人注意到她的异常。只有归巧小声问了句，蔚玖只是摇摇头，心跳快得像要跳出来。

苏清屿好一会儿才进来，他拿起手边的杯子倒了一口酒，咽下的时候轻轻皱了皱眉。

韩止敏锐地发现了，问:“你怎么还喝？”苏清屿向来自控力极强，即使是这种场合也只喝一杯，绝不多喝。

苏清屿看了看蔚玖的方向，低声说：“再喝一杯。”

蔚玖当然听到了，小脑袋埋得更低了。

旁边的男生很有眼色，立刻给苏清屿又倒了点：“一起啊，哪有自己喝的道理。”

蔚玖不知道那股负罪感从哪里来的，总之全程下来都如坐针毡。她抽空思考了一下，可能是刚刚在那个小包间里他看她的那个眼神，那里面似乎有一种稳操胜券的温柔，不急不躁却又势在必得，让她心里发慌得紧。

大家喝得东倒西歪，安馨猛然想起什么，一拍脑袋:“看我这记性，把这个给忘了！”

她从桌底拿出一大瓶东西，觉思南问：“这是什么啊？”

安馨一边拧瓶盖一边说：“我昨天弄了一晚上，榨的杧果汁，就想着今天给大家尝尝，结果差点让我给忘了。”

“厉害了，这么贤惠。”

“那当然，可费劲了，我弄了一整晚，算好了量，每人一杯。”

蔚玖回过神来，她才知道安馨今天带的这瓶东西是杧果汁。饭局开始的时候她问安馨，安馨还神神秘秘说晚一点揭晓。

杧果汁？归巧看了一眼蔚玖，眼神里有询问，蔚玖摇摇头，说：“一点点没事。”

而且……她也确实很久没吃杧果了，她舔舔嘴唇，心痒痒的。

苏清屿眼神追着她，看她握着杯子，小口小口地喝了起来。

安馨还在旁边问：“我的手艺厉害吧？是不是特别好喝？”

蔚玖竖起大拇指，用力点头。

他慢慢皱起眉。

陈导有点喝多了，拉着苏清屿说了好一会儿话。等苏清屿再转头看蔚玖的时候，她那杯杧果汁已经见了底。

喝完杧果汁，饭局差不多也结束了，陈导被司机先送了回去。天色太晚，桌上的人开始讨论怎么分配把几个女生送回去的问题。

不知是心理原因还是怎么，蔚玖觉得脖子有点痒，用手轻轻抓了抓，再看手腕，已经开始有小红点了。

不过还是在可以忍受的范围，她摩挲着手腕止痒，安静地等他们商量出一个方案来，只是总是会有一些小动作，轻微的瘙痒确实让人有些难挨。

这时，苏清屿突然站起身，靠近韩止小声说了一句话。

什么？！等韩止反应过来，苏清屿已经越过喧闹的几人，直接拉住了蔚玖的手腕。

蔚玖抬头，整个人一愣。

“蔚玖，我来送。”苏清屿通知了他们一声，根本不是商量的语气，说完拉着蔚玖就往外走。

吵闹着的几个男人安静一瞬，韩止先反应过来，打了个圆场：“好了好了，他来送。”

“哇……”安馨小声羡慕着。

陈离昕咬牙切齿，李媛则在旁边小声地劝着她什么，也有人一脸蒙：“这什么情况？”

归巧坐不住了，跟着就要起来：“凭什么他说送就送？”

“欸欸欸，”韩止非常有义气地把她摁了回去，“不就是送回家，你别激动，我一会儿也送你回去。”

觉思南也觉出一点儿不对：“这样……行吗？”

韩止摆摆手：“有什么不行的，我打包票，蔚玖一定完好地到家。”

归巧喝了点酒也有些晕晕乎乎，但脑子还是清楚的：“他不是喝酒了吗？怎么送？”

“不是能叫代驾吗？”韩止咧嘴。

等韩止把众人搪塞过去后，他差点要抹一把汗，刚刚那人在他耳边轻描淡写说了句：“一会儿交给你了。”

打包票个球，鬼知道他又要干什么。

苏清屿出了包间就把帽子戴上了，蔚玖小幅度地挣扎了两下，没挣开，又叫了两句苏老师，他只是应了声，但并没告诉她现在是要做什么。

蔚玖不敢乱动，连在电梯里都安安静静被他牵着手腕，生怕引起什么动静，明天他就要上头条了。

等坐到车里，周围一下子安静了，他还是没说话。

蔚玖有点紧张，还有点痒，她轻轻用手指刮了下脖子。

“不要抓。”他终于开口，训诫的口吻上来后，又有些无奈，“不懂得拒绝别人吗？过敏还要喝？”

蔚玖愣住了，没想到他说的第一句话是这个，更没想到他知道她对杧果过敏。

他皱起眉头：“很痒吗？”

蔚玖下意识点头，又匆匆摇头，像个被训话的学生。看着他真真切切为自己着急的样子，她有些心软却又不知所措。

苏清屿坐在驾驶座看着蔚玖：“以后别这样委屈自己，过敏可大可小，很让人担心。”

“不是……”蔚玖小声反驳，眼睛游移几秒，刚刚不短的时间让她冷静了不少，自觉说出的话带了几分决绝，“我觉得你……不够了解我，你把我想得太好了。”

他们的交集太少了，他怎么会了解她呢？所以才会说喜欢她吧……况且，蔚玖是一个对待感情相当执着的人，一旦认定是小格舅舅，就再也不会变了。不然，她也不会这么执着地喜欢苏清屿那么多年。

“我没那么无私。”她顿了顿，说，“本来我就是想尝的……”

蔚玖没敢看他的反应，怕他生气，结果等来的却是一声轻笑。她抬头，猝不及防被他刮了一下鼻头：“小馋猫。”

蔚玖脸唰的一下就红了，整个上半身都僵硬得不敢动弹。

苏清屿撤回手，动作自然：“待在车里，我去药店买药。”

蔚玖顶着热气腾腾的脑袋点头，等他稍微走远了，才反应过来他说了什么。

买药？给她买吗……她捂住双颊降温，这时候他却去而复返，开车门把手机递到她眼前，看见她的动作又是一声轻笑。

蔚玖匆匆放下手，尴尬极了。

他低头看她：“叫一下代驾。”

她接过手机，忙不迭点头。

蔚玖预约了代驾，对方很快打电话过来，报过酒店名后，对方说十几分钟后会到。

做完这一切，手机突然进来语音通话，蔚玖刚刚结束通话，手一滑不小心点了接通。

怎么办……蔚玖顿住几秒，硬着头皮想跟电话那头的人解释，对方却先她一步开口："是现在吗？要怎么帮？"

蔚玖有些愣怔地听着听筒里传来熟悉的声音，对方听这边没说话，可能以为是不方便说话，又问："你在哪儿？小老师在你旁边吗？"

蔚玖的眼神瞬间凝住，一时间手指都僵住了。她僵硬地把手机从耳边拿开，看到屏幕上明晃晃的备注——小东西。

蔚玖的心脏开始后知后觉地剧烈跳动起来。

这是……小格？！

二

蔚玖手忙脚乱，差点直接挂断，好在她还保持了一点冷静，重新把手机放到耳边："小格……是我。"

小格显然愣了下："那个，我……我什么都没说，就这样，小老师再见！"

"嘟"的一声，电话挂断，蔚玖在座位上定格了好几分钟，手机屏幕已经黑了，眼前闪过的是曾经的一个个场景。

小格舅舅在墨尔本，他也在墨尔本；小格舅舅回来，他也回来；小格舅舅倒时差，她回忆了一下，他今天精神似乎也不太好。

那天在她家楼下，他问她："不想知道为什么吗？"为什么对她特别，为什么一而再再而三地靠近她……

蔚玖脑中突然浮现出在小格家中看到的那一张张寻常人难以凑齐

的专辑，家里逐渐多了的分明是他的痕迹……他在暗示她。

那一张自拍，那些无奈又温柔的眼神，刚刚在包间里笃定又势在必得的架势，仿佛都在和她说：怎么没有认出我来？

蔚玖心跳越来越快，明明所有的证据都指向一个结论，她依旧不敢相信。因为太过不真实，她甚至在放空自己开始认真琢磨，这是不是一场荒诞的梦。

这空当，苏清屿回来了，开门声吓得蔚玖一抖。

“抱歉，”苏清屿坐上驾驶座轻声关门，“吓到你了？”

蔚玖愣愣地看着他。

苏清屿刚想问怎么了，视线下移到她手中的手机上，是和小格的聊天页面，上面还有半分钟的语音通话时长。他静静地注视着她好一会儿，发现她脸上没有他想象过的任何一种反应——羞赧、恼羞成怒，甚至冷漠，都没有。

他敛住思绪，把未干的手擦了擦，伸手把手机从她手里拿过来，她也毫无反应。拆开手中的药膏挤到手上，他打开车内的灯，拉过她的手，能看到手心和手腕的连接处有一片红色的小圆点。

苏清屿皱了皱眉，她皮肤很白，这样一对比红点更明显，看着更让人心疼。他先试探地用手碰了碰，蔚玖稍微往后缩了一下。

“痛？”

“痒……”蔚玖小声回。随着他的触碰，意识逐渐回归，她的脸慢慢红了。她不是没有反应，她只是……比别人反应慢一些，心脏跳得快要蹦出来，像打鼓一样。

她偷偷瞄了一眼他。

他听得到吗……

苏清屿涂得很认真，对蔚玖时不时的偷瞄视若无睹，也假装看不见她左一下右一下瞄他一眼，结果自己把自己弄得脸红。他此时心情很好，她没有拒绝他这样亲密的动作，意味着她确实已经知道真相。

左手涂完了，蔚玖老老实实递上右手。

“这么乖？”苏清屿讶异，低声笑道，“知道错了？”

这个“错”指什么，两个人心中都懂。

“没有……”蔚玖耳尖红了，想要把手收回来。

苏清屿捉住她的手没让她得逞，然后轻轻捏了下：“不拒绝别人，就会拒绝我。”

蔚玖缩了缩脖子，不再说话了。她太紧张了，觉得这个时候说什么都是错的……

涂完两只手腕，苏清屿和她说：“转过去一点。”

“嗯？”

苏清屿比画了一下脖子的位置，蔚玖懂了。这个位置……有些私密，她不敢看他，忙摇头道：“我自己来……”

苏清屿也不急，淡淡地说：“要我把你抱过来？”

蔚玖只好颤巍巍地扭过身子，苏清屿探过来，用另一只手扶了扶，对准灯光。碰到第一下的时候，蔚玖条件反射般轻轻颤了一下，苏清屿在她耳边轻声说：“别紧张。”

她也想控制住不紧张呀……

这地点、这时间，还有他的指腹在后颈涂抹的轻柔触感，蔚玖觉得自己快要被蒸熟了。

不知过了多久，她感觉他的动作慢慢停了。

蔚玖试探着扭了过来，对上他深沉如墨的眼睛。她眼神闪烁了下，垂下视线，轻声说：“谢谢。”

苏清屿把药膏盖子盖上，又擦了擦手，问：“只用药膏可以吗？”

“嗯，”蔚玖贴回座椅上，特别温顺，“两三天就好了。”

他没有接话，蔚玖捏了捏手指，随便找了个话题：“今天大家好像都喝了不少。”

苏清屿“嗯”一声。

“代驾要怎么回去呢？”她又问。

“一般是有代步车。”

“这样。”蔚玖揪了揪垫子，不知道该怎么找话了。

苏清屿安静地看着她，好像懂了点儿什么，笑着说：“别紧张。”

“没有。”她脸红红的，否认得迅速，“代驾说十几分钟，应该马上就过来了。”

苏清屿无声地笑了。

很奇怪，两个人很默契地没有谈正题，但是一种若有似无的暧昧在空气中弥漫，而这种暧昧因为密闭空间和沉默被无限放大。

两人的眼神不知何时粘连到了一起，蔚玖的勇气被紊乱的心跳怂恿，一直撑到他倾身靠近，终于还是溃散掉。

她不知所措地望着他，眼神都已经涣散，许多许久不曾想起的画面却因此涌入脑海。

那年刚刚喜欢他时，她十二岁，他二十岁。

他那时候玩后摇，还在英国读大学，一个中国游客把他们乐团在街头表演的视频传到了网上，被蔚玖无意中点开。

蔚玖那时快要进入青春期，性格温柔，或许还有点软弱。那种循序渐进、不太强烈却万分震撼的鼓点对她有着摄人心魄的吸引力，仿佛将她拉进最深的深渊，却又在最后一刻让她绝处逢生。

音乐能够表达出来的东西有很多，真正领悟的人却少之又少。但那一瞬间，交织着后摇的理性，蔚玖却感受到了一种感性的契合——和一个桀骜又孤独的灵魂。

最初的视频里他不唱歌，他有时是键盘手，更多时候是鼓手。

沉默，却迸发着一种难言的锐气。

她后来也记不清，那一瞬间是被他吸引，还是被他编织的后摇吸引了。

很多人不懂后摇，更让他们着迷的或许是他的皮相、他演奏时散发的魅力、他作为同胞在那一群外国人中间获得掌声给国人带来的荣耀感。

蔚玖却试着去了解。

后来有关他的视频多了起来，但每天可以刷到的消息依旧少得可怜。她只能靠着那一点点消息，每天傻乎乎地丈量她和他的距离。

他回国了。

他毕业了。

他来到了她所在的城市。

再后来他有了微博，她觉得他们的距离越来越近了。

然后他出道了，大火了，他们的距离又越来越远。

那些悸动岁月的少女心事再也找不回来，她变得成熟了些，也理性了些，曾经不敢对人宣扬的心思，逐渐也真的没了。

可本来以为是不切实际的幻想，却在这一瞬间可能成为现实。

她完全蒙了。

两人之间仅隔几厘米的时候，一串突兀的电话铃声在两人耳边响起。蔚玖从神游的状态脱离出来，他已经撤回去接电话，她窘迫地低下头。

苏清屿一只手扶在方向盘上，探头看着外面说："我看到你了。"

"车内亮着灯。"等代驾准确地朝他们这边走来后，他挂断电话。

他歪头看到蔚玖又不自在起来的样子，有些自嘲地笑了笑。他急什么？

代驾很快上车，苏清屿说了一个地点，先把蔚玖送回家。代驾师傅是个中年男人，他打量了苏清屿两眼，觉得有哪里不对，但是半天也没看清正脸，就没再细想。

苏清屿让蔚玖也换到后排，代驾师傅以为两人是正常的小情侣，还出声打趣了两句。

两人都没有提那件事。蔚玖当他还不知道自己接到了小格的语音通话，苏清屿则是早已经有自己的打算。

韩止一直觉得苏清屿恐怖的一点就是——你以为的意料之外，不过都是他的有意安排。

十几分钟后，蔚玖被送回家，她上楼没多久，刚刚把外套脱掉就收到他的微信，是以小格舅舅的名义。

他发来小格抱怨的截图，然后说："明晚来上课好不好？"

蔚玖咬了咬唇，回："好。"

"早点来。"

她有点脸红，又回了一个："好。"

三

蔚玖猜到了自己这一晚会睡不好。她心思细，有什么心事都会反映在睡眠上，所以一如往常找出他的歌听，这次却怎么也不管用了，还适得其反。

一直到深夜三四点才睡着，早上醒来已经十点钟，蔚井宏似乎也没有叫她，蔚玖醒来的时候都有些发蒙。她在床上坐了一会儿，第一件事是拿来手机看了一眼微信消息，他要她去上课的消息还在。

那不是个梦。

蔚玖抿了抿唇，听见厨房里有声音，还有浓郁的排骨味道。她换好衣服，趿上拖鞋探了个脑袋："您怎么没有去上班呀？"

蔚井宏回头："醒啦？我看你太累了，都睡不醒了，给你做点好吃的。"

“您叫我了？”

“叫了一回，你‘嗯’了声就接着睡了。”

“这样啊……”蔚玖揉了揉脑袋，完全不记得。

“那个实习快结束了吗？看你都累成什么样了。”蔚井宏皱眉道。

“还好……快了。”蔚玖不自在地捏了捏手指，“我……去洗漱，再来帮您。”

下午吃饭的时候，上钢琴课的时间越临近，蔚玖心里越紧张。

蔚井宏叫了她两回：“怎么总走神？”

蔚玖回过神来，默默吃饭，然后想起什么，抬头说：“爸爸，我今晚要去小格家上课，忘记和您说了。”

她说的是小格家。蔚玖一直都没有和蔚井宏说补课去的是小格舅舅的家——一个男人家里。她怕蔚井宏担心，所以蔚井宏一直不知道小格舅舅的存在。

“那你时间安排得过来吗？别累着。”

“没事的，”蔚玖摇摇头，“不累。”

蔚井宏想起来什么：“对了，那别忘了把人家的衬衫还回去，都多久了。”

蔚玖有些心虚地点点头。

到苏清屿家的时候是傍晚六点钟，而约定的上课时间是七点，于妈特别热情，一进门就让蔚玖坐着，她去厨房弄水果甜点。

小格也比往日热络些，他看着蔚玖道：“小老师，你终于来了，我要烦死我舅舅了。”

这些日子，苏清溪回国，小格便回了自己家住。但是只要苏清屿晚上没事，他都会让于妈把小格送来练琴，真的苦不堪言。

对比来看，小老师实在是太温柔，所以某种程度上，答应帮大魔王这件事，他非常乐意。

蔚玖不知道该怎么回这句话，看了看楼梯的方向，问：“你舅舅，在吗？”

“在啊。”小格利落地回。

蔚玖紧张地舔了舔唇，眼神游移了一圈，看到茶几上的东西时突然愣了：“这是……”

“这个啊，我舅舅送你的。”

蔚玖凑近看，她没看错，是她一直想买的那本建筑书，大小大概有一张普通课桌那么大，三百多块，对于她来说有些小贵。

他怎么会知道她想要这个呢？她低头想了想，心口逐渐变得温热，唯一的可能就是在剧组时几个学姐有讨论过。

这礼物无疑告诉她，那时他一直在注意她。蔚玖的嘴角慢慢上翘，这份不算贵重的礼物让人丝毫不觉得唐突，他的分寸掌握得刚刚好。

她看了看楼梯的方向，低头给他发微信：“看到书了……非常喜欢，谢谢。”

那边回复得不算快：“你已经到了？喜欢就好。”

蔚玖顿了顿，有些突发奇想地发了条：“我好像还不知道你的名字。”

她的手紧张得有些发凉：“可以告诉我吗？”

明明两人心里都明白，但好像就是差了这样一个仪式感，蔚玖屏住呼吸等，不过几秒钟就等来他的回复——

“上来。”

上来？

蔚玖的脸一瞬间就红了。

小格察觉到蔚玖的变化，有点嫌弃，那个大魔王有什么好的？他面无表情地站起来：“我去厨房找东西吃了。”

客厅只剩蔚玖一个人，看着楼梯，她心里自顾自紧张了一会儿，然后捏起带来的纸袋，先探头看了一下厨房那边，于妈和小格都没有注意到她。

她深吸一口气，步伐放得很轻，悄悄上了楼。二楼有好几间卧室，大部分房间房门大敞，只有一间是紧闭的，蔚玖凭着直觉走向了那一间。

她在门口站定，盯着门把在心里默数到三十，终于抬起手，敲了两下。几乎是她的手指离开门板的那一瞬间，蔚玖就看到门把往下压，下一秒，她被拉了进去。

屋子里有些暗，窗帘紧闭，只有床头灯是开着的，洒下昏昏黄黄的光线。蔚玖闻到了他身上不知是洗发露还是沐浴露的味道，很好闻，但她辨不出是什么香味，和她接触的任何一种都不同。

门被他轻轻关上，然后他走近她。蔚玖刚刚没太看清，这会儿看清楚了，他穿的是深蓝色的家居服，头发还没太干。

以这样的身份见面还是初次，蔚玖尽量让自己平静些，把他当作小格舅舅来对待，她轻轻问："你怎么知道我在外面啊？"

她佯作自如地低低嘟囔了一句："也有摄像头吗？"

"没有。"苏清屿弹了下她脑袋，低头笑道，"两分钟的时间，你怎么也做完心理建设了。"

蔚玖："……"

她又问："你叫我上来……有事吗？"

说完，她自己先咬了下舌头，明明是她先问他名字的，他才叫她上来的。

她不是明知故问吗？他一定会反问她：不是你找我有事？

然而他没有，他"嗯"了一声，看了蔚玖几秒。深棕色的眸子在昏暗的环境里有一种别样的魅力，那次在楼道里是，现在也是。

"有事。"他淡淡道，"刚刚说喜欢那本书？"

蔚玖有些茫然地点头，他慢慢上前一步，声音含笑："再说一遍给我听？"

蔚玖只觉得脑子里嗡的一声，一晚上加今天一整个白天，她做的所有心理建设都崩塌了。她根本没办法单纯地把他当作小格舅舅，他们根本就是同一个人，是她从还不懂什么是喜欢时就崇拜的人。

她根本还不能接受，这件她甚至认为荒诞的事，可能成为现实。他太遥远、太完美，也太不真实。

“蔚玖。”他低头靠近，呼吸的热气喷洒在她的脸上。

蔚玖顿时红了脸，眼睛不知该瞧哪里，心跳怦怦怦的，很清晰，呼吸都变得小心翼翼。

苏清屿看到她突然变红的脸，低低笑了。

明明只有鼻息的声音，但蔚玖就是感觉得出他笑了……整个人更加羞窘，偏过头企图不让他看到自己的脸。

“蔚玖。”他又叫了她一声，并不在意她的躲闪，顺势低了低身子，转为凑近她的耳郭。

这个低沉性感的声音，她曾在自己那个小MP3里听过无数遍，而此时却是在叫她的名字。她有些恍惚地想，这是不是梦，这时那个声音又出现了。

“喜欢吗？”

那个声音说：“蔚玖，喜欢吗？”

四

蔚玖重新直视他，好像是在问礼物的事情，但她分明感觉到他在问别的……

她有些着急，也不知道自己在急什么。可能是紧张的，也可能是对他的攻势害怕了，更多的是这件事带给她的冲击感在这一刻又波涛汹涌地涌来了，她一时间不知道要怎么办了。

她的生活平淡了太久，他的到来却带来了波澜壮阔。

苏清屿捉住她的手腕，看着她略带祈求的湿漉眼神，瞬间心软。

“让我抱抱。”他低声说。

蔚玖愣住，他已经拉着她的手腕，一个用力将她带进怀里，她手里的纸袋掉到地上。

蔚玖呼吸明显停滞了几秒，在感受到他身上的热气后，僵硬的身体慢慢复苏。

这个拥抱很温柔，带着很大的安抚意味。蔚玖眼眶有些热，这一刻她真实地感受到他的存在。这个对她这么好的人，真的是他。

“怕我吗？”苏清屿想起刚刚她的眼神，又微微用力抱紧她。

这样看不见他，蔚玖能放开很多，像先前隔着一部手机，她甚至能说上一两句有些暧昧的情话。她用脸颊蹭了蹭他胸前的珊瑚绒：“不怕呀。”

“骗我，”苏清屿轻声笑道，“我怎么觉得你要被我欺负哭了？”

“哪有……”蔚玖被他逗笑，眼眶的泪却因此溢了出来。

鼻翼感受到湿润的泪水，蔚玖也有点愣了。但她明白，她不是被他“欺负”才流眼泪。她小心翼翼地，将双手挪上来轻轻环住他，吸了吸鼻子，老实道：“好不真实啊。”

苏清屿愣了一下，稍微放开她。

“真哭了？”他伸手就要碰她的脸。

蔚玖觉得有些丢人，偏过头把脸埋在他胸口。

苏清屿看着怀里不好意思的小姑娘，内心一下子特别软，他环住她肩膀，问：“这样真实了吗？”

蔚玖在他怀里红着脸点头。两人这样抱了一会儿，蔚玖和他解释：“我性子有点慢，所以还反应不过来。”

苏清屿好像是很轻地笑了一下，然后贴在她耳边说：“不怕你慢，我可以等。”

蔚玖被这句话撩得脸热，不知该回应什么。但这个氛围，就只是这样安安静静，也特别美好。

苏清屿听着她浅浅的呼吸声，右手触到她的头发。她留的中长发，大概到肩头的样子，发质特别软，看着很顺滑，摸起来也很舒服。

蔚玖见他没有放开自己的意思，任他抱了一会儿。他头发上的水滴到了她脖子里，这样的细枝末节暧昧又撩人。

“你怎么……这个时间洗澡？”她缩了一下，小声问。

“才醒。”仔细听的话，他的声音里确实有一点低沉的慵懒。

经他提醒，蔚玖想起来了，他最近倒时差作息有点乱。

“去巴黎有什么活动吗？”她问。

闻言，苏清屿突然放开了她，将两人拉开些距离。

蔚玖看着他，缓慢地眨了眨眼睛，无声地询问。他手还在她腰上，轻轻用力将她拉过来一点，觑着她：“蔚玖，你很不称职啊！”

“啊？”蔚玖眼睛不眨了，有点蒙。

苏清屿更气：“不知道我有什么活动？”

“啊……”蔚玖懂了，悄悄垂下眼睑，“我没注意到……”

她没敢讲的是，她确实有好几年没有关注他的行程了……

苏清屿无奈地笑了下，轻轻揉了一下她的脑袋。

这时突然传来敲门声，蔚玖一愣。

“喂，睡够了没有，小老师不见了。”

是小格。蔚玖顿时瞪圆眼睛，整个人都不敢动了，有些不知所措。

苏清屿听出了小格的明知故问，他揽着蔚玖淡定地回答：“可能在厕所。”

“好吧。”小格翻了个白眼，他只是路过想来捣个乱，“我去玩游戏了。”

蔚玖一直听到小格的脚步离开才放松紧绷的身体，她抬头说：“我先出去吧……小格找不到我了。”

“没事，不用理他。”

蔚玖觉得这话有点耳熟，好像听小格也说过，她摸了摸鼻子，两个人的相处模式让人有点头疼。

苏清屿让她去床上坐着，他进浴室拿干毛巾，顺便看了下刚刚响的手机。

“小老师在你那里吧？任务完成，一年不许动我的号。”

他笑了下，回：“是我的号。”

小格：“意思一样。一年，说好了的。你先答应。”

苏清屿：“不行，半年。”

小格：“十个月。”

还谈判上了。

不过，苏清屿心情很好，他痛快地回：“OK。”

蔚玖在苏清屿的床上坐得太不自在了，没一会儿，见他出来立刻就说：“要不我提前上课吧，我去问问小格，反正也提前来了。”

苏清屿擦着头发，看了一眼电子钟：“离七点还早。”

蔚玖抿了下嘴唇，小声说：“你那次不是还说早来就早上课，还凶小格……”

她在悄悄为小格打抱不平，苏清屿坐到她身边：“那时候是担心你，回去太晚了，路上也不安全。”

他看着她：“现在不一样了，我可以行使送你回家的权利。”

行使权利……蔚玖移开视线不敢注视他。她觉得自己是在给自己挖陷阱，为什么他每一句话都能让她内心激荡起来……

“我可以参观一下吗？”她害羞地转移了话题。

苏清屿笑道：“当然。”

蔚玖站起来，走了几步看到有一个透明壁橱，从第一张专辑到最新一张的全家福，每个版本都有三张，排列起来特别整齐好看。

她也有一份。啊……不对，蔚玖猛然想起来，最新的这一张她还没买。那时候她想攒攒钱再去买，但竟然就这么忙忘掉了。

隔了不过两个月的时间，蔚玖有些愣。两个月之前，她还在音像店因为价格踌躇不定，如今她却在他家里，近距离参观着他本人的收藏版，刚刚还被他那样抱在怀里……

真的如梦如幻。

“怎么愣神了？”苏清屿走过来，肩膀靠着她的肩膀。

蔚玖轻声说：“我也有这些。”

她指着第一张说：“这个我还记得只发行了两万张，绝版了。

“这个是三万张，一个星期就卖光了。

“这个我幸运地买到了签名版。

……

她有点小骄傲，一张一张细数着。

喋喋不休的样子也很可爱，苏清屿这一刻很想吻她。恪守的理性告诉他这样操之过急会吓到她，但沾上她的事，早已无法用理性衡量。

蔚玖还在自顾自说着，其实她是在缓解紧张，她紧张的话，有时会闷声不吭，有时也会喋喋不休。

“最后的这张……”她停顿了下，没想好要怎么说。

如果说她还没买，他一定会送她一张，就好像找他要礼物一样……蔚玖不喜欢这样。她有点忐忑，打算撒个谎。

这时，苏清屿突然牵住她的手掌，蔚玖一愣，下意识扭头。他轻轻一带，将她拉至身前。蔚玖因为话说了一半嘴唇还是半张的状态，有点茫然地看着他。

苏清屿低头，动作温柔却果断，轻轻吮住了她的上唇。

蔚玖真真切切地蒙掉了，失神地盯着天花板。

苏清屿吮了一下，准确来讲是碰了一下就离开了。

焦距逐渐调整，她慢慢看清他的脸。他的神色不再是调笑她时的似笑非笑，而是由里到外的认真。

这让刚刚那一个吻有一种隐约的神圣感。

吻？

蔚玖的脸后知后觉地变红，紧接着一发不可收拾，一直红到脖颈。

苏清屿喉结动了动，把低头害羞到不行的小姑娘搂进怀里，下巴蹭着她发顶，声音有些沉：“吓到你了？”

蔚玖一时间不知道怎么回应，不过她确实是被吓到了。

苏清屿低声道歉：“对不起……没忍住。”

红润这下直接蹿到了脖子根，蔚玖摇摇头，声音都变得磕绊：“不是……我只是……没有准备，我没想到……”

她害羞到说不下去，抬手攥了攥苏清屿的衣服。

苏清屿察觉到她的小动作，弯唇笑了。

蔚玖不敢待太长时间，她还记得于妈在楼下帮她准备水果。十九岁的女孩儿，太青涩了，连拥抱都不知道要怎么结束，她自己紧张了一会儿，小声说：“我要下去了。”

苏清屿“嗯”了声，却顿了好几秒才放开。她的身体柔软又带着馨香，他像是在抱着一个瓷娃娃，连用力都不敢。

五

两人一前一后地走下楼梯，于妈还在厨房忙活。

没一会儿，于妈从厨房出来，看到苏清屿也坐在沙发上时，整个人定住几秒。但有了上一次在医院撞见两人的经历，她受到的冲击消了不少。

于妈的视线在两人身上打量几个来回，察觉到一种微妙的气氛。她清了清嗓子，问：“清屿下来了，睡醒了？”

“嗯。”苏清屿站起身把两个果盘接过来，“麻烦您了。”

“家里刚好有杧果，小老师过敏，我就单独放了一盘。”于妈指着其中一盘说，“清屿你吃，我去给小格送点儿上去。”

蔚玖听了连忙道谢。先前有一次，于妈发现果盘里的杧果没动，问了她一句，她便如实告诉于妈自己过敏，没想到就这么被于妈记住了。

先前的疑惑得到解答，她理所当然地认为苏清屿知道这一点是来自于妈。

苏清屿看清是杧果，又重新递到于妈手里："您给他吧，我也不吃。"

于妈疑惑道："杧果？你也不吃？"

苏清屿笑了下，看了一眼蔚玖，然后视线缓缓下移到她的嘴唇。蔚玖迟钝了几秒，才从他的眼神里读懂讯息，脸噌地就红了。

"行，那我就全端给小格了。"于妈没懂但也没深究，她看了一眼苏清屿，语气里有零星的调侃，"那你们好好聊哟。"

等于妈上楼，蔚玖的脸还是很红。尽管已经大二，可她还是没能从初中高中的氛围中走出来，仍然下意识觉得谈恋爱这件事传到长辈这里一定会留下不好的印象。她紧张地问："于妈……是不是看出来了？"

苏清屿笑了笑，逗她："看出来什么？"

"……"蔚玖神色窘迫，"你又笑我……"

两个人安静地坐在客厅里说了一会儿话。几乎都是苏清屿说，蔚玖小声地回应几句，她很紧张，于妈识趣地回了房间没打扰。

快到七点的时候，于妈把小格喊了下来。苏清屿看着小格，微微皱眉，语气里有淡淡的嘲讽："今天怎么这么痛快？"

小格没理他，慢悠悠地走了下来。

这时候门铃响了，于妈擦了擦手，疑惑道："这个时间谁来了？"

小格这时说话了。他歪着一边嘴角，却像是回答苏清屿刚刚的问题："是姥姥姥爷。"

苏清屿转头，眯着眼睛看他。

小格眼里满是得逞的笑意，无声地和他比口型："附赠的，不用谢。"然后转身和于妈去开门。

姥姥……姥爷？

蔚玖的思绪转了个弯，然后身体变得僵硬。

苏清屿捏了捏她的手，低声说："别怕。"

蔚玖的手心开始冒汗，她紧张地问苏清屿："我……要躲起来吗？"声音很小，几乎听不清。

苏清屿愣了一下，被她逗笑。他轻轻拭去她手心的汗，把耳朵凑到她嘴边，却低声问："你躲什么？"

当然不能真的躲，太不礼貌，但好像这么和他说出来了能缓解一点。蔚玖低头，听见自己呼之欲出的心跳声。她诚实道："我紧张……"

苏清屿停顿了一下，他虽然精于攻心，但这本领在恋爱中似乎不管用了。纵使他比她年长许多，比她经历的人情世故多，但在恋爱上，他同样是个新手。

"要不我们上楼？"他试探着问。

蔚玖抬眸，迎上他的侧脸。他没有动，还是保持着耳朵挨在她唇边的姿势，她看不见他的脸，他完全是倾听者的姿态。

他真的太懂得拿捏，这样她果真放松不少。蔚玖鼓起勇气，对着他的耳朵轻声说："能不能……"说到一半，她又害羞了，停了两秒才继续，"今晚能不能只作为小格的钢琴老师……"

"嗯？"苏清屿转过头，眼睛微亮，终于找到她害羞的原因了。他冲她挑了挑眉，"那过了今晚呢，想当什么？"

蔚玖耳朵都红了，不知该怎么回应他的调侃。

这时候，门开了——

她立刻把他推开，人也往旁边挪了一段距离，捋了一下因为先前的拥抱微乱的头发，然后双手搁在腿上，紧张地捏着食指，正襟危坐的姿态。

大概只过了一秒，她又反应过来不对，匆匆站了起来，准备迈步迎接。

苏清屿看见她一连串动作行云流水，低低笑了。

“别紧张，”他握住她的手又放开，轻声安慰，“跟着我。”

于妈打开门，惊喜道：“先生太太，真是你们。怎么突然来这边了？”

“喏，小格说想吃我做的曲奇了。”袁清晃了晃手里的保温盒。

“做用了半个小时，过来一趟要一个半小时。”苏淮永笑她。

袁清白了他一眼，问：“小格呢？刚刚路上催了我好几回。”

“这儿。”小格从于妈身后钻出来，把袁清手上的保温盒拿过来。

于妈眼睛一转，她小声提醒袁清：“太太，今天小老师来上课了。”

袁清猛然睁圆眼睛：“谁？！”

于妈声音更低：“正在客厅呢。”

袁清张大嘴巴，偏头看苏淮永，压低声音道：“我就说吧，来对了！你还闹着不来！”

苏淮永笑了笑：“好好好，你对。”

袁清和苏淮永换完拖鞋从玄关拐过来，蔚玖两人也差不多赶上。

苏清屿走得近了，歪了下身子和他们说：“爸、妈，这是蔚玖。”

蔚玖捏紧指头，尽量让自己的声音不过于局促：“您好，我……”话还没说完，苏清屿的身形让开了一点，方便他们的交流。

蔚玖一下子看到袁清的脸，顿时，方才准备的话全没了。

袁清生活中的着装风格和课堂上的干练画风很不相同，宽松的紫色呢子大衣配着莹白色围巾，看起来更雍容温柔。但纵有天差地别，离得这么近了，蔚玖不可能认不出她。

蔚玖卡了几秒，怔怔地继续：“我、我是蔚玖……”

这个呆萌的反应把袁清逗笑，她上前拉蔚玖的手：“我当然知道你是蔚玖了。”

她冲苏清屿使了个眼色：“不给你爸介绍介绍？”

苏清屿笑了下，拉过已经蒙住的蔚玖，把她紧张的拳头拢在手掌。

“爸，我女朋友。”

蔚玖没完全蒙住，听到这话迅速看了他一眼，却只看到他眼底的笑意。他、他怎么……不是说好的吗？

蔚玖后知后觉地反应过来，他根本没答应，她被捉弄了……她的耳尖顿时如同火烧。

苏淮永看着她：“你好。”

蔚玖无措到都不知道该怎么站，小声说：“叔叔好。”她又看向袁清，在心里天人交战了一会儿，最后老老实实说了句，“袁老师好。”

“哎，别这么拘束，叫袁阿姨。”袁清拉着她，“过来尝尝我刚刚做的点心，刚从烤箱出来，还是热的。”

蔚玖脸红了，心里也有些奇怪，怎么袁老师一点惊讶的反应都没有？还这么热情。是……不喜欢她吗？

她更规矩了，乖乖地叫：“袁阿姨。”

袁清可喜欢蔚玖这样乖巧的女孩儿了，她拉着蔚玖到沙发上坐下，扭头对落座的苏淮永表示不满：“你往那边挪挪。”

苏淮永：“……”

蔚玖不好意思，冲苏淮永笑了笑。

苏淮永无奈，干脆挪到老远，跟专心吃曲奇的小格搭话。

袁清把曲奇拿过来让蔚玖自己拿，又问蔚玖多大了，是不是在读大二。

蔚玖小口小口地吃着曲奇，全程几乎都只是在点头和摇头，完全不知道该主动说什么，她也不知道该以什么身份来说。以袁清的学生、小格的钢琴老师，还是说……苏清屿的女朋友？

于妈看着这场面不禁笑了，扭头去泡茶。

蔚玖余光注意到于妈的离开，她本就紧张，于妈一走，小格又太小，这样不知所措的情况下，她能依仗的只有苏清屿。

她是真的慌，她没谈过恋爱，还没开始学习怎么当别人的女朋友，更别提应付这样第一天就遇见人家父母的情况了。她捏着手指，把视线投向苏清屿。尽管他捉弄了她，她还是没有生气，悄悄看他，眼里有求助般的讨好。

看在苏清屿眼中便像是撒娇一样，他心里顿时软得不行，嘴角勾出笑。他出声咳了一下，和袁清说："您怎么下课了，还跟老师一样，盘问起来了？"

袁清瞪眼："我哪里盘问了？我这是关心。"她嘟囔着埋怨道，"又指不上你主动交代。"

苏清屿笑了笑，起身过去把蔚玖拉起来："那您得给我们时间，好让我有东西给您交代。"

然后，他走几步碰了碰小格："七点了，要上课了。"

小格看了眼时间："还有十分钟。"

苏清屿一本正经道："提前上。"

小格皱着眉头："那你把小老师往楼上带干什么？"他动手指了指，苏清屿迈步的方向，分明是楼梯。

蔚玖实在难为情，她想让苏清屿帮她解围，但也不是这样呀……她微微用力，想把手从他手中抽出来。

苏清屿步子没停，丢下一句："来我房间上课。"

两人的身影很快看不见，只留下三个人在沙发上目瞪口呆。

小格低头恨恨地咬了一大口曲奇："只许州官放火。"

上了楼，蔚玖才敢小声控诉："你怎么……"

"嗯？"走廊里没有开灯看不清楚，苏清屿低头看她，明知故问，

“我怎么？”

蔚玖不敢说他，低声说：“我还是下去吧，这样不好，袁老师会不高兴。”她今天有些受宠若惊，只把袁清的过分热情当成了对她的疏离。

苏清屿愣了一下，靠近看清她的表情。他揉了下她的头发：“别乱想，我妈知道你很久了。”

蔚玖怔了几秒，一时没有反应过来这句话里包含的意思。知道她很久……是她想的那个意思吗？

苏清屿看着她懵懂的大眼睛，笑了下，再次靠近。蔚玖下意识闭上眼睛，感觉他吻在她温热的眼皮上，说：“对，知道我喜欢你。”

蔚玖的眼睫蓦地颤了两下。

黑暗里，她的轮廓影影绰绰，眼睛还未睁开，苏清屿目不转睛地看着她。

原来心动的感觉像是一场慢放的电影，无关情欲，无关亲吻，只是某一个细微的动作就能轻易撩动心弦。

“明晚有空吗？”蔚玖睁开眼睛，听见他问她。

蔚玖愣了一下，脸开始热，也有些心动，但还是摇摇头：“明晚是袁老师的课。”

“什么课？”苏清屿笑着看她，明知故问。

蔚玖低头，小声说：“你知道的……”

苏清屿把她的手握在手心：“明晚跟我在一起，不比上什么‘恋爱必修课’管用？”

蔚玖脸红了，给予肯定：“你很管用……”

苏清屿轻轻挑眉，紧跟着听到她下一句：“但还是不能逃课。”

苏清屿看她认真的架势，低低笑了：“那等下课，我来找你。”

上完课后，苏清屿将蔚玖送回家。他不是第一次送蔚玖回家，但这回两人之间的心境已经完全不同。

他下了车，将蔚玖送到楼门口。要分别的时候，蔚玖莫名想起他今天刻意没有吃杧果，悄悄抬眼看他。

果然，他倾身靠近，一只手将她搂过来，低头吻了吻她的唇，依旧只是轻轻地触碰，然后贴在她耳边说："晚安，蔚玖。"

蔚玖没有说话，只点点头，抱着那本大书，红着脸跑进楼道。

睡觉的时候，蔚玖躺在被子里回想这一天，心跳扑通扑通。她真的和他谈恋爱了……

他和她想象中的苏清屿好像不太一样，他有点坏……更贴合她想象中的小格舅舅，会动用手段整治小格，也会偶尔捉弄她、开她玩笑。

但他都是经过深思熟虑的，整治小格是为了控制小格玩游戏的时间，怕小格沉迷；今天也不全是捉弄她，而是认真地把她介绍给他的父母，在他们在一起的第一天。

她把被子轻轻往上拉，盖住上扬的嘴角，这一刻她庆幸自己喜欢了他八年。因为他的一言一行，她都懂。

第七章

疯狂滋长的情愫无处安放

一

蔚玖想了很久要给苏清屿改什么备注，全名是万万不敢也不能的，斟酌良久，最后她只留了一个字：苏。

先前跟安馨说的并不是敷衍，她真的好喜欢这个姓。初中最疯狂的那一阵，她的同桌还打趣过她，以后一定要找一个姓苏的老公，生个孩子就叫苏清屿。

那时怎么会想到……她的脸慢慢热了。

归巧看着弯腰画图的蔚玖突然不动了，低头看手机不说，脸上还浮现出可疑的红晕，立刻就觉察出有什么不对劲了。

糟糕！她想起来了，她就知道昨天喝酒上头忘了什么重要的事情——昨天苏清屿把蔚玖带走了！

一下课，归巧立刻把蔚玖拉到一边审问："刚刚跟谁聊微信呢？"她先试探地问了句，"小格舅舅？"

蔚玖"嗯"了一声。

归巧哼笑："他又来嘘寒问暖了？"

蔚玖脸有些红，嘘寒问暖吗？好像也不是，他、他说他有些想她了……

归巧恍然道："跟他在一块儿了？"

蔚玖支吾着点头："好像是……"

"什么叫好像是？！"归巧瞪眼。

蔚玖修改了一下用词："那就去掉好像？是。"

说完，她想起什么，小声和归巧说："我还没有告诉你，其实小格舅舅……"

"是苏清屿。"归巧面无表情地接了下一句。

蔚玖瞪大眼睛惊讶地看着她："你怎么知道？！"

归巧狠狠敲了一下她的脑袋。

蔚玖有点委屈地皱眉："很疼……"

归巧无语，觉得刚刚蔚玖说的"好像"有猫腻，揪着她问了好一通才明白。

明白以后，归巧觉得自己快气炸了："他都没说喜欢你，你俩就这么稀里糊涂地定了？！你还连初吻都送出去了？"

"你小点声……"蔚玖脸红，想起昨天在二楼的走廊里，低声否认，"他说了的……"

"他怎么说的？"

蔚玖的脸更红了，那样的暧昧，她实在没办法说出口，只是肯定道："他就是说了……"

"陈述无效！"归巧很生气，"你现在就是陷入爱情的盲目的女人！"

归巧对苏清屿意见很大，觉得他很过分，心机太重。大偶像高高在上，把小粉丝撩得七上八下，另一边还在扮演着贴心的学生家长，偏偏还碰到蔚玖这样好欺负的，丝毫不觉他的行为有什么不妥。

"那你没问他为什么不一开始就告诉你吗？"归巧尽量心平气和地问道。

蔚玖摇摇头，似乎明白归巧愤怒的点在哪里了。她蹭了蹭归巧的手臂，认真和归巧解释："我觉得是我自己太傻了，他明明已经在暗示我了。"

归巧冷笑道："是够傻的。"

"那你是怎么知道的呀？"蔚玖有些好奇。

归巧冷漠地让蔚玖把手机拿出来，调出苏清屿那天发过来的照片。

蔚玖握住手机，看着看着竟然浅浅笑了，和归巧说："你看，他没有刻意瞒着我。"

归巧：“……”她摆出了一个并不想和坠入爱河中的女人交流的表情。

“不管怎样我都觉得没有关系呀，我知道他是认真的就可以了。”她认真地说，“归巧，我觉得……我的判断是对的。我没有因为是他而迷失我自己，我分辨得清他是不是真的喜欢我。虽然我也不知道为什么……”

归巧抿了抿唇，一时也找不到话来反驳蔚玖，她生气地瞪了一会儿蔚玖。

最后，蔚玖主动服软，小声提醒归巧：“你手机一直在响。”

归巧掏出手机看到长串的微信消息直接摁灭，烦躁得直皱眉：“现在当歌手的都很闲吗？”

“嗯？”蔚玖还没想明白是什么意思，就瞥见老师从前门进来了，连忙把归巧推进教室。

又是建筑设计课，老徐布置了这学期的最后一个模型大作业，和以往不一样的是，这回的模型要用木板做材料，也就是一切的切割工作都要用到电锯。

建筑专业男女比例大概一比一的样子，十几个女生叫苦连天，连蔚玖都有些皱眉。要是她锯不动可怎么办？这个大作业可是占了期末成绩的一半啊……

“简直没天理……”归巧和晓晓一同抱怨。

他们建筑学院和别的院不同，水彩、建筑设计这种课都是没有期末考试的，最后是根据整学期的几次大作业，按照不同比例直接算出综合成绩。上学期期末，蔚玖她们寝室四个人两天两夜没合眼，班上有个同学甚至直接晕过去，被 120 拉走了，导致很多同学害怕得放了假就去医院做体检。

熬夜带来的由里到外的虚，大家现在还能很清楚地记得，所以现在听见“交图”两个字就浑身难受。

瑛婕在旁边叹了口气：“那也没办法啊，今天下午没课，先刻图吧。”

蔚玖慢悠悠地转过来，问：“今天下午没课吗？”

“对啊，水彩老师不是调课了吗？”

“啊……对。”蔚玖才反应过来。她昨晚太紧张，忘记告诉他了……她下午就有时间，不用他晚上再特意过来的啊……

下课铃响，寝室四人去食堂吃过午饭，归巧回寝室睡午觉，剩下三人直接往教室走。

蔚玖低头想了想，和室友们说：“你们画吧，我要去外面一趟。”

晓晓习惯性地问：“你去干什么？”

“想去逛一逛，买东西。”她低头看看手表，就忙着冲她们打招呼，“我先走啦，三点钟回来。”

两人留在原地面面相觑。

晓晓很惊奇：“蔚玖这种时候不画图去逛街了？”

瑛婕：“看来是。”

晓晓：“我天，这还是蔚玖吗？！”

蔚玖走在去音像店的路上，也觉得这非常不像自己。但是爱情来了……她无法控制。

她没有给苏清屿发短信约他出来，而是去了音像店，把最新一张专辑买到手，又去专柜里挑了一款情侣表。

她记得苏清屿说过，他非常喜欢戴表，因为把自己关在屋里写歌的时候很容易放空，浪费掉很多时间。后来，他就戴了一块表，视线每每脱离纸张和键盘，他就习惯性地盯着表盘看指针转动，防止自己走神。

后来，她也养成了这个习惯。蔚玖摸摸手上的表，表盘上有不少划痕，已经戴了七年了。

装袋的时候，售货员调侃：“送男朋友啊？”

蔚玖脸颊微红，甜蜜地点点头。

晚上最后一节课还没结束，已经九点半了，蔚玖罕见地在课堂上心神不宁。她摸出手机，给苏清屿发微信：“你真的要来学校吗？晚上上选修课的人很多。”

苏清屿很快回：“嗯。”

蔚玖咬咬下唇，看了一眼教室里乌泱泱的人，继续说：“真的很多……要不我出去找你？学校很大，楼很多，很容易迷路。”

苏清屿坐在车上，无声地笑了下：“我现在就在楼下。”

蔚玖的心顿时一跳，这时候下课铃响了。她飞快地收拾好东西，起身时提着手中的礼物袋，很心虚地看了袁清好几眼。袁清也刚好看过来，冲她微微挑了下眉毛。

蔚玖用嘴型说了句“袁阿姨再见”，然后轻手轻脚地开了后门。

教学楼前没有几辆车，蔚玖很快找到苏清屿的车子，悄悄看了一眼旁边，装作若无其事地开了副驾驶的门。

然而，她的心跳早就乱了。她偏头看他，大脑放空了几秒，最后挤出了一句：“晚上好。”

苏清屿忍不住勾起嘴角：“晚上好。”

他看了她一会儿。应该是来得匆忙，她手上拿着纸袋和没来得及系的白色围巾，搭在腿上，胸口起起伏伏的，还有点喘。

“今天很漂亮。”他看着她的眼睛。

蔚玖眼神躲闪了几下，不知如何接话，只好转移话题：“你……怎么知道我在这里上课呀？”

苏清屿伸手把她的两只手拿过来合在他掌心，笑着说：“以前来接过你袁老师下课。”

蔚玖脸都红了，他在给她焐手……他的手好暖和。

焐了十几秒，苏清屿又注意到那个纸袋，现在被她收在怀里。

“那是什么？”他问。

“啊，”蔚玖把手从他的掌心抽出来，“这个是……礼物。”

“嗯？”苏清屿有些诧异。

“我昨天不知道你买了礼物的……”蔚玖小声回答。

苏清屿明白了，她是在说那本书。那只是他顺手带的，他根本就没把它当作是一个礼物，但是他的小姑娘却郑重地准备了回礼。他弯唇，把纸袋接过来：“现在能看吗？”

蔚玖害羞了下，但还是点点头。

他很快拆开，见是手表，眼里闪过一丝讶异。

蔚玖瞄到了，抿起唇笑，心里更加甜滋滋，她知道他喜欢。

第一次收到女朋友的礼物，还是非常投其所好、很花心思选的，苏清屿顿觉心口热烫。他没有思索便把手上的表卸下，戴上新的这一块。

蔚玖犹豫了下，还是伸手帮他扣好。

苏清屿看了一会儿，突然问她：“情侣表？”

蔚玖的动作停住，窘迫到不行：“你怎么知道……”

苏清屿不由自主地笑起来，愉悦极了，其实他是猜的。

“你的呢？”他的声音里有种蛊惑的意味。

蔚玖脸颊滚烫，伸出左手，右手缓慢地把左手衣袖往里褪，一块精致小巧的女表显露出来。

“在这里。”她小声说。

“还藏在里面？”苏清屿笑，然后摩挲了一下，表带已经被她的体温烘得温暖舒适。

内心涌上一股幸福感，苏清屿握着她的手，低头亲吻了一下她的手指，低声说：“蔚玖，我很喜欢。”

蔚玖冲他甜甜地笑了下，车子里一片温情。

收好盒子，苏清屿问她：“要下去走走吗？”

蔚玖愣了：“你……”她看了看窗外，人已经走得差不多了，但还是有零星出来的人，而且校车那里肯定还等着一堆人。这里不比她家附近，这里都是年轻大学生，几乎没有人不认识他。

“你可以下去吗？”她眼里的担忧很明显。

“没事，”苏清屿拿上一顶帽子，“外面很黑，没人会注意我们。”

蔚玖的心里还是很打鼓，又听到他说了句：“想送我女朋友回寝室，也不行吗？”

蔚玖没出息地被这句话撩到了。

西城地理位置偏北，又正处冬季，九点半的时候已经是伸手不见五指，学校的路灯不多，这么一路走下来，真的没她想象中的危险。

不过……新的问题又来了。选修课是全校通选，袁清这门课在文学部上课，蔚玖却住在理工学部寝室，每次回去她都要跨过文学院的寝室。

文学院是一个受到各所高校男生们追捧的学院，而西大文学院的女生颜值甚至传播到了外校。寝室门口情侣间卿卿我我、依依送别的桥段每天都在上演。

蔚玖刚开始总是脸红心跳，人家亲得火热都不觉得怎样，她倒尴尬个不行。后来，她也就淡定了，每次都能视若无睹地经过，偶尔还会瞧上一眼，嗯……亲得那么投入，应该也不会发现她偷看了一眼。

可现在不同了……那天在寝室楼下看到有人喊楼，她都紧张得不得了，更何况此时……陪在她旁边的是苏清屿啊！

她放在身旁的两只手不知道要怎么摆放才好，只得贴紧了不动。

她要怎么反应才算正常呢？太淡定了，他会不会觉得自己是那种特别……开放的女孩儿？太过激了，他会不会觉得自己过于矫情了？

她微偏过头，假装没看到身旁的一对对身影，打算这么糊弄着赶紧走过去，偏偏其中一对在这空当出了乱子。原本凑在一起说话的一对情侣，男生突然被推开，然后他又贴上去哄："宝宝，我错了。"

蔚玖和苏清屿经过的时候，恰恰听到了这一句。

蔚玖一僵，顿时尴尬极了。她不自觉加快步伐，像是要赶快逃离作案现场。

苏清屿被她的反应逗笑，出声叫她："蔚玖。"

"啊？"蔚玖有点被这一声吓到，猛地转头。

"现在国内大学是这样的？"他低声问，似乎是轻笑了下，然后拉住她的手，强迫她的动作慢下来，慢慢变成十指相扣。

"走吧。"他说。

蔚玖愣愣地看了他一会儿，不知怎的，紧张、心乱如麻，全在他有力的手掌中散掉了。

两人就这样牵手走到蔚玖寝室楼下。虽然楼下黑漆漆的没有灯，但蔚玖还是怕被同学认出来，万一过来搭话，就完蛋了……

上了楼前台阶，蔚玖转身看他，想主动把手抽出来。她刚使力，整个人却被往前带了一下。

苏清屿在她下面两级台阶，两人的高度此时趋于一致，蔚玖下意识扶住他肩膀。

微弱的月光下，他的眼神也模糊起来，蔚玖渐渐察觉出点别的苗头。她的耳根烧起，双手微微用力："别……"

他不但没听，为了方便亲她，还把帽子摘了下来。

双唇相贴的时候，蔚玖感觉自己的心狠狠一颤。

天啊……他、他太大胆了……

蔚玖突然有种错觉，刚刚他握住她的手或许不是在给她安抚，而是他在蓄力忍耐，一直等到这一刻。

心跳像是停掉，她闭上眼，完全不敢呼吸，直到感觉到他的唇在轻轻摩挲，然后演变成吮弄，她的脸彻底红透。他得寸进尺，趁她不备直接钻进齿缝，触到她小小的舌头。

一分多钟，她却已经紧张得开始颤抖，在他肩膀上的手不自觉攥紧。苏清屿方才清醒，克制自己停下来，但看到蔚玖微张的唇时，又实在不愿放她走。

他低头，又重新覆上去，含住她小巧的舌尖，感受她的青涩和颤抖，她太令人着迷。

蔚玖红着脸任他吻着。

他正对着寝室的方向，这个时间几乎没有人从寝室里面出来。没有人看到他的脸，更没有人会料到他是苏清屿。

他们就这样，在她的寝室门前，缠绵地热吻。

二

苏清屿原本已经结束了剧组的拍摄行程，但是陈导对作品的要求实在是太苛刻，所以和他说今天最好过来一趟，补拍一个镜头。

他到得很早，和陈导打了个招呼，说自己今早还有个电话访谈要耽搁一会儿，于是没逗留太久就去了韩止的休息室。

休息室空间不大，但好在清净，做电话访谈刚好合适。

只不过——

“你怎么在这里？”苏清屿坐到沙发上，看着韩止。

“我怎么不能在这里？”他才是拿片酬的演员好吗，怎么不能在这里了？韩止看了苏清屿一眼，觉得这个人今天有些怪，但具体奇怪在哪里一时又说不上来。

苏清屿没理会他，转头看郑一：“采访什么时候开始？”

郑一看了看表：“还有十分钟。”

说罢，郑一开始和苏清屿梳理稍后对方会问的问题，又觉得他早已身经百战，干脆直接把对方发过来的聊天记录给他看。

“一会儿就这十几个问题，我筛选过了之后基本都是围绕新专辑的，你也知道怎么说。”

韩止被当成了透明人，有些愤怒，但还是凑过去看了两眼。

苏清屿也低头看屏幕，大致地浏览了下，目光冷不丁扫到两行字，他微挑起眉，问：“这是什么？”

“这个啊，又是问什么理想型？我已经和那边说过，你前几年已经回答过无数遍了，所以不会问的。”

郑一完全没有当一回事，继续说：“这家公司最近在微博上发展得挺好的，你多说说这次的新专辑。现在的实体音乐市场真的太萧条了。”

这样啊。

苏清屿看了一眼窗外，视线漫不经心地又绕了回来，说“让他问。”

韩止好奇地抻着脖子去瞅屏幕上是什么名堂，等他看清，立刻转过头，不可思议地看了一眼苏清屿。

郑一虽然狐疑，但是秉持着对苏清屿的信任，还是第一时间给对方记者发了微信，说明了可以加上原本画掉的那个问题。

对方回复的速度很快，表示非常感谢他们配合工作。

没过几分钟，电话就打过来了。

采访苏清屿的是个新人记者，这还是她第一次采访这么重量级的明星，准备工作做得很充足。

前面基本上是关于专辑风格以及下一张专辑的打算这样大同小异的问题，苏清屿也都答得很流畅。

进行到最后的时候，小记者低头看了一眼台本，在电话那边问道：“那屿哥已经出道七年了，虽然说这一路似乎顺风顺水，但是本人肯定会有一些外人并不知道的挫折和难熬的时候，可以和大家分享一下你的低谷期吗？”

因为是外放音，这个问题完整地进入了休息室里三个人的耳朵。

郑一是苏清屿和韩止的唱片经纪人，只是今年韩止的重心在演戏上，所以他并没多参与。三人可谓是从初期一路并肩走来，现下这么一同听到这样的问话，还挺让人有感触的。

苏清屿停顿了一会儿，先是看了下韩止和郑一。并肩多年，此时回忆起过往，已没有一丝酸涩感，他笑了，声音沉稳，说："是，当然会有。"

"那是在什么时候呢？成名前，还是成名后？"

"如果说非常深刻的一段时期……"苏清屿没有想很久，继续道，"应该就是最初对人气的得失心。"

他的眼神变得悠长，却温柔。

"人气？"小记者重复了一遍。以他如今的知名度，只是说出来这两个字，都让人觉得有些奇怪的违和感。

"是的。"苏清屿手指交叉着，用最容易设身处地的第二人称和她解释，"尤其是最开始的粉丝，虽然不一定会回复，但你一定知道她们的存在。"

小记者有点好奇了："原来屿哥有偷偷关注粉丝啊？"

他笑道："当然。"

小记者替他补充："然后慢慢地粉丝越来越多，你开始被大众所接受、所承认，越来越多的人认可你的作品。"

"对。但你却发现一开始的粉丝不在了。"

小记者一愣，一时没想到会是这样的转折，她小心翼翼地问："那……当时的心境是怎样的呢？"

苏清屿的语气很释然："心里就会有一种……明明被很多专业音乐人认可，明明比她们喜欢我的时候更好了，可是为什么反而会离开？这样的感受。内心深处会有种自我否定感。"

"这样……"小记者一字不落认真听完，都跟着有些感同身受了。

"现在想起来还会难过吗？"她问。

苏清屿摇头，笑着说：“我现在就想逮到她问一问，不声不响走了那么久，是不是喜欢上了哪个更优秀的人了？”

小记者“扑哧”一笑，她显然认为他在开玩笑，而他口中的这个“她”更是泛指而已。

采访还在继续。

“那既然屿哥这么关注粉丝，在对另一半的选择上……会考虑找自己的粉丝做女朋友吗？”

这个问题就是最初被否决，却在几分钟前被告知可以问的那一个。

苏清屿低头看着屏幕上的通话时间，已经又走过了好几秒。

他抬起头，看着门外的方向。出道七年，这是他第一次认真回答有关“女朋友”的采访——

“我总不能娶一个讨厌我音乐的女孩儿回家吧？”他说着又笑起来，“会有家庭矛盾的。”

事实上，他在某种程度上没有说真话。

蔚玖当初的离开，他很难过。最初他也以为自己是出于对人气的得失心，可当他从私信里一遍遍窥见她的生活，事无巨细到看到某样东西都能想起她，却再也没有了她的后续，就好像自己的生活空缺了一块。

他才明白，她的离开带给他的不仅仅是难过，更是疯狂滋长的情愫无处安放、无迹可寻。

采访结束后，郑一还是一脸不敢置信的样子。他惊恐地看着苏清屿：“你跟我说实话，你刚刚想干吗？”

苏清屿把电话还给郑一，丝毫没有把经纪人吓得魂飞魄散的愧疚：“我干什么了？”

“我还以为你要公布恋情了。”郑一已经在脑子里把后续的一系列公关心惊胆战地过了一遍，幸好这个人还知道分寸。

“那倒还没有。”

“你谈恋爱了？”郑一皱着眉头看他，不是说反对，只是根本没可能啊。他们工作的时候一直在一起，不工作的时间苏清屿也大多是在家里，哪里来的妹子？

还是说……

他更惊恐了，转头看韩止。想想这两人也是绝了，从出道就没什么绯闻女友，倒是隔那么两三年就要爆一回“出柜”新闻，甚至CP粉都已经走向国际，遍布新马泰。

没等他深想下去，就被韩止脸上仿佛被出轨的小怨妇表情吸引了。

韩止也是才想起来，他差点把苏清屿心中的白月光给忘了，上次在网球场的场景还历历在目。

那时已经是深夜，西城一处网球场灯火通明，网球击打球拍的声音来来回回很规律。

两道身影最后都躺在了地上，其中一人轻声笑道：“手下败将。”

另一人回：“走开，我是今天不在状态。”

苏清屿握着球拍先支起了身体，从椅子上拿出两瓶水，扔给韩止一瓶。

韩止接过来喝了一口：“不是说你那个外甥过几天要送你那儿去吗？心情还这么好？”

苏清屿在他旁边坐了下来，拿毛巾擦了擦脖子上的汗，语气平淡：“正好已经闲了大半个月，有事情干了也好。”

“提前给小外甥点根蜡。”

他没说话，只轻轻勾了勾嘴角。

韩止看他这表情更瘆得慌了，匆匆转移了话题：“手机呢，递我。”

苏清屿从他包里摸了半天也没找出来，干脆把整个包扔到他身上。

韩止护住下体："你谋杀啊！"

苏清屿把剩下的水喝完："让你在卖蠢前清醒一点。"

"你不懂，我那叫跟粉丝有效互动。"

苏清屿对他的说法不置一词，头一次见到有人把蠢说得这么清新脱俗的。

韩止自拍完，发微博求了好一通安慰，岂料底下的粉丝评论都是：

"哦，这是你这个月输的第三次。"

"谁要看你了，来张苏苏照片。"

"心疼苏苏深夜陪智障儿童打球。"

"苏苏现在一定是——我就静静地看你犯蠢 . jpg"

……

哼，他选择聪明地视而不见。

苏清屿躺下来，十指交叉压在脑后，听韩止在旁边碎碎念，意识逐渐有些松散。

"什么？"苏清屿问。

"今天的热搜，那些年为偶像做过的最疯狂的事，"韩止给他念了一遍，然后信心满满道，"赌一首歌，老子出镜比你多！"

苏清屿看他一眼，没答应也没反驳。

一分钟过去，韩止匆匆浏览完九张图："哈哈哈……我就说，愿赌服输吧。半年后交歌不杀。"

苏清屿等他说完最后一个字，不紧不慢地回："谁跟你赌了？"

韩止的声音和笑容戛然而止。

好像是这么回事。

"奸诈小人。"

他没急着气馁，而是滑到最后一张图，把手机举到苏清屿跟前："你还记得这个妹子吗？"

手机被举到眼前，刺眼的光亮让苏清屿眼睛缩了一下，待缓过那阵不适，他蓦地怔住了。

韩止看他这反应，“啧”了一声：“你果然记得。

“啧啧啧，今天动静这么大都没能把妹子叫回来。

“要是粉上的是我，肯定被圈得死死的。叫你高冷，人跑了吧。

“哈哈哈……讲真，后悔吗？”

苏清屿没答话，思绪已经飘出去很远，不知回忆到了哪里，画面戛然而止，断掉了。他的脸一下子黑了，侧过头冷冷地看了一眼韩止。

韩止缩着脖子僵硬地转了转：“说妹子说得好好的，看我干吗？”

见他不说话，韩止估摸出点儿味道：“又不是我害你没了真爱粉！你那眼神跟要杀人似的……”

苏清屿的脸色变得更难看，直把韩止盯得发毛，才幽幽开口：“如果是呢。”

看着这人现在气定神闲的模样，韩止幽幽地盯着苏清屿。

他可还记得当年某个人魔怔了一样每天抱着部手机翻来覆去地看，歌都不写了，丧极了，还破天荒地拉他出去喝了顿酒。当初他们合住，后来各自搬家了，苏清屿也像对待宝贝似的把那部旧手机和充电线带走。

原本韩止是不太敢在这件事上揭苏清屿伤疤的，毕竟熟悉多年了，各自的底线都懂得。但或许对那个“晚安妹”的印象太深刻，她好像从一开始就存在。虽然从没有过交集，但此时韩止也隐隐为她打抱不平起来。

苏清屿看过来，只见韩止一边瞪着他，一边还说了句：“渣男！”

郑一：“……”

苏清屿：“……”

“你们什么情况？”郑一有些崩溃地问。

苏清屿掀起眼皮，等韩止的下文。

事实上，韩止并不清楚来龙去脉，他只知道曾经有个死心塌地的“晚安妹”，后来不知怎么就消失了。他嘲讽道：“当初不知道是谁把自己关屋子里谁都不理，痴心一片得跟真的似的，现在呢，转眼就……”

苏清屿听到这里，才有些了然。

“还有啊，郑一，你没发现吗，他最近天天在剧组晃悠，你当他是真为了给我客串吗？他分明是调戏人家小实习生，我那天晚上是不是还成了帮凶？”

“你怎么还是这么蠢？”苏清屿淡淡地打断他。

“哈？”韩止义愤填膺，不曾想到苏清屿半点悔过之心都没有就算了，还反过来嘲讽他。

没等韩止奓毛，苏清屿就笑了，笑容里是难得的和煦和温暖。

——“她回来了。”

 三

“啊……真的假的？！”韩止反应了好几分钟，才从这四个字里归结出来庞大的信息量，“你是说那个小实习生她……”

苏清屿纠正：“蔚玖。”

“哦、哦，对，蔚玖……”

“嗯，我女朋友。”

“？？？”突如其来的一碗狗粮噎得韩止说不出话。

接下来的一个多星期，苏清屿几乎每天晚上都会来学校找蔚玖。两个人像普通的大学情侣一样，把学校逛了个遍，有时蔚玖会提前买一点学校里的小吃给他尝。

甜蜜、紧张，每天都抱有期待。

可是也仅仅维持了一个星期，苏清屿的职业性质注定了他们不能像普通的情侣一样，有大把时间可以腻歪。郑一早在半年前就帮他敲定了一个军营真人秀的综艺节目，这天晚上过后，他们要很久才能见面了。

两人在车里说了好一会儿话，蔚玖突然想到什么，说："你等一下。"

话落，她低头神神秘秘地从包里……拿出来一张专辑，还有一支笔。

苏清屿失笑，猜到些什么。果然，小姑娘把专辑和笔递到他手上，眼睛亮晶晶的，说："给我签个名，好不好？"

苏清屿接过专辑，却没有立刻签。他倾身靠近她，低声说："蔚玖，你很不称职啊。"

蔚玖愣了下，这话……他是不是说过？

"怎么了？"她捏着手指，颇为认真地问，有点紧张。她没有恋爱经验，这几天有事没事就去找瑛婕取经，害得昨天瑛婕逗她："什么时候带他来见见我们啊？"

蔚玖没有回话，她犹豫了。瑛婕只当她害羞，也没有继续追问。

苏清屿靠得又近了些，语气有点玩味："别人要签名可都不是这样说的。"

"啊……"蔚玖蒙了，她没去过签售会，唯一的签名版还是买来的，她不知道这其中是不是有什么讲究，"要……说什么吗？"

苏清屿低头，贴近她耳朵："他们会先说很喜欢我。"他把声音刻意压低，缕缕的热气喷洒在蔚玖的耳郭上。

蔚玖僵了下，反应过来了，耳朵悄然变红。

他在暗示她……吗？

虽然两人相处自然了些，但这样的情话，还是会让她脸红心跳，更别提由她说出口。

苏清屿也没指望脸皮薄的小姑娘会说什么，他只是恶趣味地想逗逗她，看她脸红。他握着笔的手停顿了下，只思索了几秒，很快签完了。

蔚玖从窘迫中分出点心神，悄悄抬眼欲看清他签了什么。

苏清屿却大手一盖，睨着她，只发出一个鼻音：“嗯？”

蔚玖心虚地低头，不敢看了。

苏清屿笑了下，当真把专辑收到他那里不给她了，问她：“今天逛哪里？”

蔚玖眼巴巴地看着他把专辑收走，有些不敢置信。

两人在操场跑了一会儿步，这感觉很特别。蔚玖从前每晚都会出来逛一逛，操场黑漆漆的没有什么灯，全是情侣，她从没想过自己也会和男朋友有这样的体验。

她突然明白了，这一个多星期以来，他在试图给她一份普通校园里的爱情。刚刚跑完两圈，心脏还在怦怦跳着，蔚玖偏头看苏清屿。

他明天就要走了，进了军营不能用任何通信设备，这意味着他们有一个月不能联系。这一刻要分开的不舍涌了上来。

“怎么不走了？累了？”苏清屿问，顺势拉住她的手。

蔚玖没太听清他的话，本能地摇摇头，她现在只能听见自己的心跳声。

天色已经非常黑，两人虽然离得很近，但还是看不清楚。苏清屿低头靠近，刚想说话，就感觉眼前模糊的小身影先他一步。

她和别的女生不一样，即使是冬天，她身上也是温暖的，这么靠近过来，她小心翼翼的呼吸也带着她的温度。

苏清屿顿住，那小身影还在努力地踮脚，一只手被他牵着，另一只手扶住他的手臂借力，人贴过来一瞬，趴在他耳边说：“特别喜欢你……”

说完，蔚玖的脸已经烫到不行。她怕自己退缩，几乎没有思考就做了……

脚尖有些吃力，她窘迫地回到平地，脚后跟刚放下，却又被一股力量猛地拉起，是她已经渐渐熟悉的怀抱和气息，宽阔又温暖。蔚玖害羞极了，耳朵贴在他胸膛，心跳咚咚咚，一声又一声，不知是她的，还是他的。

苏清屿说不清此时是什么感受。如他所说，来找他要签名的人不计其数，他听过太多遍形形色色的人说喜欢自己。

想从她口里听到，确实是那一瞬间的渴望，但他并没想到他真的会在今晚听到，他的小姑娘比他想象中勇敢。他用下巴轻轻蹭了蹭她脑袋，声音沙哑，半哄着说："再说一遍？嗯？"

"说完了……"蔚玖再好脾气也不依了，听他闷声笑，羞窘得拼命往他怀里躲。

"可以把专辑给我了。"她闷闷道。

苏清屿这回是真的笑了，故意说："原来是为了这个。"

"哪有……"蔚玖小声反驳，在漫长的心理挣扎后，她抬起胳膊，慢慢环住他的腰。

苏清屿顿了一下，今天他的小女朋友主动的次数有些多了。好像有点懂了，苏清屿心里顿时柔软到不行，他低声问："舍不得我？"

良久，他感觉怀里人轻轻点了下头。

苏清屿抿起唇，才在一起一个多星期就要分开一个月，他心里也不是滋味。行程是半年前就敲定的，她却是一个令人惊喜的不期而遇。他再世故，也不知道这时候该怎么哄女朋友。

这时，蔚玖却抬起头，眉毛也皱起来。

"军营条件是不是很不好？现在很冷，还要去再往北的地方。"蔚玖有些责怪自己被恋爱冲昏头脑，都忘了考虑这个。

"是不是只能穿军队的衣服？那你可以偷偷带暖贴在里面，我寝室里有……"

话没说完，她就又被他摁进怀里。

“蔚玖，”苏清屿叹了口气，“你再这样，我都不想走了。”

蔚玖还沉浸在自己的思维里：“真的很管用，我寝室里有很多，可以拿给你……”

苏清屿微微放开她，低头就凑近。

蔚玖蓦地止住话头，反应过来他想干什么，脸腾地热了。她歪过头小声说：“在外面……”

那天在寝室门口真的吓坏她了。

苏清屿没管，一只手把她的头转过来，低头径直吻上她的唇。

苏清屿不在的这段日子，似乎格外漫长，交图期也悄无声息地在等待中来了。蔚玖这两个周末都没有回家，整天待在专教里割木板，耳朵里总是塞着一副白色的耳机。

其实对她来讲，只有他的声音陪伴的日子本应该更习惯一些，但毕竟拥有过了，她的心境也变得不一样。她开始贪婪，希望这一个月的时间流逝的快一点，再快一点。

一首歌结束了，蔚玖把耳机摘下来，回头看了一眼还在低头作业的同学们。每个人匆匆忙忙，没人注意到她有些躁动的小心思。她伸手拿起保温杯，一个人默默去二楼开水房打水。

“怎么不叫我一起来？”蔚玖拧好瓶盖，看到归巧的脸。

“看你还在画图嘛。”蔚玖低声解释。

“嘁，分明是谈了恋爱就变了。”

“怎么会？”蔚玖腼腆却甜蜜地笑了，把杯子放到高处，伸手把归巧的保温杯接过来，替她打满了。

归巧努了努嘴：“这还差不多。”

两个人拿着保温杯往回走，归巧的手机又开始振个不停了。起初是一阵一阵的，应该是微信的消息提醒，后来变成了持续的振动声。

蔚玖观察着归巧的神色，没忍住，戳了戳她："归巧，你电话响了。"

归巧神色里有些不耐烦，但最终还是接了。

"又有什么事？"她问。

"没事啊，找你聊聊天。"

开水房里很安静，电话那边的男人声音又不小，虽然从听筒里传来有些失真，但还是能够挺清晰地传进蔚玖的耳朵，她能辨得出他是谁。

蔚玖看着归巧，脸上的诧异逐渐变成有些调皮的玩味。

"我跟你没什么可聊的，挂了。"说着，归巧竟然真的要挂断电话。

"欸欸，别挂啊。怎么就没有可聊的了？咱们……可以聊聊苏清屿啊，我昨天才去他们那个基地看了一眼。"

归巧翻了个白眼："那你找错人了，我对他没兴趣。"

"你没兴趣有人有嘛，蔚玖不是跟你很熟吗？"

闻言，归巧转头看向蔚玖，这一看，完了。她在心里把韩止骂了七八遍，之前怎么没察觉出来，这个人这么精呢？

蔚玖自然是不想麻烦归巧，但是分开半个多月了，对于刚在一起的小情侣来说实在太久了，何况半点联系都不能有，她是真的很想他。

归巧看见蔚玖的神色，就知道没办法了，要把电话递给她，蔚玖连忙摆手。原来这半个月来，归巧每天被微信消息疯狂轰炸的始作俑者是韩止，她再迟钝也知道这个电话千万不能接。

"我听得到。"蔚玖无声地做口型。

"行吧，"归巧把手机放回耳朵，"你说吧。"

"其实可以概括成一个字。"

蔚玖不禁悄悄往归巧耳边凑了些。

"什么？"归巧问。

"惨。"

归巧："……"

"太惨了。"韩止的语气特别夸张，"那个训练强度，爬上爬下的，一会儿就一身汗……每天五点起。”

“……”归巧咬牙，“不可能吧，怎么也是明星，做做样子不就好了？”

“明星也不好当，好吗？”

归巧简直是服了：“你能闭嘴吗？”

“真的，还说每个人都多多少少挂了点彩……”

归巧忍无可忍，一生气把电话挂了。

蔚玖的神色变化太明显，归巧连忙说：“苏清屿肯定没事，你听韩止那个语气就知道了。”

“我知道……”蔚玖小声说，但是她控制不住……

从前她最狂热迷恋他的那一阵，也是他最累的时期，他每天睡不了几个小时，特别辛苦，那时她就总是很心疼他。

“韩止这个人吧，有点脑残，嘴上没把门儿的，你别瞎想啊。”

“嗯。”蔚玖轻轻点头。

四

其实，苏清屿现在早就没有前些年那么忙了。只不过现在刚好处于新专辑的宣发期，他不在意收入，但总不能耗着一整个经纪公司的人，所以才接了这个大火的综艺。

他来这儿的第一天，手机就被上缴了，一起的六七个艺人都是，再不情愿也不可能唯独他一个人搞特殊化。

其实录制的时候，并没他想象的糟糕，他反而觉得挺有趣。军旅生活是他从没有尝试过的，跟外界失去联系成了最大的考验。一起录制的艺人中比他情况糟糕的当然有，有父亲病重住院的，有孩子刚刚半岁，还不会走路的。录制快一个月的时候，大家的情绪都濒临崩溃，这么对比下来苏清屿反而觉得自己是在无病呻吟了，也就更加压制住内心的想念。

这天下午，节目组终于良心发现，允许几个艺人可以给家里的亲人打电话，但是每个人只可以给一个家人打。大家喜出望外，但节目组的套路显然很深，连打电话的顺序都是通过野外的一项攀爬比赛来决出。

苏清屿和另外两个男演员不出意外地取得前三的成绩，然而他们还是把机会给了最焦急的两人，苏清屿一下子变成了最后一个。

他低头看了看手表，这个时间……应该刚刚好吧？

西城。

蔚玖带好东西，去苏清屿家给小格上最后一堂课，接下来的日子，她要专心准备图纸，下次再给小格上课，可能就是下学期的事了。

幸运的是，今天只有于妈和小格在。前几天过来上课的时候，苏清屿的爸妈刚好在，没有苏清屿在旁边，蔚玖慌乱到不行，现在依旧觉得自己那天很多行为都不够得体大方，想他的心也跟着更浓烈了。

见到小格的时候，不用蔚玖说，小格就先摆手："没有，我也没有大魔王的消息。"

"哦……好。"蔚玖很快调节好情绪，"我们开始上课。"

"小老师，大魔王是不是坏透了？"小格突然问。

"没有啊。"蔚玖无奈道。

"就有，我妈妈说了，像我爸那种常年不回家的人都坏透了。每次说到这个的时候，她都说要跟我爸离婚。"

"呃……"蔚玖不知道要说什么，只说，"小格爸爸妈妈的感情，不是很好吗？"好到……苏清溪总撇下小格出国去找小格爸爸团聚。

"哼。"小格从鼻子里挤出个气音，"反正她总这么说。所以小老师你真的要跟那种坏透了的人在一块儿吗？会离婚的。"

"……"蔚玖有些想笑，小家伙真的像苏清屿说的那样，思维缜密极了，说话前还懂得铺垫，“不会的小格，我们先上课吧。”

小格无语，气鼓鼓的，不肯动。其实，他就是觉得这两个人最近黏糊得过分了，他看不惯，想捣捣乱，奈何半点撼动不了。

蔚玖不明白小格的心思，只觉得小格好像很久没跟她闹脾气了，这次不知道是为了什么。

气氛僵持的时候，小格的电话突然响了。小格的通讯录里没有几个号码，所以会给他打电话的只可能是那几个人，现下却是个陌生号码。

小格气不顺地接起电话：“喂？”

只不过两秒，他突然拧起小眉毛，神色古怪地看着蔚玖。

“苏清屿，这是要给谁打电话啊？”为了保持神秘感，节目组事先没有问嘉宾选择给谁打电话，而是通过通话的内容来猜。

苏清屿笑了下，这时候电话接通了，扬声器中传出来一声稚嫩的“喂”。

“是我。”

主持人和在场嘉宾都吃惊地张大嘴巴：“不会吧……”

“你不是在录综艺吗？”小格无语极了，怎么回事，刚刚拆这人台，就被他打电话找来？小格狐疑地盯着屋子里的摄像头，不是说他在那边用不了手机吗？！

“嗯。”苏清屿无视他话里的嫌弃，问，“在上课吗？”

小格不咸不淡地“嗯”一声作为回应，他看了看蔚玖，还是好心地把免提打开。

蔚玖已经因为小格口中的“录综艺”三个字，震惊到不知道该说什么。这时候，听筒里又传来苏清屿的声音：“小老师，在你旁边吗？”

蔚玖僵住，小格干脆直接把手机给她，所以说为什么不直接给小老师打电话？

蔚玖接过手机，听他解释着：“今天节目组允许每个人可以给一个亲人打电话，我就打过来了。”

蔚玖有点蒙，反应了一下，他旁边有人，说不定，还有摄像机。她舔舔唇，本该非常紧张的时刻，她却不合时宜地重新解读了一下他刚刚的话。

允许给一个亲人打电话，所以……打给她了。

她脸慢慢有些红，沉默了半晌，才反应过来自己还没做出回应，小声说：“哦……”

苏清屿轻咳了一声：“他今天表现怎么样？”

“那个……现在还没开始上课。”

“嗯。”

“小格今天……挺乖的。”

两个人说着无关痛痒的话题，却早已心猿意马。

“我还有五天结束。”苏清屿又说。

蔚玖的眼睛倏地亮了下，但只能压下情绪，公式化地回答：“好的。”

兴许是这样的刻板让苏清屿想起了什么，他轻轻笑了下，然后认真道：“这些天辛苦了。”

蔚玖的眼眶突然有些热，她摇头回：“不辛苦……”

这么一段听起来无关痛痒的对话，让一圈的导演和摄影师都有些奇怪。不过，苏清屿适时地说道：“好，把电话给小格吧。”

“好……”蔚玖乖乖把手机递给小格后，内心还是一阵澎湃。

苏清屿无非就是嘱咐了很多遍让小格听话，小格听得不耐烦极了：“你挂电话吧。”

众人一阵诧异，没想到话筒那边的小家伙对苏清屿这么不客气。苏清屿也不在意，问了句：“小老师，还在你身边吗？”

小格不明所以道：“在啊。”

“嗯，”他慢慢说，“等我回来。”

蔚玖上完课回到寝室，哼着小调儿，推开寝室的门。周瑛婕和归巧在寝室，两个人都躺在床上玩手机。

周瑛婕靠近门这边，透过床帘看到蔚玖脸上明媚的表情："啧啧，爱情的滋润啊，出去做家教回来都这么开心？"

蔚玖顿时兜住表情："哪里有……"

周瑛婕一把拉开床帘，愤愤道："归巧，你看看，你快看看蔚玖现在脸上的表情！"

归巧："不用看都知道是痴汉笑。"

"哪里痴汉了……"蔚玖被调笑得脸红。

周瑛婕一手扶着栏杆弯下身子，一手戳蔚玖的脸："你看你看，嘴角降都降不下来。"动作幅度太大，周瑛婕的手机被她这么一带，直接从床上坠了下来，所幸连接手机的耳机还在她耳朵上，所以手机没直接摔得四分五裂。但耳机已经松了，隐隐有奇怪的声音从扬声器里传了出来。

"手机！"周瑛婕下意识地喊。

蔚玖赶紧伸手把悬空的手机抓住，正准备还给周瑛婕时，视线不经意地从屏幕上扫过，然后猛地僵住了。

屏幕上两个赤裸的男女身体紧密交缠着，伴随着销魂的呻吟声，不停扭动。蔚玖再迟钝也反应过来这是什么了。

周瑛婕见蔚玖僵在那儿一动不动地盯着屏幕，逗她："别人刚分享给我的资源，你要吗？"

蔚玖脸色爆红，拼命摇头，然后把手机还给周瑛婕："给……"

"哈哈，都谈恋爱了，怎么还这样？"周瑛婕笑得不行，"欸，不对，你是不是才谈一个多月，一个多月也差不多了，要不要姐姐教你几招？"边说，她边冲蔚玖暧昧地挑眉。

蔚玖急忙摆手："不用不用……"

"哈哈哈……"

归巧在一旁戴着耳机打游戏，突然出声：“净教蔚玖一些有的没的。”

蔚玖臊得不行，连忙说：“你们不要睡觉的吗，明天就要开始苦战了。晓晓呢？”

“她去刷夜了。”

“今天就去刷夜？”

“是啊。等等，别转移话题，蔚玖，快从实招来，今天为什么这么开心？跟小格舅舅发展到什么程度了？全垒看来是没有，”周瑛婕八卦地问，“一垒？二垒？”

“……”蔚玖想了想，小心翼翼地伸出两根手指，这已经是她的极限了，然后立刻捂着脸跑去厕所，“我……我去洗澡了！”

周瑛婕终于不逗她了：“行了，去吧去吧。”

蔚玖进了浴室，背靠在门上，平复了加速的心跳后，她低头看了看自己的手掌，内心一阵甜蜜。

五天，还有五天，他就要回来了。

五

五天的甜蜜等待同时也是黑暗的交图期，最后只剩两天的时候，实在没办法了，蔚玖这样注重效率与养生的人都不得不通宵。

晚上八点交图，教室里七点半才陆陆续续有人结束战斗，把模型扔在顶楼的评图平台，所有人连评图分数也不等了，直接转头走人。

两天没有合眼，而且其中三分之二的时间都是在站着锯木板，一行四人宛若行尸走肉般回到寝室。三人进门直奔床梯，立刻爬了上去，只有蔚玖还坐在座位上，混混沌沌，累到有些发愣，三道床帘缝隙中先后丢出几件衣服。

蔚玖站起身来，扶住床梯，还没抬脚，手机就收到了消息。她低头看见那个熟悉的名字，疲倦不堪的心头蓦地升起一丝雀跃。

苏清屿问道：“刚回来，有空吗？”

蔚玖迟滞了两秒，脑子转动得都有些慢。待读通顺了这几个字，眼皮一下子轻了，她没有任何犹豫地应道：“嗯嗯，有的。”

两人一个月没见，刚刚确定关系就迎来小别，难免生疏了几分。仿佛又退回到没恋爱的时候，他的一条消息六个字，就能让她小鹿乱撞好久。

那边很快回复：“来接你，十分钟后到西门。”

十分钟……

蔚玖迅速理了理头发，换了身衣服，小心地打开寝室门。

归巧听到声响，从窗帘伸出一只手，声音模糊：“蔚玖，你不睡觉去哪儿？”

蔚玖小声回：“我就出去一会儿，你安心睡。”

寝室离西门有一段距离，她又耽误了几分钟换衣服，十分钟有些勉强。蔚玖只得加快步伐，熬夜带来的浑身酸痛也无暇顾及。

蔚玖刚出校门，停在路边的一辆棕色凯迪拉克及时地鸣了下喇叭。她会意，小跑过去，看见他降下车窗。

她看见他笑容那一瞬间，脸顿时红了，左右张望了下，动作迅速地拉开车门，坐好，关上车门。一套动作行云流水，毫不拖沓，谨慎极了，就像是往日的她被摁了快进键。

苏清屿忍俊不禁，倾身过来刮了下她鼻头：“不急，今天一整晚都是你的。”

一整晚……

这一刻，她又像是被按了暂停键。蔚玖心跳漏了几拍，眼睛一眨不眨地看着他。

他表情正派，语气三分调侃、七分宠溺，实在让人看不出有什么画外音。

她猛地想起，那天，在瑛婕手机上看到的画面，蔚玖慌慌张张地避开他的视线，脸上带了一丝赧色。

她到底在乱想什么……

苏清屿看见她耳尖红红的样子，脸上露出一丝玩味笑容，伸手拉过安全带。果真，她的身体顿时僵住。他停下动作，手顺势搭在她肩膀上，半挑起眉："一个月不见，话都不愿意和我说了？"

"没有……"蔚玖忙着解释，气都不敢喘。

车里沉寂了十几秒，苏清屿就这么看着她，唇边带笑，好整以暇地等她的解释。

肺里的氧气一点点消失殆尽，心跳频率越来越不受控制。几个循环下来，蔚玖终于败下阵来，声音微不可察："我紧张……"

好不容易消融的隔阂，因为这一个月的分离又隐隐显现，她感觉很挫败，却又无法控制。

苏清屿也察觉出了，停顿几秒，他不再逗她，给她扣好安全带。

近距离注意到蔚玖的唇色，他蹙眉问："今天不舒服吗？"

蔚玖听懂了他话里的探寻，脸色更红："没有……不是的。"

没有不舒服，苏清屿放下心："带你去放松放松。"

蔚玖乖巧地点头。

电影院大厅，苏清屿戴着一顶黑色的帽子，牵着蔚玖去取票机那里取票。

蔚玖心里发虚。他穿着简单的休闲衣裤，大衣搭在左臂上，这个身形太好认了……起码她只看他的背影，就能认出来。

这个认知让她有些不知所措，小身板一会儿前挪一会儿后移，但怎么可能挡全他。

苏清屿把票拿出来，歪头却发现旁边没人了。他身子转过来才发现，他的小姑娘保持着不和他碰到的最近距离，紧紧站在他身后。

如坐针毡，慌手慌脚，她的心思和小动作一点也不难猜。

蔚玖一直垂着头，眼前黑色的鞋子突然转了个方向。她抬起头，视线被遮住，人被一只臂膀强势地搂了过去。

“怎、怎么了？”她的声音里有显而易见的慌张，眼神飘忽不定，迷糊却小心翼翼地打量着四周。

苏清屿看着她的眼睛，声音含笑：“好像给你带来麻烦了。”

蔚玖愣怔片刻。他怎么知道——她上一秒还在想，自己是不是成为他的麻烦了。

两个人像热恋情侣那样，搂搂抱抱进了场。

通过检票处的时候，蔚玖看着苏清屿淡定自如的侧脸，微微低头不敢乱看，安安静静被他搂着。

这种事，果然还是他更有经验，越束手束脚反而越引人注目。的确，谁能想到……素来音乐即全部的苏清屿，会在电影院大大方方搂着自己的女朋友呢？

他们所在的四号厅是VIP小厅。这部本就不受欢迎的文艺爱情片已经快下映了，整个厅算上他们只有十个人，另外四对也是情侣。两人的位置在最后一排，蔚玖从包里拿了一颗薄荷糖，塞到苏清屿手里。

灯光暗下来，蔚玖的眼皮也跟着沉重了。电影放映到二十分钟，片子里开始演奏起大提琴，低沉的音色勾起了几天来的疲惫和困意，她已经控制不住，小脑袋一点一点的。

苏清屿很快察觉到蔚玖的状态，这时手机连着振了好几下，伸出的手收了回来，怕是有什么重要的事情，他先点开了手机屏幕。

韩止：“现在国内大学都这么恐怖的吗？”

韩止：“刚刚归巧和我说，她做模型两天两夜没合眼了，别去烦她。”

韩止：“说完人就不见了。”

韩止：“好心疼啊，你说熬夜应该吃什么补下比较好？”

苏清屿的瞳孔微微放大，眼睛停留在“两天两夜没合眼”那几个字上。

他重新点开和蔚玖的聊天界面。

他：“刚回来，有空吗？”

蔚玖：“嗯嗯，有的。”

他：“来接你，十分钟后到西门。”

蔚玖：“嗯，好。”

心脏突然被揪紧。

难怪她今天脸色苍白，难怪她后半程有些心不在焉，却还要固执地站在他背后，想要保护他；还要低垂着头强撑不让他发现——为了赴他的约，而困顿不堪的双眼。

傻姑娘……

心疼得紧，他放下手机，伸手托住蔚玖的脑袋，慢慢搁到自己肩膀上。蔚玖睡眠向来浅，加上心里始终记着，一定不能睡着，这动静还是让她惊醒。

意识到状况，她触电般抬起脑袋，愧疚极了：“对不起……”

苏清屿的大掌把她的脑袋摁了回去，侧脸贴着她的发顶：“好好睡一觉，看完给你讲是一样的。”

他刻意压低的声音缓缓传进她耳朵里，让人根本没有抵抗力。

蔚玖愣了愣，突然睡不着了……她乖乖枕了几秒，稍稍侧了侧身子，左手小心翼翼地揪住了他的袖子，又过了几秒，歪了下脑袋，看他专注的样子。

苏清屿感觉肩上的小脑袋动了又动，偏头，就看到她面颊微红地看着自己，脸上还挂着满足的笑容。

他笑：“不想睡？”

蔚玖愣了一下，赶紧摇头，像被训话的小孩子，紧紧闭上眼，脑袋也侧了回去。

衣袖被她攥得越来越紧，苏清屿失笑，她的每一个动作都软得让人想欺负。

蔚玖平复着狂跳的心脏，努力入睡，脖颈却冷不防被抬起。她睁开眼睛的瞬间，温热的气息就覆了上来，唇瓣上的湿凉触感，是因为他吃了她刚刚塞给他的薄荷糖。

蔚玖整个人腾地热了。他的舌尖仿佛带有电流，只一个轻轻的试探，就让她轻而易举松了牙关。

蔚玖反应过来的时候，是她因激烈的亲吻而有些呼吸不畅，苏清屿放开她一瞬。

蔚玖喘了口气，嗫嚅："苏……"话还没说完，他已经再次覆了上来，含着她的唇瓣，剩下的两个字隐没于唇齿间。

这个吻太缠绵，也夹杂了隐隐的欲念，舌尖不受控制地滑入湿滑的口腔，丝丝入扣，让人沉沦。不知过了多久，他终于离开，凑到她耳边，声音沙哑："还想睡吗？"

"想、想的……"蔚玖红着脸回答，话都变得不连贯，粉嫩的唇瓣一张一合，微微的红肿是他们放纵的证据。

苏清屿默默看着，深吸一口气。

蔚玖低下了头，根本不敢看他，抿了抿唇，刚刚的画面又在脑海浮现。

十几秒的沉默，蔚玖突然低呼一声，她直接被他抱起来，放到了他身上。还没来得及反应，苏清屿按了旁边的按钮，椅背一下子倒了下去。她手忙脚乱，急着从他身上下来，却被他轻轻松松摁了回去。

他的声音低沉，带一点轻哄："乖一点，睡吧。"

蔚玖此时正蜷着侧躺在他身上，头顶挨着他的下巴。

这样……怎么睡……她不好意思说出口，只得隐晦道："电影……"

蔚玖感觉他的喉咙动了一下，却没有声音，半晌，他才说："不看了。”

实在是太疲惫了，光线不足的影厅里他的怀抱又太温暖，蔚玖没能撑太久，困意终究大过了羞赧，她沉沉睡了过去。

苏清屿左手环住她的腰，右手握着她的小手掌，近距离地接触，他发觉他的小姑娘真是浑身都软。思绪停在这里，他动了动喉咙，眼睛挪到大屏幕上，心无旁骛地认真观看起来。

电影快结束的时候，手机又振动了一下，苏清屿腾出一只手点开微信消息。

韩止见他一直没回复，苦兮兮地问：“忙什么呢，大哥？”

苏清屿看了一眼怀中的蔚玖，勾唇回复：“陪女朋友睡觉。”

六

同一时间，马路边的大排档里，两个男人正谈笑风生，一杯又一杯地畅饮。蔚井宏跟齐应怀都拉了一天活儿，在快收车的时候碰到了。于是，两人干脆把车分别开回家，又重新出门，来大排档喝酒叙旧。

这个年纪的男人，说着说着就聊到了家庭孩子。齐应怀的声音已经有点飘了，问：“小玖，最近怎么样？谈没谈朋友？”

蔚井宏愣了下，然后皱紧眉头：“小玖还小。”

“都大二了，你还管孩子。”齐应怀清醒了点，和他说，“你不知道，以后工作了接触的能有几个人啊？还是现在在大学里就物色的好。”

蔚井宏眉头皱得更紧了，依旧摇头：“小玖太小了。”

“老井你啊，就是观念太落后啦，也就是小玖听话。”齐应怀的语气里不自觉带上了些骄傲，“我那小子可是个有想法的。”

蔚井宏喝了一口酒，皱着眉，缓过辛辣劲儿：“我记得齐彦是班长吧？”

“对对对，”话题终于引上来了，齐应怀眼睛亮了一瞬，“两人多有缘分。”

蔚井宏笑了下：“是挺有缘的。”

原本齐彦稳扎稳打能够上的东大那年录取分数奇高，他被第二志愿录取，专业也不是最想去的水利，竟然阴错阳差来到西大学建筑，成了蔚玖的同学。

齐应怀和蔚井宏熟识有四五年了，也分别见过彼此的孩子，但两个孩子却是上了大学才第一次见。

“改天咱带上孩子们聚聚？”齐应怀提议。

“没问题。”蔚井宏当然没有异议，欣然点头。

苏清屿看着毫无防备地睡在他床上的蔚玖，有些无奈。她应该是太累了，他把她从电影院抱到车里又抱到他家，她都没醒。

她太信任他了。

蔚玖这一觉睡得特别沉，一直到隔天中午，苏清屿才进去叫她：“蔚玖，起床了。”

蔚玖还困得要命，意识根本不清醒，哼哼了两声，就转过身子继续睡。

苏清屿看她懒懒的样子，增添了一些不同往日的性感妩媚，不禁低笑出声：“小懒虫，太阳都晒屁股了。”

蔚玖这才听清耳边的声音，意识到刚刚不是梦，惊得立刻睁开了眼睛，猝不及防对上苏清屿的笑眼。

“起床了。”他说。

早些时候，苏清屿就录过这样的粉丝福利。当时十五岁的她，每每听得脸红心跳。随着年岁的增长，她早就可以平静对待了，可这回……架不住真人在耳边啊。

蔚玖默默拉起被子，遮到鼻子上方，眼神四下打量了下，判断出这是苏清屿的卧室。

她昨天……竟然睡在这里了吗？！

蔚玖躲在被子里，脸颊通红地跟他说了一声“早上好”。

苏清屿知道她害羞，摸了摸她柔顺的头发：“起来洗个澡，我在下面等你。”

蔚玖不敢耽搁，迅速下床，发现身上只剩了贴身的保暖内衣，一时动作僵住，却也不敢再想了。看着床头钟，蔚玖惊觉竟然已经快中午十二点钟，她刚刚还和他说早上好……

蔚玖扇了扇脸上的潮热，进了浴室匆匆洗漱。

下楼的时候，蔚玖有些紧张地左顾右盼，被苏清屿抓了个正着：“看什么呢？”

蔚玖小声问：“于妈……不在吧？”

原来是因为这个，苏清屿笑着摇头：“于妈是照顾小格的，他不在，于妈就不会来。”

蔚玖小幅度地呼出一口气：“那就好。”

苏清屿看着她穿着他早上刚给她买的粉色的珊瑚绒睡衣，有些心痒。

“过来。”他朝她示意。

蔚玖下意识抿了抿唇，小步挪过去。

“很漂亮。”他认真地评价。

蔚玖有些脸热：“谢谢。”她怎么也不会想到，他连一次性内衣物都帮她买好了。

第一次外出“过夜”，蔚玖吃完午饭就慌忙回了学校，好像生怕别人知道她一夜未归似的。

苏清屿把车停好，她就等不及解开安全带准备下车，他觉得好笑：

“这么急做什么？你的室友估计还没睡醒。”要是醒了发现她不在，光归巧可能就要找到他家来了。

“我先走啦。”蔚玖冲他摆摆手，“小心开车哦。”

然而还没等他搭话，小姑娘就急着跑走了。苏清屿戴上墨镜笑了，怎么觉得一时间有一点心理落差了。

蔚玖轻手轻脚地回到寝室，果然三人还没有醒，她松了一口气，出门给蔚井宏打电话，本来是每天晚上打的，但是昨天她睡太早了……

“爸爸。”不知为什么，可能是住在男朋友家这个举动，在蔚玖看来太大胆逾矩了，电话接通的瞬间，蔚玖有一些心虚。

“小玖？考试结束了没有啊？”

“嗯！”蔚玖点头。蔚井宏不懂什么模型画图，自然也想象不到听起来高大上的建筑专业却每天扛着电锯割来割去，蔚玖每次也只是简单地跟蔚井宏说是在准备考试。

“那好。”蔚井宏的语气里带着一丝喜悦，“后天晚上跟你齐叔叔一起吃饭。”

“齐叔叔？”蔚玖惊讶了一瞬，很快笑起来，“好啊。”

“好久没见你齐叔叔了吧？”蔚井宏笑了笑，“对了，还有老齐那小子，齐彦。”

蔚玖的笑容有一瞬间的凝滞。

“怎么了？”察觉到女儿的沉默，蔚井宏问。

蔚玖太内敛了，从来不好意思和蔚井宏说这些，有些窘迫地摇了摇头：“没事。”

蔚井宏也没放在心上：“行，那一会儿我跟老齐说一声。”

蔚玖放下电话，有些困扰……

齐彦……可能已经换了目标吧？最近大家都在忙着赶图，齐彦也有好一阵没来找她了。蔚玖在心里默默存着这个侥幸。大学里，她碰到过不少这样一时兴起的男生，没多久他们的“深情”便不了了之。

下午评图的环节，大家显然已经放弃对分数的执念了，连着熬夜太伤身体了。蔚玖回寝室收拾东西准备晚上就回家，今天过后寒假也就正式开始了。

收拾到一半的时候，她接到苏清屿的电话。看了看忙碌的室友们，她悄悄躲去阳台接。

“在工作吗？”蔚玖问他。

“嗯，”苏清屿应了声，“后天就开始国内巡演了。”

“哦，对。”蔚玖想起来，那她是不是又要见不到他了……

“是不是很累啊？”她问。

“还好，”苏清屿说，“重要的是我喜欢。”

蔚玖弯唇，她最爱他的这份喜欢。

“是不是要开始放寒假了？”

“是啊，寒假是不是离你好遥远了？”蔚玖笑。

苏清屿愣了下，玩味道：“现在就开始嫌我老了？”

蔚玖轻声笑。尽管她没有说什么，苏清屿还是察觉到了她的失落，两人说了有一会儿，他问：“蔚玖，想来听我的演唱会吗？”

十分钟后，蔚玖站在阳台上吹了好一阵的风，心脏的跳动却越来越快。她深吸一口气，终于鼓起勇气拨出了电话。

“爸爸……我……刚刚导师临时通知这两天有事情，后天晚上没法跟齐叔叔吃饭了。”

“去不了了？哎呀，我刚刚跟老齐说完，他都定好地方了。”

蔚玖更心虚了：“对不起，爸爸……”

“没事，学习的事儿重要，我再跟他说一声，改天再约。”

“好……”蔚玖挂断电话，捂住极速跳动的心脏。

这是她第一次和蔚井宏说谎。

原本收拾回家的行李变成了收拾去南市的行李，蔚玖谁也没告诉，转天下午悄悄上了苏清屿的车。

这回坐的是苏清屿的保姆车，跟以往不同，车上除了苏清屿外，还有两个陌生人——司机和苏清屿的经纪人郑一。

苏清屿正在打电话，和蔚玖对了个眼神，就继续和对方说着什么。郑一见到蔚玖就来了兴趣，一瞅，发现果然是她："我就知道是你。"

蔚玖本来有些窘迫，听到这话又有点意外："为什么……知道是我？"

郑一摸了摸下巴："看起来你就是他会喜欢的类型。"

蔚玖不知道该做出什么反应，这个意思是……他以前的女朋友也是她这样的吗？她轻轻咬住下唇。

苏清屿挂断电话，瞧见蔚玖的表情有些奇怪，责问起郑一来："你说什么了？"

郑一无辜极了："夸你有眼光！"

苏清屿给蔚玖介绍："郑一，你应该认识，我的经纪人。"

蔚玖微微颔首："郑一……哥。"

郑一哈哈大笑："你好，你好。"

苏清屿伸手刮了下蔚玖的鼻头，继续道："前面开车的司机，叫他李哥就好。"

"李哥好。"

李哥咧嘴笑，打量起蔚玖："小妹妹，你多大啊？"

蔚玖回道："十九岁了。"

"啧啧啧。"郑一故意发出了点声音。

苏清屿笑着把蔚玖的手牵过来放到腿上："别理他们。"

蔚玖的紧张感随着这份其乐融融慢慢消散，她低头思考了一会儿，突然抬头：“一会儿……我要怎么出去呀？”

没等苏清屿说话，郑一就开口：“放心，有我呢。回头看，我们后面就是乐队的车子，再后面还有工作人员的车子，到时候人很杂，没事的。”

“谢谢郑一哥。”蔚玖安心了些，歪头瞄了一眼苏清屿，他像那天在电影院一样，似乎丝毫不担心会被发现。

可这种淡定却让她心里有种别样的感觉和隐隐的不安。

第八章

“蔚玖，想来听我的演唱会吗？”

一

由于酒店是提前很久就订好的，肯定不会有蔚玖单独的房间，但好在苏清屿的房间是个套间，有两个卧室，所以蔚玖理所当然地被安排在了苏清屿的房间。

放置好行李，大家吃过晚饭，就去演唱会场馆进行了紧张的排练工作，蔚玖跟苏清屿的乐队成员是第一次见面。说是苏清屿的乐队，但其实这支乐队只在苏清屿的演唱会期间存在。如果真的将他们几人组成一支乐队的话，想来会在整个音乐市场引起巨大的轰动，毕竟这些人都是国内顶尖的乐手。

玩音乐的人好像都有些野，这些人一见到蔚玖都惊讶坏了："清屿，这是你妹妹，还是你女朋友？"

"天哪，你竟然会带女朋友来！"

"这家伙竟然会交女朋友？"

苏清屿笑了下："我就不给你介绍他们了。"然后他转身冲几人道，"我女朋友，蔚玖。"

"喂喂，"有人不满了，"凭什么不介绍我们啊？"

蔚玖腼腆地笑了笑："影姐，楠哥，稚子哥，肖哥，远哥。"

瞅着蔚玖精准地认出来几人，大家有些诧异了。毕竟对于乐队来讲，不可避免地会出现一种现象：乐队可能红出天际，但是所有人只记得主唱，更别提他们这样一支只存在于演唱会的乐队了。

被叫作影姐的女人反应过来："哟，看来是粉丝啊。"

其他人也跟着反应过来，一阵起哄。

蔚玖脸热，不出声了。

苏清屿笑着说："好了好了，别吓着她了。我们开始吧，等我一下。"说完，他不顾其他人揶揄的神色，给蔚玖安排了一个视角绝佳的位置后，才重新回来。

彩排足足进行了四个小时之久，蔚玖不错眼地盯着她做梦都不敢想的场景。

蔚玖一直欣赏做音乐的人身上所具备的野性，因为她自己不具备。而苏清屿不像其他人那样外露得那么明显，只有在演唱会的时候，他身上的野性才会赤裸裸地在人前释放，炫目极了。

尤其是现在，他唱到某句歌词时，会深深地注视着她。蔚玖只是干巴巴地坐着，却像是跑了三个小时的马拉松一样，心脏扑通扑通，昭示着她此刻有多激动。

苏清屿只穿了一件 T 恤，唱完最后一首，他身上已经湿透，大汗淋漓。他一只手握着话筒，充满王者气息地冲蔚玖笑了下，眼神里有疲惫，更多的是强烈的自信，另一只手则是张开，冲她做出拥抱的姿态。

蔚玖是真的被震撼到了，她什么也没想，三步并作两步跑上台，只想紧紧地抱住他。

郑一在一旁也有些欣慰地笑了，掏出手机把这一刻拍了下来。

这么拥抱了好一会儿，蔚玖有些心疼地问："很累吧？"

苏清屿摇头放开她，抹掉额头上的汗。

蔚玖扬手帮他擦掉他没抹到的部分，苏清屿低头看着蔚玖的神情，半晌，低低地笑了。

蔚玖歪头看他。

"怎么办？"苏清屿用还有点汗涔涔的额头轻轻贴上她的，有些疲惫地闭上眼睛，"有点想亲你。"

蔚玖的动作僵住，这时候才想起来他们怕是被围观了，还被围观了好久……她下意识地往后退了两步。

"咳咳，差不多得了。"郑一拍了好几张看起来很有感觉的照片，终于出声提醒。

“没看见，没看见，你们继续。”几个男人用透风的五指捂着眼睛道。

蔚玖羞得不敢抬头见人，最后被苏清屿牵着离开。

回到酒店已经是晚上十二点钟，蔚玖本来紧张得不行，生怕别人看到她跟苏清屿在一个套间。但过后她才发现，成年人的世界里，这是再正常不过的事情，拘束的只有她一个人罢了。

两人早早地睡了，一直到第二天中午，苏清屿的房里也没动静。蔚玖不敢打扰他，知道这是他演唱会前的个人习惯。

郑一的电话中午十二点才打过来，却是打到蔚玖这里，让她把苏清屿叫起来。

她试探地拧动房门把手，幸好没有锁，她慢慢推开门，却被眼前的场景惊到了。

苏清屿已经起来了，看起来还洗了个澡，头发湿湿的，下身穿好了裤子，但上身还赤裸一半，正在套着T恤……

蔚玖慌忙掩上门：“对不起……”说完，就躲在门后自己一个人脸红心跳。

约莫只有一分钟，苏清屿从里面把门打开，低头笑道：“跑什么？我是你男朋友。”

“郑……郑一哥让我过来叫你。”

苏清屿看她窘迫的样子觉得好笑：“好了，走吧。”

今天再一次在台下看又是完全不同的感受，随着演出时间的临近，可以容纳四万人的场馆便彰显出了它的气势恢宏。

蔚玖从后台悄悄溜过去，内心有种别样的震撼感。再次溜回来的时候，她踌躇了好半天，还是过去找了苏清屿，化妆师正在帮他整理服装，做最后的准备工作。

苏清屿视线一扫就看到了蔚玖，也看到了她欲言又止的眼神。他低头小声跟化妆师说了什么，对方回头笑着看了一眼蔚玖，自觉地往旁边走了几步。

“怎么了？”苏清屿问。

“我……想在普通的观众席上看。”蔚玖不知道这个要求对于他来说是不是比较为难，因为苏清屿的演唱会向来是一票难求，原本给她安排的也是媒体区，现在快开场了，哪里还能找到一个位置给她呢？

她小心翼翼地问：“可以吗？”

苏清屿这才知道小姑娘在纠结什么，这还是她第一次跟自己提要求。他揉了下她头发：“当然可以。”

蔚玖顿时喜上眉梢，苏清屿低头看了看她的小身子骨，有些担心：“只能让你去摇滚区，坚持得了吗？”

摇滚区可谓是任何演唱会逢有必抢的位置，就在T字舞台的左右两边，离舞台最近，票价也最贵。大多的摇滚区是没有座位的，观众可以无所顾忌地站着嗨完全程，但一整场下来也是累到不行，所以这个位置也是让人又爱又恨。

蔚玖反而特别开心地点头：“没问题的。”

苏清屿无奈地笑：“坚持不了就出来，我让郑一跟保安打个招呼。”

蔚玖点头如捣蒜，小跑着就出去了。

今天必然是蔚玖毕生难忘的一天。她站在摇滚区里微微抬起头，眼前是她喜欢了那么多年的人，旁边是像她一样喜欢了他那么多年的人，她们为他呐喊，为他欢呼，更为他流泪。

周围人疯狂蹦跳，跟着鼓点拼命甩动手中的荧光棒，只有蔚玖一动不动安静地注视他，连眼泪也是悄无声息、缓慢地从脸颊滑落。

蔚玖也不知道自己为什么想哭，只感觉鼻头酸得不行，眼泪一个劲儿地掉。遮挡视线的时候，蔚玖才会动一动，抹掉脸上的泪，可能这就是喜极而泣。

演唱会在轰轰烈烈中结束了，苏清屿又是全身湿透。每次结束，苏清屿都会请所有的工作人员去吃消夜，回到酒店的时候，已经深夜一点多钟。

蔚玖出来的时候，发现苏清屿在浴室门口等她，斜靠着墙，头发都已经干得差不多了。

见蔚玖出来，他伸手把她抱进怀里："累不累？"

蔚玖摇头道："肯定没有你累。"

"怎么看到你哭了？"他又问。

蔚玖愣了下，没想到当时他竟然注意到了，顿时有些支吾："有吗……"

"有，"苏清屿低头笑她，"哭得像一只小花猫。"

"不要笑我……"蔚玖想着当时的画面，一定糗极了，"是太开心了，今天……真的谢谢你。"

"谢我什么？"苏清屿问。

"没能去看你的演唱会，是喜欢你这么多年以来最大的遗憾了。"蔚玖自顾自地说，然后抬头笑，"现在终于圆满了。"

她的喜悦溢于言表，全装进了那双温柔的眼睛里，笑容里还带了一丝调皮的意味。

苏清屿是真的有些受不了她这样充满热忱地看着自己，眼神明亮得像容纳了满天繁星。每当这种时候，他都有一种难以自持的冲动。他深吸一口气，左手捂住她的眼睛，低头吻上她的唇。

蔚玖有些战栗地感受着他的亲吻，闭上眼睛却觉得有些头晕目眩，是他将她转了个方向，抵住了冷墙。

苏清屿把她的手提上来环住自己的脖子，偏头更深地吻了过去。有了墙壁的依托，蔚玖躲无可躲，只能任他的舌尖侵入纠缠，大脑混沌不堪，承受着他一波又一波的纠缠。

良久，两个人的呼吸都不稳了。苏清屿用大拇指缓慢摩挲着蔚玖的脖颈，声音都像含了沙："打算怎么谢我？"

蔚玖脸颊通红，小口喘着气，一时没反应过来："嗯？"

苏清屿屈膝一个使力，手臂横在蔚玖的膝盖下方，起身的时候，蔚玖已经坐在了他的手臂上。她太瘦小了，他轻而易举地抱起她，像抱婴儿一样。

蔚玖感受着他手臂上的肌肉因用力而绷紧，才反应过来现在是什么情况。她张了张嘴，却发现因长时间接吻，嗓子有些沙哑，发不出声音。

苏清屿将她放到床上，房里没有开灯，蔚玖屏住呼吸，这回是不敢发出声音了。他俯下身子，靠在她耳边，又问了一遍："蔚玖，打算怎么谢我？"没等蔚玖回答，他已经轻轻咬住她的耳垂。

蔚玖浑身过电一样狠狠颤了一下。

这些天以来两个人亲吻的次数不算少，但也只是亲吻而已，她顿时不知所措地咬住嘴唇。可身上的男人并没有放过她的意思，啃咬变成含弄，暧昧的因子在灰暗的房间里来回跃动。

蔚玖几乎是一直屏息的，苏清屿终于放过她的耳朵时，她不自觉大口喘着气。苏清屿低头注视着她，用手摸了摸她的嘴唇。这一刻，蔚玖心狠狠地颤动着，她在他眼睛里看到了他在舞台上的那种野性，充满侵略性却让人臣服。

苏清屿低头吻住她，这回的吻比往常激烈不少。蔚玖连喘息的机会都没有，只能抱住他肩膀想让他温柔一点，可没想到这样的举动，无疑在男人身上再次加了一把火。蔚玖感觉唇上的肆虐轻了的同时，一只有力的手掌隔着珊瑚绒的睡衣开始在腰侧揉捏。

她战栗着想扭动身子，那只手却如同游舌般一路向上……

"唔……"蔚玖脸红如血，明明隔着一层厚厚的珊瑚绒，但男人手上的力度却清晰地传递了进来。蔚玖从没有这么强烈地感受到自己的心跳过，甚至在想他会不会透过珊瑚绒察觉到了自己呼之欲出的心跳……

时间似乎短暂又漫长，苏清屿狼狈地刹住，低头看蔚玖朦胧的神色，有些懊恼地皱了下眉，然后安抚地摸了摸她的脸，低声说："抱歉……"

蔚玖闭上眼睛，脸上热度持久不退，没一会儿，浴室传来清晰的水声。

二

苏清屿在南市还有其他工作，还需要待两天。蔚玖在此之前还没有来过南市，所以打算这两天也陪在苏清屿身边，但苏清屿怕她一个人待着无聊，所以让蔚玖把归巧叫过来陪她。

蔚玖听到这个建议的时候，表情有点尴尬，想起归巧先前因为苏清屿没有提早告诉她身份，所以对他有挺大的不满。但看着苏清屿为自己着想的样子，她又实在说不出拒绝的话。

蔚玖找了个地方给归巧打电话，先是解释了一通自己一个人来了南市，然后问她想不想过来玩。

"什么？"归巧在电话里提高了声音，"你跑去看苏清屿演唱会了？"

"嗯……"蔚玖小声回，"然后演唱会结束了，我们过两天才回去，他要我问你要不要过来玩……"

归巧冷笑道："所以他不说，你也想不到我是吧？"

"没有啦……"

"就有，现在就是他说什么你就是什么。"

"来陪陪我嘛，"蔚玖跟她撒娇，"不然，我一个人待在酒店里很闷的。"

"等等，"归巧回过味来，"你跟他住一起了？"

“……”蔚玖脸腾地红了，“没……没那个……”

归巧敏锐地捕捉到蔚玖并没有直面回答自己的问题：“所以还是住一起了？”

蔚玖就知道逃不过归巧的盘问，只好支吾着承认。

“……”归巧很愤怒，“我之前跟你说什么了？你有没有问他之前为什么不跟你说？”

“没有……但是他肯定不是存心这样的嘛……”

“坠入爱河的女人，你的反驳无效。”归巧无情地回道，却立刻转了话锋，“我今天晚上就到。”

蔚玖顿时喜笑颜开，夸了好一阵归巧。

“好了好了，别来这一套。”归巧冷哼，“晚上来机场接我，他也要到。”

蔚玖一下子垮了脸，但还是急忙说好。

晚上如归巧所愿，苏清屿和蔚玖两个人一起去机场把她接了回来，然而在她回到酒店看到套间时，又冷下脸来。

“我睡哪儿？”如归把包一扔，问苏清屿。

这家酒店周围是演唱会场馆，常年住满了工作人员和粉丝，刚刚在楼下问了，也实在没有空房间。

苏清屿理所当然道：“你和蔚玖睡一间，我睡另一间。”

“不行。”归巧摇头，态度很坚决。

苏清屿没问理由，眉头都没皱，继续说：“那我和蔚玖睡一间，你睡另一间。”

归巧立马说：“你不许和蔚玖睡一间。”

苏清屿看她一眼：“难不成和你睡一间？”

归巧自诩牙尖嘴利，这下竟然生生被噎住。

蔚玖觉得气氛一下子像坠入冰窖，连忙拉了拉苏清屿。

归巧卡壳了好几秒，才转了转眼睛，指着苏清屿说：“那好办，你睡沙发。”

苏清屿怎么能看不出来她在针对自己，但依旧点头：“OK。”

归巧取得胜利，得意扬扬地去洗澡了，但临进去前，还是过去特意嘱咐了蔚玖：“不许让他占便宜，听到没有？”

蔚玖红着脸点头。

等归巧进去了，蔚玖很不好意思地过来安抚苏清屿：“归巧从来不和别人睡一张床，我也不行，她也不是故意的，你别在意……”

苏清屿摸摸她的头笑了笑：“没事。”

铺床的时候，蔚玖还是有点心疼的，他昨天才开演唱会那么辛苦，而且过几天国内巡演要陆陆续续开始了，她怕他在沙发上会睡不好。就这么忧心忡忡着，蔚玖翻来覆去了好久都没睡着，最后实在放心不下，悄悄下了床。

躺下一个小时了，苏清屿在沙发上也还没睡着，演唱会后他总是有些习惯性地兴奋。忽然，他听见有人小心翼翼开门的声音，是蔚玖那个方向。他不禁勾起嘴角，轻轻把薄被拨了下去。

蔚玖轻手轻脚地溜到苏清屿身边，眼睛瞬间睁圆了。看他闭着眼睛，还没有醒，她蹲下来捡起地上的被子，小心地抖了抖，因为身高的原因，踮着脚尖才能让它全部展开。

苏清屿眯起眼缝，看着被子把她从头到脚地遮住了，嘴角忍不住往上扬。

蔚玖小心地把被子盖到他身上，生怕把他弄醒，与生俱来的认真与谨慎让她反复确认了好几次有没有盖全。终于确认没问题，蔚玖刚要离开，手腕突然被拉住，她维持不住平衡，整个人扑到了苏清屿身上。

刚刚还闭着眼睛睡得安详的某人，此刻哪儿还有半分的迷惘，蔚玖意识到自己被戏弄了，忙着挣扎：“你怎么还没睡……”

苏清屿皱着眉，故意懊恼道：“在想要怎么讨好你的好朋友。”

“啊……”蔚玖当真了。

苏清屿笑道：“她好像对我有很大的意见。跟我说说是怎么一回事，嗯？”

他一边说，一边扶着蔚玖在自己怀里调整了一个位置，有些感叹：“怎么这么轻？”

蔚玖想了半天，不知道该不该把真实的情况告诉苏清屿。其实这些天以来，她也有点被归巧洗脑了，不知道当初他为什么没有直截了当地告诉她，他就是小格舅舅。

蔚玖趴在他胸口上，小声说：“你……什么时候认出我来的呀？”

苏清屿其实有些料到小姑娘的困扰了，低声说：“第一次见到你的时候，你紧张成了一个小结巴。”

画面感立刻出来了，蔚玖脸热到不行，害羞地揪了揪他的衣服。

“是谁叫我苏老师的？”苏清屿继续笑她。

“可是你一直逗我……”蔚玖控诉道，那时候有一阵子很害怕，害怕自己一直以来信奉的人不像自己想象中的刚正不阿，更害怕自己沉寂了多年的喜欢湮没了现在所谓的“崇拜”，自己沦为一个“不忠者”。

“是我不好。”苏清屿苦笑着承认，然后说，“蔚玖，我也会紧张。”

蔚玖有些发愣地抬头看他。

“不知道要怎么和你说，也会害怕你知道了会不会逃得更远，因为这实在是太巧合了。”苏清屿目光灼灼地看着她，更巧合的是什么，他没有继续说。

“我没有你想象中的那么完美，我也会犹豫，也会冲动，也会紧张。”苏清屿抚着蔚玖的脖颈，吻在她的额头，“都是因为你。”

蔚玖没有说话，只是鸵鸟一样重新把小脑袋埋在了他胸口上：“我有点困了……”

苏清屿闷声笑，也不戳破小姑娘的害羞，坐起身子把她横抱起来，一直走进屋子里。

"你睡这里吧……"蔚玖犹豫着还是说了出来，"归巧睡觉很死的，明天她肯定很晚起床，她不会发现的。"

"怎么感觉像是在偷情？"苏清屿无奈地笑。

蔚玖这几天跟他住一起都是穿着胸衣睡的，那天亲密的时候发现是，现在苏清屿抱着她也感受到了。他低声问了出来："穿着这个睡不会不舒服吗？"

蔚玖一时没有反应过来，过了几秒，感受到他因拥抱的姿势食指触碰的位置，立刻红了脸："还好……"

"脱了吧。"苏清屿说得一脸严肃，活这么大了，他虽然没什么实践经验，但基本的常识大多还是懂的。

蔚玖没说话，在他怀里装死。

苏清屿笑着把她放到床上："我帮你脱？"

蔚玖立刻惊恐地从他怀里钻出来，被他调戏得脸红得滴血："我自己来……"

偏偏那人还这么赤裸裸地盯着她，活像一个检查学生有没有认真做作业的老师。蔚玖只得钻到被子里，窸窸窣窣，听着这微小的动静，苏清屿深呼吸了好几次，觉得真是自讨苦吃……

蔚玖终于脱好了，把胸衣攥在手掌里藏到一边，然后面色红润地看了一眼苏清屿，犹犹豫豫，还是钻进了他怀里。

隔天，归巧最后一个起床，果然没有察觉到异样。两个人好好地在南市玩了一场，一直在两天后的早上才回程。到机场的时候，蔚玖突然接到了蔚井宏的电话，她才想起来昨晚她又忘记给蔚井宏打电话了……

这几天瞒着蔚井宏出来，又跟苏清屿亲密不少……蔚玖有一种做了坏事的心虚感，避开苏清屿和其他工作人员接起电话。蔚井宏其实很少给她打电话过来，因为她总是记得打过去，所以这样打过来多半是有什么事情。

“爸爸，怎么了？”

蔚井宏的声音听起来和往常没什么不同：“昨晚怎么没有打电话过来？”

蔚玖一愣，蔚井宏从来不会问这样的问题，她有些支吾起来：“昨晚聚餐了，太晚了……”

蔚井宏问道：“什么时候回来？”

“现在就在机场，快中午就会到家了。”蔚玖乖乖说。

“好。”蔚井宏没再说什么就挂了电话。

蔚玖觉得有些奇怪，但这时候广播响了，要登机了，她连忙跑去跟大家一起。

苏清屿问她：“怎么了？”

蔚玖摇摇头：“没事。”

接近中午的时候，苏清屿先把归巧送回家，然后又把蔚玖送到楼下。虽然那日的亲昵让蔚玖害羞了一整晚，但不得不说两人之间似乎变得更紧密了。

蔚玖走下车，苏清屿跟她嘱咐：“我后面一阵子演唱会很多……照顾好自己。”

蔚玖点头：“不要太累了……”

两人说了很多交代的话，郑一和李哥在前排目不斜视，假装听不见。

蔚井宏站在窗台上，一动不动地盯着蔚玖在那辆价值不菲的车旁，跟车里的人在说些什么，从他的角度只能看到车内男人的肩膀。

他攥着拳头，心中怒火中烧。这时候，车内男人突然把蔚玖身子拉低了。虽然两人的动作被窗台旁边的遮挡物挡住了，但不用想也知道发生了什么，然后蔚玖动作轻快地跑开了，盯着车子一路开走。

蔚井宏目光晦暗地盯着车子驶离。

三

蔚玖开门的时候，没有察觉到有什么异常，也理所当然地以为蔚井宏不在。毕竟这样的时间，蔚井宏一般都是在外面出车的。她坐在小床上收拾着行李，隐约听到有脚步声，疑惑地抬起头，看到蔚井宏从里面的卧室出来。

“爸爸？”蔚玖诧异，“您怎么在家？”

“蔚玖，你跟我说实话。”蔚井宏面含愠色地看着她，语气里是从未有过的严厉，“你这几天去干什么了？”

蔚玖愣住，脑子突然有些发蒙。

“刚刚那个男人是谁？你跟他发展多久了？”

“我……”蔚玖脑子嗡的一下，方才在机场察觉到的隐隐怪异，终于找到了源头，爸爸怎么知道了……

“你竟然也会跟爸爸撒谎了。”蔚井宏眼里有淡淡的失望，让蔚玖很难受。

蔚玖慌了：“对不起爸爸……刚刚的是……我男朋友，还没来得及跟您说……”

“所以就骗我？”蔚井宏声音渐起，“还是你那个男朋友的主意？”虽然听起来是在猜测这种可能性，但蔚井宏显然认为蔚玖是被哄骗的，她那么乖，怎么可能会做出骗自己的举动？

“我知道错了，对不起，对不起，爸爸……”蔚玖自知理亏，只能反复地说对不起。

蔚井宏深吸一口气，回想起齐彦口中的描述，本来他不愿相信，但方才看到蔚玖从那辆昂贵的车中下来的场景，却狠狠地打了自己的脸。

“赶快跟他分手。”蔚井宏毫不留情地下了指令。

蔚玖自责的心被吓得仿佛停跳了一瞬，下意识摇头：“爸爸，他很好……”

“他很好，你会骗我，然后跟他出去？”

“我……”

“别跟我说了。”蔚井宏不为所动，“我出去拉活儿，晚上回来吃饭。”

门“砰”的一声被关上。

蔚玖脸色苍白地坐在床上。按照往常，她一定会听蔚井宏的话，可这次不一样，是苏清屿……

她怎么会舍得？

蔚玖冷静了一会儿，还是没有明白蔚井宏为什么这么生气，她和蔚井宏从来没有聊过关于恋爱的话题。在蔚玖的印象里，蔚井宏是非常保守的，她也是，所以在他们这个小家里，恋爱似乎是默认的被避开的话题。

是不是爸爸不同意自己谈恋爱？蔚玖想。

奇怪的是，那天过后，蔚井宏像什么都没发生过一样。如果不是那天他暴怒的样子让蔚玖印象过于深刻，恐怕她会觉得那是一场可怕的梦……

饭桌上，父女俩话着家常，蔚井宏还给蔚玖添菜，和谐的氛围让蔚玖心中的不安少了些。

她停住筷子，想起来一件事：“爸，我下学期第一个月可能都没法回家了。”

一个月？蔚井宏夹菜的动作一顿。

老张今天和蔚井宏一起等活儿的时候说，他女儿骗他说学习忙，前不久一个月没回家，原来是和男朋友同居了，气得他脱了鞋子就把那小子揍了一顿。

蔚井宏的心里已经波涛汹涌了，但面色如常："怎么这么久，在学校做什么？"

蔚玖老实答："我们班的同学都说，每学期最麻烦的作业留在最后耽误大家回家，而且和其他的考试堆在一起容易分不出精力，所以老师就把最后的大作业挪到开学做了。"

隐约感觉到爸爸问话的语气不对，她抬头笑："我也舍不得您。"

"咳——"蔚井宏呛了一下，面色有些不自然，但他显然还是不信大学能有什么考试任务重到要一个月不回家。

那天的盛怒是真的，但是他出了家门想起蔚玖脸上害怕的神情后，却有些后悔。其实他相信以蔚玖的乖巧程度，此刻应该是已经听从他的要求，和那个人分手断干净了，但毕竟蔚玖有"前车之鉴"，他还是有些不放心。

他不动声色地转移话题："这么快就到下学期了，又一年了。"

蔚玖接道："嗯，马上就大三了。"

蔚井宏夹了夹手里的空筷子："爸前几天看新闻，说你们学校男女比例一比一。"

蔚玖有些诧异爸爸对这个东西感兴趣："对，但是我们建筑学院女生多一些，男女生比例是一比二。"

一比二……蔚井宏在心里默默念了一遍，还算是肉多狼少。

"噢。对了，今天老张和我说，他家茵茵谈恋爱了。"

蔚玖顿住，原来爸爸是要和她聊这个话题，是……要问她有没有和苏清屿分开吗？

"是吗？"她觉得气氛有些尴尬，没敢抬头。

蔚井宏细细观察着蔚玖："爸不是那种封建的人，大学又不忙，所以支持你现在谈朋友。"

"啊，"蔚玖有些不知所措，蔚井宏不是……不是才知道她有男朋友了吗？现在是什么意思……

她胡乱地解释：“挺忙的其实……”

蔚井宏的语气突然认真起来：“但是不管怎么样，知根知底前，都得保护好自己。”

蔚玖“哦”了一声，莫名有些心虚，躲避着爸爸的视线，急着点头。

蔚井宏看女儿的样子也不像会瞒着自己，伸手给她夹了一筷子菜：“来，接着吃饭，都是你爱吃的。”

蔚玖：“好。”

蔚井宏的态度和往常依旧没什么差别，但这让蔚玖莫名有些发慌，蔚井宏好像刻意在回避蔚玖有“男朋友”这个事实。她迟迟没有想通是怎么回事，这阵子苏清屿又变得很忙，各个城市之间飞来飞去，两个人没有时间见面，蔚玖也不想把烦心事分享给他，让他也烦恼。

直到一天周末，蔚井宏中午回家吃饭的时候，告诉蔚玖：“晚上和你齐叔叔吃饭，记得去。”

蔚玖有些尴尬，上一次她就是骗蔚井宏推掉了和齐叔叔的邀约，她急忙点头答应。

两家的爸爸过于熟识，所以也没有搞什么场面，约定的地方是一个挺普通的小餐馆。蔚玖先叫了声齐叔叔，然后尴尬地冲齐彦点头。不知从什么时候开始，她总是在拒绝齐彦，和他保持距离，今天却要在父辈面前保持恰到好处的熟络。

齐彦倒是很自然，还很贴心地给蔚玖拆好碗筷，递给她。

“谢谢。”她小声说。

齐应怀将两人的小互动看在眼里，放声笑了笑：“是男人了，照顾点女生应该的。”

“爸，您这话说得好像随便哪个女生我都会照顾一样。”齐彦半开玩笑地这么回了一句。

齐应怀哈哈大笑，然后看向蔚玖，像是解释般："小玖，可别误会了，我做证。"

蔚玖被他们的对话搞得有些愣怔，蔚井宏对上齐应怀使过来的眼色，佯装看了别处，余光瞥到来上凉菜的服务员，伸手拉了拉蔚玖："小玖，挪一挪，上菜了。"

"挪一点儿就行，麻烦您了。"服务员在一旁道谢。

蔚玖听话地挪凳子，一打岔，也就忘了刚刚的小插曲。

让蔚玖感到非常不自在的是，这样的四人聚会，当然是她和齐彦两个小辈坐在一起，而齐彦也丝毫没有避讳，甚至对蔚玖特别照顾，这个场面让她拒绝也拒绝不得。

齐应怀看得开心，状似无意地问蔚玖："小玖，上大学两年了，谈没谈朋友？"

说这话的时候，齐彦刚给蔚玖添满了果汁。蔚玖无奈到不行，她这杯果汁才只喝了半杯，而且也并没有继续喝的打算，齐彦却"绅士"地为她添满了。

听到齐应怀的话，蔚玖愣了下，有点羞于在长辈面前提起这个话题，也就是这几秒的耽搁，蔚井宏就笑着替她搭话了："小玖还小，哪会谈朋友。"

"不小喽，"齐应怀摇头，看蔚玖没有否认的意思，大喜过望，"现在谁家的孩子上大学不谈个朋友的？"

说完，他看了看齐彦："你可不能跟齐彦学，一天天的就知道死读书，跟着导师混，恋爱也不想着谈。"

蔚玖咬着唇点头，隐隐觉出这个场面有些诡异了，但对于父亲的敬重让她根本无法开口反驳蔚井宏刚刚替她给出的答案。

齐应怀以为她害羞，哈哈大笑，又和蔚井宏喝了一杯酒。

餐馆离蔚玖家不远，就在蔚玖和齐彦实习的剧组旁边。几人吃完饭，蔚井宏邀请齐彦父子俩去家里做客，路程不远，步行就可以，当作饭后散步，唯一不足的就是，外面飘起了绵绵细雨。

蔚井宏抬头："还真下雨了。"

"是啊，幸好我带伞了。"齐应怀从齐彦那里接过伞，"我儿子让我带的。"

蔚井宏笑了笑，也撑开伞："巧了，小玖特意在我出门前跟我说，让我记得带伞。"

"哈哈，"齐应怀心情大好，"两个孩子连性格都像。"

齐彦歪头看蔚玖，眸子中透露出赞赏。蔚玖心里那种古怪感越发强烈……

打起伞，蔚井宏下意识跟上女儿，却被齐应怀拉住："人家小年轻肯定不乐意跟我们这种老家伙说话，你凑上去干什么？"

蔚井宏皱眉道："我还是觉得小玖是不是太小了。"

"不小了，等毕业了都二十一岁了，再读个研究生二十三岁，工作了以后也遇不到这么知根知底的人了。而且刚刚咱们不是也问了，小玖没有男朋友，你没看出来吗？两人在一起多搭调。"齐应怀用胳膊肘怼了怼蔚井宏。

蔚井宏抬头看着两人的背影，觉得齐应怀说的好像确实不无道理。

"我啊，也就不瞒着你了。"齐应怀低声说，"我家齐彦确实是对蔚玖有意思，我不是单纯想要撮合两人，而是我儿子敞敞亮亮拜托我先拿下你这个岳父！"

蔚井宏道："我也看出来了，齐彦对蔚玖格外关注。"

"我看你家小玖啊，对我家齐彦肯定也有意思，小脸粉扑扑的，那是害羞了呀！"

"你就是认定小玖这个儿媳妇了是吧？"蔚井宏似笑非笑。

"哈哈哈……"夜幕下的两对人，前排一片安静，后排阵阵笑声。

四

爸爸和齐叔叔似乎达成了一种微妙的默契，蔚玖心里有一种强烈的不好预感。果然，到家没多久，蔚井宏再次通知她："明天和齐叔叔还有齐彦一起去他们家亲戚的酒庄看看。"

蔚玖神色有异，但还是点头答应。

转天早晨，一进酒庄，两个中年男人自动走到前面聊起了家长里短，剩蔚玖在后面和齐彦非常尴尬。齐彦起的话头，蔚玖都不知道该接什么，她也想不到有什么可以聊的话题。

没一会儿，蔚玖的手机响了，是苏清屿打来了电话，她偷偷跑到一旁去接。

苏清屿在电话里问她："不在家吗？"

蔚玖小声说："跟我爸爸还有爸爸的朋友一起出来了……"

苏清屿状似无奈地叹气："放假反而比我还忙了。"

"那个……对不起。"蔚玖有些自责，这几天蔚井宏看她有些严，虽然不再提那天的事，但也变相地看管起她来，她不敢在这个关头出去和苏清屿碰面。

"什么时候有时间？"电话信号变得断断续续，蔚玖只模糊听见他问了一句，信号就完全断掉了。酒庄的位置偏僻，又处于地下的位置，她看着消失的信号，只得收起手机回到蔚井宏身边。

逛了一会儿，几人去了市区吃午饭，齐应怀想着酒庄里两人也没怎么接触，立刻跟蔚井宏打眼色："我们两个老家伙继续去喝喝酒，齐彦，你带妹妹去周围转转吧。"

蔚玖心里"咯噔"一下，最不愿看到的场景果然出现了。她下意识看向蔚井宏，眼睛里有些微的恳求。

蔚井宏没看到她神色里的不情愿，只说："两个人注意安全。"

"老家伙们"遁的速度快极了，蔚玖有些尴尬地冲齐彦笑笑：

“你……想去哪里？”

“找家咖啡厅吧，”齐彦目光炯炯，“我也有些话想和你说。”

蔚玖一愣：“好。”

这家咖啡厅人不算太多，但是做咖啡的师傅只有一个，所以等咖啡的时间漫长又难熬。

蔚玖趁着这时间给苏清屿发消息，跟他解释刚刚电话断掉是信号不好。

齐彦低头瞥了一眼，瞅见备注是一个字：苏。

他攥了攥手心，问蔚玖：“吃不吃甜点？”

蔚玖冲他摇摇头，刚要继续说话，手中的手机又响了。她抱歉地看了他一眼，匆匆低头第一时间回复对方的消息。

齐彦皱眉：“蔚叔叔知道你还在和他联系吗？”

蔚玖一开始没反应过来齐彦在说什么，见他视线落在自己的手机屏幕上，才猛然反应过来，顿觉诧异不已，他、他……怎么会知道？

“蔚叔叔那天跟我说你临时去外地给导师帮忙，所以没办法来吃饭。”齐彦看着蔚玖，继续道，“根本没有什么给导师帮忙的事，蔚玖，从前你不会这样。”

蔚玖不太喜欢他用“从前”这个词，好像他们很熟悉一样。但让她觉得更不能理解的是，她此刻才明白，是齐彦跟蔚井宏捅破了她的谎言。

蔚玖咬唇问他：“你为什么要这样做？”

“蔚玖，我在帮你，”齐彦的表情让她觉得有些陌生，他继续道，“你被苏清屿迷惑了。”

蔚玖皱眉，还没等她开口，齐彦继续说：“他们那些人的感情太不值钱了，而且他们的形象也是被塑造出来的，要不虚伪，要不娘娘腔，不过是有张帅气脸蛋……”

蔚玖有些愠怒地睁大眼睛，完全想象不到齐彦会说出这样的话。

“你太温柔了，以后一定会是一个可以把家收拾得井井有条的贤妻良母，你应该找一个以结婚为目的男朋友恋爱。他跟你在一起多半也就是图个新鲜，他们那个圈子太乱了，苏清屿也不见得是什么好……”

“齐彦！”蔚玖因为气愤已经涨红了脸，她实在不想听到有关苏清屿的无端诋毁，忍无可忍地打断了他，“你怎么可以……”

“不过，我不介意，”齐彦继续说，“我不介意你跟过他。”

蔚玖从这话里听出很多意味，胸中积聚了许多情绪，难堪、不敢置信，更多的是愤怒：“我比任何人都清楚他是什么样的人，虽然我骗了爸爸觉得很自责，但是我对你的行为更鄙夷。”

“班长，”她重新叫齐彦这个生疏的称号，“我没想到你是这样的人。”蔚玖第一次对人说话这么不留情面，扭头就走。

情绪上头得快，蔚玖不会吵架，只能自己生闷气，闷头自顾自往前走了很远，愤怒的感觉终于宣泄大半。她这才意识到自己竟然就这么冲动地走了，一会儿要怎么跟蔚井宏交差……但要她回去再面对齐彦的脸，她也是万万不能接受的，一个人的身上竟然会有截然不同的两副面孔，她实在不能想象，甚至觉得有一些毛骨悚然。

冷静下来以后，她摸出手机给归巧打了个电话，大概把这件事说了一遍。

归巧很吃惊：“啊？齐彦？”

“是。”

“有病吧，‘直男癌’简直！”

蔚玖想不通：“他怎么突然就变成这样……”

“真的有病吧，说什么他不介意？凭什么要他介意啊？”归巧在电话里也跟着气炸，“我跟你说，这种人就是典型的吃不着还要恶心你，估计是知道你跟苏清屿在一块儿受刺激了。等等……你老爸要撮合你俩？”

“好像是……”蔚玖忧心忡忡，“我爸爸特别听齐彦爸爸的话……”

“齐彦肯定是抓准了这点，而且你根本不敢反抗你老爸。”

蔚玖也是不知道要怎么办了：“我现在要回去吗……”

归巧要被她气晕：“回去什么啊，跟那种‘直男癌’呼吸同一片空气，都觉得恶心，还贤妻良母，祝他以后娶个保姆。”

“可是搞砸了，我怕我爸爸生气……”

“你回不回去他都会生气，”归巧安慰她，“没事，大不了今天晚上来我家住。”

蔚玖挂断电话，自己一个人在街上漫无目的地走，走着走着才发现这个地方离苏清屿家特别近。

如果不是刚刚与齐彦闹了那一出，蔚玖都快想不起自己从前也曾因为苏清屿和别人争得面红耳赤。原来过了这么多年，她还是不能接受别人对他的诋毁。先前郁积的阴郁的情绪有些消散，蔚玖没多犹豫，也没事先知会苏清屿，自己一个人溜达到了别墅的门口，想给他一个惊喜。

门被打开，苏清屿果然意外地看着她：“怎么过来了？”边说边把蔚玖拉进玄关。

蔚玖把围巾解开，刚刚所受的委屈因为他稍显飞扬的神色顿时一扫而光。她大起胆子，声音却很小：“想你了。”

苏清屿的表情瞬间有些精彩，蔚玖没等到温柔的拥抱，小心抬起头，他轻咳了一声，脸上的表情已经变成不自然。

“蔚玖来啦？！”袁清脆亮的声音在苏清屿身后响起。

蔚玖蒙了，后知后觉脸腾地红了：“袁、袁阿姨……”天啊，她刚刚说了什么……

苏清屿笑了一声，把蔚玖拉过去微微挡在身后。袁清有些暧昧地看着两人，倒也没打趣，笑着说：“蔚玖来得刚好，今天做的东西太多了，现在才让清屿吃上午饭，一起吧。”

蔚玖连忙摆手："我刚刚吃过了……"

袁清还是很热情："没事，那就喝点粥，养胃的。"

说到这里，袁清皱起眉头，有些责怪地看着苏清屿："你不知道清屿有多让人不省心，他胃本来就不好，自己还总是吃了上顿忘记下顿，一点都不注意。为了过来给他做饭，我预约好的美容都没去做。"

苏淮永从厨房里走出来，手上端了一碗鱼汤，跟蔚玖点头示意一下，接过袁清的话："你不过来，你儿子也许早就正点吃饭了。"

蔚玖眼睛转了转，寻到墙上的钟表，原来已经两点钟了。她有点想笑，但拘谨地不敢作声。

苏清屿低头问她："不是跟你爸爸出去了？"

蔚玖有些僵硬地摇摇头："后来又没有了……"

苏清屿觉得蔚玖的反应有些不同寻常，正要继续问，袁清先插了嘴："蔚玖爸爸？在附近吗，也叫过来一起吃饭啊。"

蔚玖顿时脸红，急忙摆手。

苏淮永把鱼汤放到桌子上："你作为人家的老师，也应该有点老师的样子……这么碰面也太随意了。"

"这样吗？"袁清想了想，好像也确实是这个道理，"对了，蔚玖爸爸是做什么工作的？"

"我爸爸一直开车，现在在开网约车。"蔚玖有些紧张，苏清屿适时悄悄包住她躲在身后的手，她有些放下心来，老实答道。

"哦？"袁清的音调转了好几圈，然后逐渐惊喜，"那岂不是时间很自由，我们想什么时候见面都可以了？"

"整天想着见面见面，你别把人家小姑娘吓着。"苏淮永实在听不下去了，把袁清拉过来，"快来把饭做完。"

蔚玖整个人顿时轻松不少，不禁弯了弯嘴角。

真正坐在饭桌上的时候，蔚玖还有些拘谨，端正地坐在餐椅上，用汤匙小口小口喝汤，不时应对着袁清抛过来的各种好奇的问题。

快吃完的时候，袁清看了看时间，有些惋惜自己今天的美容没做成。正惋惜着时，她忽然想到什么，问蔚玖：“你妈妈平时都喜欢什么啊？”

蔚玖一愣，苏清屿反应更迅速，立刻抿起唇打断：“妈。”

不过，蔚玖只是停顿了一秒，继续说：“我妈妈也喜欢做美容。”

“真的吗？！”袁清很兴奋，“还喜欢什么？”

蔚玖想了想：“她很喜欢出去玩，只要周末都会出去附近自驾游。”

“那很好啊，”袁清有些羡慕，“刚好你爸爸可以开车带着她到处玩了。”

蔚玖纠结了一下措辞，慢慢道：“我是说我的养母……”

怕自己没解释清楚，蔚玖伸出两根手指：“我有两个爸爸。”

苏清屿偏头，听着蔚玖平静又自然地讲着不同寻常的事，他突然觉得自己好像一点都不了解她。她成长了太多，他却还是总会把她当作那时候那个懵懂无措的小女孩儿。

吃过饭，蔚玖没再多待，她心里还是不踏实，毕竟现在算是偷跑出来。

苏清屿开着车，问蔚玖：“别紧张，我妈……就是那样，是因为太喜欢你了。”

“嗯。”蔚玖点头，突然有些心神不宁，不知道齐彦有没有和爸爸还有齐叔叔会合，也不知道爸爸会不会生气。思考再三，她拿出手机给蔚井宏打电话，想要主动承认错误。

奇怪的是，听筒里传来的是“您拨打的用户已关机”，蔚玖觉得有些奇怪，不死心地拨了好几遍。

苏清屿歪头看她沉默半天，问：“怎么了？”

蔚玖摇头：“打不通爸爸的电话。”

“没事，一会儿回家不就见到了。”

“哦，对，我不是回家……”蔚玖猛然想起来，“我爸爸他们现在应该还在……”

话没说完，蔚玖的手机响了。

“喂，爸爸？”蔚玖下意识以为是蔚井宏用齐应怀的电话打来的。

“不是，我是齐叔叔。”

“齐叔叔，我爸爸手机怎么关机了？”她明明记得出门的时候，蔚井宏才充好电的。

“老井手机摔坏了，小玖，你听齐叔叔说啊……”

这个话头让蔚玖莫名有些不好的预感，她开始惴惴不安起来。

“你爸爸刚刚下楼的时候绊着了，摔了一下……我们现在在医院里。”

蔚玖脑子嗡的一下，顿时蒙了。

第九章

他不想再经历那样的一次告别

一

苏清屿察觉出蔚玖的神色很不对劲，他把车停在路边："蔚玖，怎么了？"

一瞬间的惊吓让蔚玖的脸色有些发白，她回道："我爸爸摔倒了，现在在医院……"

苏清屿愣了下，立刻问："在哪个医院？"

蔚玖下巴有些颤抖："齐叔叔，你们在哪个医院？"

"中心医院，齐彦也在这儿，你怎么没跟齐彦在一起？"

蔚玖此刻无心解释跟齐彦发生的事情，匆匆回道："我现在就过去。"

苏清屿脚踩油门，立刻掉头往医院走。

蔚玖身子微微颤抖着，眼前浮现出很多个画面。

那时候，蔚井宏在开夜车，是那种装满货的挂车，曾经出过两次特别大的车祸。第一次是和蔚玖相见前；第二次出车祸的时候，蔚玖十四岁，才刚刚跟蔚井宏团聚没多久。这样的车祸对这个小家来说无疑是灾难，且这灾难毫无预兆。车子撞到完全报废掉，蔚井宏却两次死里逃生，见过报废车子的人都说撞成这样车主还活着，真的是个奇迹。

蔚井宏伤好了以后继续上岗，还是从事开挂车的工作，他膝盖上的伤就是那之后造成的。那时，蔚玖跟蔚井宏还不太熟，她不敢提出什么反对意见。只是从那以后很长时间，只要蔚井宏开夜车，蔚玖就整夜睡不着，但又不敢给他打电话，怕打扰他开车。

蔚玖的鼻炎就是在那一阵子有的，本来就刚到一个陌生环境没多久，又突然碰到这样的事情，自己一个人在被子里害怕得直哭。蔚井宏完全没有照顾孩子的经验，他察觉到蔚玖生病的时候，已经发展成了慢性鼻炎了。

后来，她大了一点，和蔚井宏相处久了，也熟悉了一点，才求他换了一个工作。

想着想着，蔚玖的眼眶有些红了，齐叔叔说好像伤到了膝盖……

苏清屿担忧地看着蔚玖："蔚玖，很快就到了。"

"嗯。"蔚玖攥着手指，低声回答。

苏清屿舔了舔嘴唇，右手握住她的手。

两人到医院的时候，苏清屿要跟着下车，蔚玖忙拉住他："我自己去就好。"

苏清屿知道她在担心什么，但他同样知道她有多担心蔚井宏，蔚井宏在蔚玖心里好像是一道不可被触碰的逆鳞。

但那种懦弱好像只存在于五年前的私信里，苏清屿看着蔚玖此刻可谓冷静的模样，心里有些发疼。

"真的，我自己去就好。"蔚玖又重复了一遍，"里面还有齐叔叔。"

苏清屿突然抱住她："蔚玖，你冷静点。"这么抱着才发现她整个身子都是冷的。

"别害怕，不会有事的。"

蔚玖眼眶更红了，低低"嗯"了一声。

蔚井宏伤到的的确是膝盖，原本因为旧伤，膝盖就很脆弱，逢下雨下雪的天气就酸痛到不行，这下外力一刺激，新伤旧伤一起来，情况很糟糕。

她找到齐应怀的时候，他和齐彦在诊疗室外面。

"齐叔叔……"蔚玖问，"我爸爸怎么样了？"

"大夫说要给他换个膝盖，不然就废了……"

蔚玖蒙了下："换膝盖？"

"对，大概能维持十几年。大夫说换的话肯定没问题，但是老井死活不同意……”

“为什么……”话说出口，蔚玖却隐隐猜到了理由。

“他嫌太贵了。”

果然，蔚玖心里难受得紧，问：“多少钱？”

“一般的小十万，好一点儿的十几万。现在他在里面包扎伤口，小玖，你一会儿再劝劝他，怎么能不听医生的呢？”

听见有解决办法，而且手术费用并不是天价，蔚玖提着的心归位了：“我会的。”

等待的时间，蔚玖自己在心里预演了好几遍，一会儿要怎么说服蔚井宏。蔚井宏就是那种对待自己身体很将就的人，即使再疼痛难忍，也只会买几张廉价的膏药贴贴而已。像这样十几万的花销，而且只维持十几年，他是绝对不会同意的。

况且，家里的存款是掌握在蔚井宏手中的，其实林林总总加一起应该是够的，大不了把车也卖了。只是蔚玖怎么想都猜得到，蔚井宏绝不会轻易把钱交给她。

她走到没人的地方，打开手机微信，出现在第一个的当然是苏清屿。但蔚玖几乎没有犹豫，继续往下翻了翻，很快找到归巧。

她给归巧拨过去语音通话，归巧很快接起来：“怎么了？那个‘直男癌’还在骚扰你？”

“没有，”蔚玖摇头，“我现在在医院。”

“医院？”归巧的脑回路很清奇，“他打你了？”

“不是……”蔚玖无奈，“我爸爸刚刚摔到膝盖，在医院里包扎伤口。”

“啊，这样，”归巧有些悻悻道，“很严重吗？”

“还……可以，”蔚玖其实觉得这样的情况很好了，“只是我有个事情想要你帮忙……”

“没问题啊，我能帮得上？要找专家吗？我可以去问问我爸。”

“不是，想……找你借点钱。”纵使这么熟悉，蔚玖开口的时候，依旧有些尴尬。

“欸？”归巧一开始没想到是借钱，纯粹是因为自己从小生活得太养尊处优，压根没想到蔚玖在医院找她帮忙会是因为缺钱。

她想也没想就回道：“没问题，媳妇，知道吗？能用钱解决的问题都不是问题。”

虽然早就猜到归巧会如此爽快，但蔚玖依旧因为她不问理由、不问数目的信任而感动。蔚玖低声说：“数额有些大，可能要麻烦你找叔叔周转一下了，不过，我很快会还你……”

“多少？”

“大概……十几万。”蔚玖说着自己的打算，“现在我爸爸不太同意做手术，所以我肯定没有办法从他那里拿到钱……但是如果是找人借钱做了手术，他也拿我没办法，肯定要还的。”

“哈哈哈，先斩后奏嘛，你个小机灵鬼。”

“实在没办法了……”蔚玖叹了口气，刚想继续说话，手机却突然被抽走。她猛地抬头，是苏清屿，他戴了一顶鸭舌帽，目光无奈又严肃地看着她。

蔚玖顿时有种被抓包的感觉……

苏清屿拿着手机，看通话还在继续，对着话筒说了句：“谢谢，我在这儿，不用了。”说完，就结束了通话。

蔚玖低下头不敢看他，不知道他目光里隐隐的不悦是不是她想的那样，也不知道他在这里待了多久，听到多少。其实刚刚翻手机的时候，她有过 0.01 秒的犹豫要不要找他帮忙，但是太羞于开口了，所以这个想法诞生了 0.01 秒就被迅速否定。

如她所料，苏清屿把手机重新塞回她手里，头顶传来的声音有些清冷：“为什么不找我？”

“我……”蔚玖吞吐了一下，还是没能说出理由。

苏清屿有些不忍心了，软下声音道：“蔚玖，我是你男朋友。”

没再多言，苏清屿低声交代她：“郑一在那边。”

她一抬头，果然，郑一在走廊尽头的座椅上低头玩手机。

“一会儿他带你去交费。”

“我……”

“怎么？”苏清屿低头睨着她，“刚刚不是要先斩后奏吗？”

蔚玖闭了嘴巴，似乎也觉得有些理亏，乖乖应了，只是还是添了句生疏的：“我很快会还你……”

苏清屿使力捏了捏她的手：“先去忙，回去找你算账。”

有了钱，手术费交得很顺利，蔚玖跟医生约好手术时间，好好谢了一通郑一，然后捏着缴费单回到诊疗室门口，刚好赶上蔚井宏被轮椅推出来。

他脸色很不好，蔚玖看在眼里，知道他现在一定很疼。

几人将蔚井宏推到病房里。安顿好后，蔚玖小心翼翼地把手术缴费单给蔚井宏：“爸爸，我刚刚跟医生约好手术时间了。”

“手术？”蔚井宏的膝盖因为打麻药还很麻木，但是意识很清醒，皱眉道，“爸不做那玩意儿。”

“可是……钱已经交完了。”蔚玖硬着头皮道。

“什么？”蔚井宏大吃一惊，同样吃惊的还有齐彦和齐应怀。

这可不是几百块，蔚井宏下意识以为是自己的老友垫付的这一大笔钱，但抬头看过去，也是两张不明状况的脸。

他猛然想到什么，目光严厉地看向蔚玖：“你老实跟我说，那笔钱从哪里来的？”

蔚玖咬唇，看着蔚井宏愠怒的表情，本想撒个谎说是从归巧那里借的，但是她实在没办法继续骗蔚井宏了……

她小声说：“我男朋友……”

“好……好……”蔚井宏怒极反笑，支起身子却因腿部的麻而一阵皱眉。蔚玖却以为他牵扯到了伤口。

“爸爸……”蔚玖站起身来想扶住他，却被蔚井宏甩开。

“别叫我爸爸，你看看你跟那个人在一块儿以后都做了什么事情！”蔚井宏想跟蔚玖一件事一件事细数，却碍于齐应怀父子还在这里没能开口。

齐应怀没搞清状况，问：“什么？老井……不是说小玖没有男朋友吗？”

蔚井宏没答，继续问蔚玖：“你现在不听我的话了是不是，那天我就说要你和他分手！”

这时候，门外突然进来一个戴鸭舌帽的男人，他微微抬起头，平静地对上蔚井宏愤怒的眼神：“伯父。”

二

屋里的三个人都愣了。齐应怀的反应最大，他不敢置信地看着有过几面之缘的苏清屿：“清屿……你怎么在这里？”

苏清屿看见齐应怀也诧异了一瞬，不过看到齐彦很快反应过来，这才想起来，原来蔚玖口中的齐叔叔是齐彦的父亲。因为苏清溪的关系，他跟齐应怀这个亲家见过几次面，他冲齐应怀点点头。

蔚井宏皱着眉。

苏清屿摘下帽子重复了一遍：“伯父好，我是苏清屿。”

蔚井宏不合时宜地觉得这个名字似乎有些耳熟，但在下一刻就完全将这一闪而过的想法抛在了脑后。因为，苏清屿伸手把蔚玖拉到身旁，解释道：“蔚玖的男朋友。”

蔚玖很紧张，不知道苏清屿怎么会突然出现在这里，也不敢想他这个行动会给这个场面造成多爆炸的影响。

蔚井宏打量了一眼苏清屿的面相，深吸一口气，到底没有冲动到给一个从未谋面的人甩脸色。

他有些疲惫地跟齐应怀说：“老齐……这事儿是我对不住你，要不你跟齐彦先回去，我这儿解决完了，再跟你解释。”

齐应怀其实有些生气，但还是应道：“成，你先休息着，手术那天叫我。”

齐彦看了一眼苏清屿，攥着拳头离开了。

屋里只剩下三个人，蔚井宏好半天都没有说话。蔚玖来来回回看着两人，最后忍不住开口：“爸爸……”

“蔚玖，”蔚井宏叫的她全名，“我只问你，那天我叫你和他分手，你听了没有？”

苏清屿这才知道还有这么个情况，转头神色复杂地看过去。

“听见了……”蔚玖小声回。

“我问的是你听了没有。”

“没有……”蔚玖垮下肩膀。

蔚井宏好像很失望，没再多说了。

苏清屿似乎找到哪里出了问题，他捏了捏蔚玖的手：“先出去待一会儿。”

蔚玖不敢置信地看着他，苏清屿却给了她一个肯定的眼神。她又看看蔚井宏，蔚井宏没有说话，她只好默不作声地离开，关上了门。

这下，屋里只剩两个男人。

苏清屿站在蔚井宏面前，很是礼貌：“伯父，没有提前来拜访是我不对，我也确实是今天才知道您知道我，甚至对我有这么多不满……”

他慢慢问：“可以问一下您对我不满的理由吗？如果您不同意蔚玖太早谈恋爱，那我可以等。”

蔚井宏没有立刻回话，但苏清屿却知道他根本不是不允许蔚玖谈恋爱，从齐应怀的话中就能联想到太多了。

蔚井宏问：“你比小玖大几岁？”

“八岁。”

“娱乐圈的？”

“歌手。”

明明和他知道的信息一样，但蔚井宏看着彬彬有礼、条理清晰的男人，觉得和齐彦口中描述的，他想象中的男人形象似乎有些大相径庭，好像有些字眼本身就自带不好的光环。

但蔚井宏聚集了半天的气不可能一时间消完，他看着苏清屿：“小玖从不骗我。”

苏清屿观察着蔚井宏的细微表情，稍稍松了一口气，想起蔚玖笑了下：“是，她本来就不会骗人。”

“可是因为你，她骗了我。她是不是跟你出去了三天？”

苏清屿点头，是演唱会的那三天。

“那天本来是定好了跟老齐和齐彦出去吃饭的。”蔚井宏慢慢说，“小玖太听话了，我根本没想到我要她分手，她竟然还在偷偷和你联系。”

苏清屿突然有些生气和心疼，他这么敏锐的人竟然丝毫没察觉到他的小姑娘这些天在顶着这样的压力和他发消息，但更让他生气的是蔚井宏强烈的控制欲。

“您没有问过她吗？”想到蔚玖刚刚耷拉着脑袋看蔚井宏脸色的样子，苏清屿也不怕顶撞自己未来的老丈人了，继续说，“或者，您有听过她解释吗？”

蔚井宏一下子沉了脸：“你什么意思？”

苏清屿却没答，反问：“您有想过为什么她这么听话吗？”

蔚井宏竟然有些被问愣了，他当然没有想过这样的问题。在他的印象里，蔚玖本来就是乖巧温顺的，像是理所当然的。

“因为来之不易，所以才不敢顶撞您，事事依着您，她太珍惜了……”

“来之不易。”蔚井宏重复了下这四个字，看向苏清屿的目光有些复杂。

苏清屿这么说着，突然也有些愣了，他在这一刻觉得自己和蔚井宏似乎并没有什么两样，不过是仗着她喜欢，所以肆无忌惮。

那时候，她拖着疲累的身子来见他是，上次要她来看演唱会也是，虽然是问了她，但他其实诱惑了她。他们给她的似乎都是命题，而不是选择题，从来没有问过她的意见怎么样，她太温顺了。

两个男人默契地沉默了。

苏清屿先开口：“伯父，我也有很多需要反省的地方，但我们的目的是一样的，都希望蔚玖发自内心地快乐。”

蔚井宏看向他。

“我并不是希望迅速得到您的认可，我只希望您尊重一下蔚玖的意愿。她是一个人，有思想，脾气再温和，也会有委屈和不高兴的时候。

“还有我需要最后解释一下，手术费是蔚玖怕您舍不得，所以先来找我借的，只是为了让您不得不拿出存款，您应该比我更清楚她是什么样的人。”

看蔚井宏没有再说话的意思了，自己也该点到为止，苏清屿冲他颔首：“伯父，我先出去看看她，一会儿就先离开了，下次手术的时候，再来看望您。”

蔚玖看到苏清屿从屋里出来，先瞅了瞅四周，然后把他拉进楼梯间。

终于安全了，蔚玖没问他们说了什么，先低下头：“对不起……”

对不起的事情太多了，没在遇到问题的时候第一个找他，也没告诉他蔚井宏逼她和他分开的事，更没告诉他蔚井宏一直在撮合她和齐彦……

原本苏清屿确实是有些不快，也打算好好和蔚玖谈谈这个问题，但经过刚刚和蔚井宏的谈话，他却舍不得了，心里酸涩不堪。

他把蔚玖抱进怀里，低声哄着：“最近是不是受委屈了？”

其实本来是没有觉得有多委屈的，蔚玖只是觉得面对蔚井宏的逼迫不知道要怎么办，但被苏清屿这样说出来，有人疼了，所有压抑着的委屈突然涌上来。

“没有……”话说出口，蔚玖就脸红了，声音里的鼻音太重了，她吸了吸鼻子，把脸埋进苏清屿的胸口。

“小骗子。”苏清屿笑了下，右手在她背上轻抚了很久。

蔚井宏独自在屋子里待了很久。

他是一名普通又传统的父亲，没有太多文化，思想也没有很深刻，独自来这边寻找蔚玖以后，也陆续和老家的兄弟朋友断了联系，这么多年每天载的乘客来来往往，真正的朋友却只有齐应怀一个。

从没有人跟他说一些像苏清屿今天跟他说的话，也从没有人说他这样对待蔚玖是错的。

蔚玖也没有。

是啊，蔚玖怎么会跟他说自己错了呢？她唯一跟他生气的时候，也是在气他不顾自己的身体，却每次都犟不过自己，一个人偷偷抹眼泪。

怎么会……这么乖呢？蔚井宏有些怅然，想起和蔚玖的第一次见面。

或者应该说是，重逢。

蔚玖和蔚井宏住的是郊区一套四十几平方米的小房子。那还是蔚玖的养父母借钱给蔚井宏，在当初房价没被炒得这么热的时候，建议他买的。蔚井宏常常庆幸女儿是由那一对知识分子养大的，才能是现在这么优秀的样子。

他把蔚玖接来的时候，她已经十四岁了，而分开的时候，她只有三岁。他本以为十几年的时光让一个在优越条件下成长，又已经形成独立人格的十四岁女孩儿叫他“爸爸”，是一件难于登天的事。

可他永远忘不了在警局的那个早上，他看着和亡妻三分相似的蔚玖，哽咽得不敢上前，小心翼翼地问她：“小玖，你……还记得……”

“爸爸”两个字险些脱口而出，又被他生生咽了回去。最后，他只是说：“还记得……我吗？”

蔚玖看着他的脸，努力回想了很久，还是摇了摇头。他的肩膀塌下去，但还是维持着笑容：“没关系，那么多年，你又那么小，怎么可能……”

话还没说完，蔚玖的视线往下，最终落在他的手指上。她似乎踌躇了一下，但还是鼓起勇气走到他面前，轻声说“但我记得这根小指。”然后像两三岁时候那样，寻着他的小指握住。

那时，她十四岁的面庞稚气未脱，就那样抬起头，软软地冲他笑：“就像这样。”

泪水在一个四十几岁的男人脸庞上，肆意而下。

三

让蔚玖欣喜的是，蔚井宏没有再像以前一样坚持自己的想法，三天后就做了更换膝盖骨的手术。手术很顺利，苏清屿过去看望了他一次，他也没有激烈地把苏清屿赶出去。

蔚井宏没有再提让她和苏清屿分开的话，只是蔚玖敏感地发现蔚井宏这几天的话有些少，有时看自己的眼神也不太寻常。

蔚井宏这阵子需要拄着拐行走，虽然是假期，但蔚玖每天哪里也不去，就在家照顾爸爸。

第五天的时候，蔚井宏在上厕所，因为厕所逼仄狭小，拉裤子拉链的时候一个重心不稳，差点再次摔倒，幸好他手快扶住了洗手池。

蔚玖在小床上，听到厕所的动静吓得不行，忙赶过去，直接开了门：

“爸爸，怎么了？”

蔚井宏脸上赧色很重，这几天一直是让还不到二十岁的女儿伺候，现在还让女儿撞到这样的尴尬场景。

蔚玖伸手扶住他，蔚井宏摆摆手：“爸爸自己来。”

因为过于担心，蔚玖没察觉到蔚井宏脸上复杂的神色。

转天下午，蔚玖整理着蔚井宏的各种医疗单子，开始研究怎么报销最划算。这种事情对她来说还有些遥远，但也不得不着手学习。她在网上查，也问了一些专业人士之后，发现有的需要再去医院开一些证明。

她有些不放心地嘱咐蔚井宏：“爸爸，我下午去医院一趟，您自己一个人一定一定不要出去，想下去逛的话，等我回来陪您，好不好？”

蔚井宏看着蔚玖，慢慢笑了：“好。”

蔚玖松了一口气，这好像是这些天第一次看见爸爸笑。

然而等蔚玖回来的时候，她就再也笑不出来了。

蔚井宏离开了。

蔚玖不死心地把四十几平方米的小房子来来回回瞅了三遍，才确认这个事实。她颤抖着手拿起蔚井宏放在她枕头旁的一张纸。

“小玖……我回老家待一段时间，在这里不能拉活儿赚不到钱，何况还耽误你的假期，爸爸心里过意不去。别一个人住，去苏家或者归巧家都可以。”

蔚玖不敢相信爸爸竟然真的就这么离开了，坐在小床上愣了很久，回过神来时已经泪流满面。半个多钟头以后，她差不多整理好情绪，拿起手机拨出去一个电话：“苏清屿……”

“嗯？”苏清屿愣了下，蔚玖挺少叫他的名字。

“我爸爸走了……”

苏清屿把蔚玖接到了他家，原本两个人过二人世界特别美好，但是这一个创造二人世界的理由让蔚玖实在高兴不起来。

有时候苏清屿出去工作，她就会盯着蔚井宏留下的两行字，想爸爸为什么会觉得自己耽误了她，还会想这次她是不是还是让爸爸伤心了。

日有所思，蔚玖晚上又梦到蔚井宏，她哭得泪流满面。苏清屿听到她抽泣的声音醒了，打开灯一直叫她。蔚玖抽噎着醒来，因为崩溃大哭而呼吸不畅，有些发蒙地看着苏清屿，但好像还是在梦里似的，还在一直哭。

苏清屿心疼极了，抱着她："蔚玖，别害怕，是梦。"

"是梦吗……"蔚玖的声音有些沙哑和酸涩，"我梦见爸爸出车祸去世了……"

即使是这样说出来，蔚玖也害怕得抖了一下，继续哭得停不下来："我怎么会做这样的梦……"

蔚玖起了浑身的鸡皮疙瘩，为自己做出这样的梦而不耻。

苏清屿心里难受得紧，他紧紧抱住蔚玖。这两天蔚玖的消沉，他看在眼里，他发现自己那天做错了，诚恳道："蔚玖，是我不好。"

"嗯？"蔚玖呼吸平稳了些，"跟你没关系的。"

"那天我找伯父的时候……"苏清屿低头跟她详细解释，"我把话说重了，对不起。"

蔚玖听他讲完，看着他的反应有些慢，神色由慌张逐渐变成不敢置信，最后变成茫然。

"对不起……蔚玖，对不起……"苏清屿抱着她，低头重复着。

蔚玖像是恢复不过来了，眼神怔忪。

苏清屿有些着急："蔚玖，你和我说说话。"

过了两秒，她"嗯"了一声。

苏清屿的力度轻了些："明天签售结束，我们就去接他好不好？"

"嗯。"蔚玖敛住眸子，点了点头。

原本苏清屿是想要蔚玖来签售会的，听蔚玖说她还没去过他的签售会，但这回他学会考虑蔚玖的想法了，他先问：“想跟我去吗？”

蔚玖犹豫了一下，苏清屿看在眼里：“没关系，你想休息就在家。”

蔚玖“嗯”了声：“我想在家……”

“好。”苏清屿摸了摸她的头，出门走了。

早上是发布会，下午是签售会，苏清屿一直到接近傍晚才回来。怕她待得无聊，下午的时候，他特意把小格叫过来陪她，然而回家一打开门，苏清屿看着地上的鞋子，隐隐觉出哪里不对。

蔚玖的拖鞋为什么在玄关？

苏清屿眼神凝住，先给小格打电话：“你在哪里？”

“我在家啊。”小格莫名其妙。

“不是叫你过来陪蔚玖吗？”

“我去了，小老师把我送回来了，说她一会儿要出门，没法带我。”

苏清屿走进卧室，打开衣橱，这些天特意为蔚玖开辟的一小块天地里，衣服全都空了，他只觉一瞬间心脏仿佛停跳。

小格随意地问：“小老师去了哪里啊？我看她提着一个好大的包。”

苏清屿攥住手机的手有些发紧，沉声道：“我知道了。”

他立刻给韩止打去电话：“帮我个忙。”

“嘁，想起我来了？谈恋爱谈得可滋润了吧。对了，我还没跟你说，我已经成功把归巧拿下……”

韩止的话没能说完，听筒里传来一个女声，有些恶狠狠：“把我怎么着？”

“蔚玖不见了。”苏清屿没心情听他秀恩爱，直接打断他。

“蔚玖不见了？”韩止吃惊地张大嘴巴，不自觉重复了一遍。

结果，在一旁的归巧顿时瞪大眼睛：“什么？蔚玖不见了？”

韩止收住调笑的神色，问：“吵架了？”

苏清屿抿住嘴唇：“不是。”

“那好端端的怎么会不见呢？”归巧质问他，“我就说应该让蔚玖来我家住！”

“一会儿再解释好不好……”苏清屿有些烦躁，“确认她安全，我只要她安全。”

韩止的大哥在警局工作，但由于没有明确的目标范围，还是找了很久。韩止和归巧全都来到苏清屿家，四个多小时过去，三个人面面相觑等着一个电话。

归巧突然担忧：“蔚玖身上有钱吗……”

“现在谁还用现金啊，没事儿。”韩止安慰她。

“不是，她的钱都在她爸爸那里啊！”

“那……有花呗？”韩止回。

归巧本来特别着急，直接被气笑：“你有病吗，都什么时候了！再说了，蔚玖手机都关机了。”

苏清屿在一旁没说话，自责的情绪更重。

这时候电话响了。

韩止大哥问：“要不……你们再说具体点儿，刚刚查了，反正她没买火车票，但如果是住了什么小宾馆的话，真的是太难找了。”

“没买火车票？”苏清屿的理智突然回来了一瞬，他突然问归巧，“蔚玖的老家在哪里？”

归巧想了想：“就安山那边的一个小镇子，蔚玖说过，风景可美了，我一直想去来着！”

“安山……”苏清屿立刻跟电话里的男人说，“她一定买了长途汽车票。”

又折腾了半个小时，韩止大哥那边终于再次传来消息，如苏清屿所料，蔚玖确实是买了去安山的长途汽车票。寒假这个节骨眼上，去哪里的火车票临时买都买不到。

三个人顿时松了一口气。

苏清屿的眉心终于平整，他握着手机，再次试探性地给蔚玖打了一个电话，没想到这次打通了。

“蔚玖？”苏清屿出声问。

韩止和归巧眼神一挑，立刻跟过来听。

“喂，怎么了？”蔚玖的声音听起来还不错。

“没事……你去哪儿了，是回老家了吗？”

“嗯，我刚到。”

“昨天……不是说好了，结束工作我们一起去？”

“啊，”蔚玖愣了下，“有吗？我……我好像忘记了……对不起。”

她没有说谎，她这几天是真的有些恍惚，记得早上苏清屿好像说他出去工作了，却没记得他说什么时候回来。

苏清屿突然觉得喉咙干涩得生疼，他低声问：“伯父怎么样？”

“挺好的。”蔚玖的语气有些欢快，看来是真的开心了。

苏清屿放下心来：“那你想在那边待多久？”

蔚玖一时没回答，苏清屿怕她误会，忙说：“不是要你回来，我想过去陪你。”

蔚玖摇头：“你不用过来了，你最近那么忙，工作重要。”

苏清屿眼神愣了一下，心里不知为什么有些难受，他的小姑娘好像把他越推越远了，他声音有些哑：“工作不重要。”

“怎么可以，工作的时候，你最耀眼。”

苏清屿没有办法，朝归巧投了个求助的视线，归巧立刻凑到话筒边上：“蔚玖，我想去那边玩，你都答应了多少次带我去的。”

“归巧？这边……现在冬天不好玩。”

“那我也要去，我不管，你答应过的。”

没磨几句，蔚玖就软声答应了。归巧立刻挑起眉毛冲苏清屿嘚瑟了下：“那我们三个明天就出发！”说完就把电话挂了。

“呃……”蔚玖听着被挂断的嘟声，半天才反应过来，三个？

四

这一切结束已经是深夜一点钟了，三人约好明天一大早就开车出发，韩止和归巧两个人各自回去补觉。

苏清屿独自躺在床上，闭着眼睛，晚上回来发觉蔚玖不见的那一瞬间心脏揪紧的感觉还很清晰。无法静下心再躺下去，他径直走到书架前，蹲下来拉开抽屉，里面有部旧手机，还有个充电器。

这部手机已经有些年头没用了，里面的程序被删了个干净，只留了一个微博。他打开微博，最近联系人也只有零星的几个。他的目光往下扫，停在某一个微博号上，头像是他的第一张专辑封面，ID很特别：晚安苏清屿。

思绪一下子跟着飘远了。

第一次知道这个微博是韩止的一句调侃——“哇，你也是有死忠粉的人了，啧啧，晚安什么的可真肉麻。”

他当时是什么反应，现在已经记不得。

记忆存在很多断层，再一次想起关于这个微博的记忆，跳到了某个失去灵感、躁动不安的深夜。那时，他成名不到一年，二十二岁的年纪却红遍了大江南北，与名气随之而来的是难以负重的期望和压力。

焦躁、失眠，恶性循环，他甚至觉得自己再也写不出歌来了。

对于一个创作歌手来讲，第一批认同他的人总归是有所不同的，尤其是处在灵感的瓶颈期。但他一直试图和她们维持着简单的歌者和听众的关系。他无法做到像韩止一样和粉丝像朋友般相处。在他最初入圈那几年的认知观里，总觉得是非太多，多说多错。

那个负面情绪爆棚的晚上，他第一次点开了这个微博 ID。

然而那时，距离她上一次更新微博已有半年之久。

一个每天和自己说晚安的人，一个他似乎从来没注意过的人，终于有一天，他想起她的存在，想从她那里获得一点认同和鼓励，她却在自己的忽视中就这么消失了，没有预兆，更没有告别。

他那时才发现，原来他一直悄悄享受着那份喜欢。

他鬼使神差地动了动手指，点开了她的私信界面。然后，他鬼使神差地发过去一个"？"。然而，他没想到的是，因他的回复，铺天盖地的信息从那边发送了过来。

他还记得他第一次看到时内心的震颤感，久久才能够回神。从后往前一条一条翻，长达三年数不清的私信，被他花了三个小时的时间看完。

十二岁到十四岁，一个女孩儿最敏感细腻的心事，她一一说给了他听。

十四岁的时候，她在烦恼成绩，不能安慰爸爸的辛苦；十三岁的时候，她说其实她知道，爸爸妈妈很想要一个属于自己的孩子；十二岁的时候，她颇有些娇气地抱怨自己忍不住偷吃忙果，结果被妈妈骂……

这么倒着来看，她的成长痕迹分外清晰。

苏清屿大拇指摩挲着屏幕。

十二岁到十四岁，她孤立无援的青春期，她无处安放的烦恼、惧怕、快乐和辛酸，在他面前却是毫无保留的。

她有问过他很多次她该怎样选择，该不该寻找亲生父亲，该不该离开幸福美满的家庭，该不该和蔚井宏说不要开夜车，可此时，那些无人问津的话语摆在那里显得有些嘲讽了。

五年过去，她已经接近二十岁，名牌大学，她选了喜欢的建筑专业，她深爱的亲生父亲，她都拥有了。

苏清屿把手机放到一边，躺在床上，冗长的私信仿佛还在他眼前滚动着，他的喉结也跟着滚动了一下。

从前只有文字，纵使那里面有喜悦，有悲伤，有无措，他也想象不出她敲下它们时的表情。遇见蔚玖后，它们却有了参照。常常闭上眼睛就是蔚玖的脸，耳边是她柔软却坚定的声音，和那些干巴巴的文字终于整合到一起，一件一件，和他娓娓道来。

他完全不想再经历那样的一次告别。

出发得早，三个人中午就到了。蔚玖在见到苏清屿的那一刻，才发现自己潜意识里确实是有些赌气地离开的……她不知道怎么面对他，她知道他没错，是好心和蔚井宏谈事情，可就是……

所以三人到的时候，她也不太敢看苏清屿。

归巧有些看好戏的意味，拉着蔚玖说个不停，完全不给苏清屿机会和时间。

蔚井宏也看出来了些什么，他这次回来的确是无颜面对蔚玖，但他更无颜的是，竟然有一个男人会来提醒他对蔚玖不够好，角色似乎颠倒了。

但既然苏清屿能看破他所想，就说明一件事，这个男人足够爱蔚玖。他叹了口气，叫归巧："归巧，还有那个小子，田里有更好玩的，要不要去看？"

"要！"归巧瞬间兴奋。

屋子里只剩下苏清屿和蔚玖。良久，两个人谁也没有开口。

"别生气了……"苏清屿的声音有些哑，"嗯？"

蔚玖沉默着没有说话，苏清屿觉得仿佛是凌迟。他意识到，蔚玖看似温温柔柔，实际上非常有自己的主见，这次是触碰了她的底线。

他真的怕她会说出分手。

蔚玖张嘴想说什么，但最后只是抿了抿唇，然后抱住他，将脸埋进他胸口。好一会儿，她的声音有些闷："你以后……和我商量商量，好不好？"

苏清屿闭上眼睛，终于安心："好。"

蔚玖乖乖任他抱着，其实不敢面对他，也是因为她有些心虚和自责……她觉得自己很多时候不够成熟，不够淡定，才会遇到事的时候大脑空白，这次也是直接慌了，只知道回老家找蔚井宏。

"我也有不对的地方，我不应该不声不响地就走了。"蔚玖想了想，脸有些红，"不是有一句话说，和比自己优秀的人在一起，才能让自己变得更好……"

苏清屿罕见地怔了下："嗯？"

"我……我是说……"他略带询问的直视让她的心跳越来越快，说出口的话也变得支吾，"你愿意……陪我变好吗？"

要是像一开始那样就好了，那时她总是告诉自己，不要贪心。可是现在，已经控制不住自己想要靠近他的心啊……

眼前有阴影覆上来，脑袋被轻轻托住，往前一带，贴到一片温热坚实的唇瓣。蔚玖觉得心口像有热流流过，嘴唇微张着，又轻轻闭上。分不清是脸上的热度还是他胸膛的，分不清耳边咚咚的心跳声是自己的还是他的，更分不清现在是梦境还是现实。

缓过神的男人回到了平时略微霸道的模样："你已经很好了。很好了，蔚玖。"

蔚井宏和蔚玖的奶奶住在这里，看起来过得也不错，蔚玖跟着待了一天有些放下心来。这里冬天实在没什么可玩的，只一天归巧就差不多腻了。

蔚井宏急着把他们打发走："别在这儿待着了，旁边乌山镇挺好玩的，你们回去的时候，可以去那里逛逛。"

归巧眼睛亮了："乌山？有什么好玩的？"

蔚井宏跟她说了很多，勾得她想立刻出发，兴奋得不行。

蔚玖却有些舍不得，蔚井宏立刻看出她的心思："还有一阵子就过年了，到时候回来待到开学走都行。”

蔚玖只好点头答应。

下午的时候，四人就出发去了乌山镇，镇子算是个旅游景点，有不少酒店，他们选了一家看起来有些偏僻不容易被发现的小旅馆，趁着天黑才出去逛了逛。

回到房间，苏清屿问蔚玖：“累不累？”

蔚玖摇摇头。

“去洗个澡。”

蔚玖洗好澡出来，穿的自己带的睡衣，是苏清屿给她买的那一身粉色的。她躺到床上，这才注意到这间小旅馆浴室的玻璃……

毛玻璃把浴室和卧室隔开，但那种若有似无的轮廓更让人……

蔚玖猛地回头，天啊，那刚刚她洗澡的时候……

明明这几天他们都睡在一张床上，虽然没有发生什么，但蔚玖以为已经足够亲密了，完全忘记了还能有更亲密的事情……

旅馆的房间很小，房间里就只有一张床，还是圆形的，刚刚的认知被这个小小的旅馆无限放大，灯光似乎都透着暧昧。

蔚玖红着脸，一个人躺在床上，心跳却失了序。

没多久，苏清屿就出来了，他的表情很自然，完全不像蔚玖有那么多想法，坦荡地躺过来。跟这些天一样，他把蔚玖拥入怀里，亲了下她额头：“晚安，蔚玖。”

蔚玖有些无地自容，小声回了句：“晚安。”

两个人没有说话，享受着睡前的宁静。

可因为过于安静，古旧小旅馆的弊端也就显现出来，隔壁一阵窸窸窣窣的声音变得清晰。

“不行！”是归巧的声音，蔚玖愣住。

“韩止，我怕疼！”

又过了一会儿。

“韩止，你……”

“女孩子别骂脏话。”

“欸，你别哭啊……”

蔚玖再迟钝也知道隔壁正在发生着什么，整个人都僵硬了，紧紧攥着双手，不敢跟苏清屿说话。

果然……苏清屿突然翻身压了上来，同时嘴唇也附上了一片柔软。

这些天虽然每天同床共枕看似很亲密，但蔚玖心情不佳，苏清屿也就很久没有好好地吻过蔚玖了，更别说亲热。原本觉得今天刚和好，况且在这样的环境下，也不适合做什么，谁能想到还能遇见这样的事。

他的呼吸很重，是真的有些忍不了，手忍不住从蔚玖的睡衣下摆往里钻。

蔚玖太软了，她骨架小，看起来瘦，但其实身上肉肉的手感特别好。蔚玖脑子很热，隔壁的声音还在继续，她只听“嗒”的一声，他摸索了半天终于解开了……

贴上来的一瞬，蔚玖猛地颤了一下，然后就什么也不知道了，紧张得大脑一片空白。

好一会儿，苏清屿恋恋不舍地把手从她衣服里抽出来，小姑娘还在颤抖，却忍住不发出声音，脸红得能滴血。他叹了口气：“蔚玖，别怕我。”

他的声音像被砂纸打磨过，沙哑又性感。蔚玖拼命摇头，刚刚她的心脏简直要超负荷了，这种感觉从没有过。她是畏惧这种心脏不受控制的感受，并、并不是怕他呀……

他从她身上离开，躺到一边，上身微微起伏，平复着刚刚涌上来的情欲。蔚玖还保持着刚刚平躺的姿势，一动不动。

隔壁的声音小了些，好像是归巧察觉到这房间的隔音不好了，骂了韩止半天。

归巧不是说他们才在一起几天吗……太、太快了吧……

苏清屿半天没有动静，蔚玖只听得到他的呼吸声，她更不敢动了。

蔚玖有个最大的优点也是缺点，就是喜欢反省自己。是不是她在恋爱关系中太拘谨了，他……是不是生气了？

良久，苏清屿终于冷静下来，把还僵硬着的蔚玖侧过来揽入怀，他没有说话，还在凭借她身上的软绵驱散内心的冲动。

蔚玖的脸贴在他胸口上，大气都不敢喘一口。直到快喘不过气来，她伸出手，抓着他的衣服，勾了勾食指挠了他两下。

这个讨好的动作，充满着蔚玖的个人色彩，温柔而又小心翼翼。苏清屿一僵，感觉好不容易平复下来的感觉又要上来了，一时没能做出反应。

怎么……他还是不说话……

她又挠了他两下，怯怯道："对不起……你别生气。"

又觉得这一句话太苍白，她继续红着脸解释："我、我没谈过恋爱，所以……"

苏清屿没让她说完，紧紧地抱住她。

她没法继续思考了，他的怀抱太炽热了。

苏清屿感受着怀中人的紧张，轻叹了声，然后开口："蔚玖，我们是恋人，所以你不要怕我。"

他顿了顿："但你也有权利拒绝我刚刚的举动。"

蔚玖一愣，几秒钟后才消化过来他的意思，画面出来了……太羞人了。还没等她继续无地自容，他又开口，带着一丝笑意："而且，蔚玖，我也没谈过恋爱。"

蔚玖的生物钟向来很准，她先醒来，盯了一会儿苏清屿，不自觉笑了。

这时，苏清屿冷不丁突然睁开眼，蔚玖没处可躲，只好钻进他怀里。

苏清屿醒了几秒，才反应过来。感受到怀里的娇软，他心里一阵充盈。

“早上好。”

蔚玖窝在他胸膛：“早上好……”

“这么早就醒了？”

“嗯，每天这个时间都醒。”

“不敢看我？”

“唔……”蔚玖应了一声，继续在他怀里装死。

“好歹让我看看你。”苏清屿在她耳边半恳求着。

蔚玖攥紧他的衣服，怯生生地抬头。苏清屿和她深深凝望。

“苏太太。”他低声说。

蔚玖被这一声“苏太太”叫得酥了半边身子：“别这么叫……”

“嗯？不承认了？昨天叫我什么来着？”

蔚玖连忙捂住他的嘴，不让他说了，脸红到不行。

“再睡会儿，不累？”

蔚玖忙着摇头。

“嗯？不累？”他似笑非笑。

蔚玖猛然反应过来，耳垂红得滴血：“累……”

苏清屿低低笑了，在她耳朵上亲一口：“乖，再休息会儿，我陪你。”

五

时间过得很快，按蔚井宏说的那样，过年的时候，蔚玖一直待到了正月十五，回去的转天就开学了。蔚井宏留在安山继续养膝盖。

开学恰逢换季，流感的高发期，蔚玖身体本来就一般，这下没抵挡住气势汹汹的这一轮，大病了一场，而且持续了两个多星期。好不容易要好了又开始反复，吃药也没有特别明显的缓解，折腾得她都瘦了好几斤，也没有力气再跑去校医院了。

恰好赶上之前蔚玖他们参与实习的那部戏要上映了，苏清屿虽然是串场，但也很有义气地每场宣传都帮韩止跑，所以蔚玖没有告诉苏清屿自己病了的事。

这两个周末，她没有回苏清屿那里，一直躺在床上休养，周五下午没有课，蔚玖又是在床上度过。归巧实在看不过去，回家前跟蔚玖说晚上回来一趟给她带新一轮的药。

这些天一直是归巧给自己带饭，现在归巧不在，蔚玖实在没有力气去食堂吃饭。大三了，晓晓和瑛婕都在准备雅思，中午只吃几片面包，还有一个星期就要考试了。蔚玖不好意思打扰她们，自己在手机上点了外卖。

点完外卖，蔚玖继续半睡半醒地迷糊着，接到电话后又迷糊了好一阵才撑起身子从床梯爬下来。

晓晓探过头来："蔚玖，下床啦？"

周瑛婕问道："我刚刚听你点了外卖了？问你也没回答，又睡着了？"

"嗯……好像是，"蔚玖揉了揉头发，哑着嗓子说，"都睡傻了……"

"哈哈，你别下去了，我替你下去拿吧。"晓晓说着就放下手中的笔要出门。

蔚玖的脚已经落地，连忙摆手："我一天没下去了，也该活动活动，你继续复习不用管我。"

"你行吗？"周瑛婕担忧地看着蔚玖。

"没问题的。"

蔚玖在床上躺得四肢有些无力，好不容易下到一楼，到宿管阿姨旁边的桌子上找了半天都没找到自己的那份。寝室大门没有关，此时正是倒春寒，瑟瑟的风吹在蔚玖的脸上，她瑟瑟发抖地找了两圈都没找到，只好重新拖着沉重的身子爬上寝室。

晓晓给蔚玖开的门，第一反应就是先看蔚玖点了什么好吃的，然后疑惑道："蔚玖，你怎么空着手回来了呀？"

"啊……我的外卖，不知道怎么不见了……"

周瑛婕疑惑道："不见了？不是吧？我天，我就说我们楼有个惯犯，专挑人家外卖下手，简直不能忍！"

"是不是……拿错了？"蔚玖不太相信。

"拜托，蔚玖，你也太天真了，谁拿之前不会看一下手机号？话说回来，那你晚饭没了怎么办？"

蔚玖思考了一下："没事，我也不太饿。我有点累，再上去睡一会儿，你们继续学习吧。"

"好吧。"看着蔚玖的神色的确疲惫，两人也没再继续劝她。

蔚玖爬上床，几乎是刚沾上床就沉沉地睡过去了。

不知道时间过了多久，多日以来蔚玖的脑子都是混沌的，等她再醒过来的时候，竟然出现了幻觉，她好像听到了苏清屿的声音。

她睁开眼，眼前还是寝室的床帘和蚊帐，她以为是梦，又闭上眼睛，但没过多久再次睁开，那个声音还在。这回是有些清醒了，蔚玖开口想说话，却先咳嗽个不停。

那个声音近了："这么大了，怎么还不会照顾好自己？"

蔚玖愣了，在枕头上将头转了个方向，看到苏清屿清晰的脸。她还以为是梦，下意识想反驳说会，可看着他那个无奈的眼神，到嘴边的话又吞了下去。

苏清屿摸了摸她的脸："醒了没？"

蔚玖皱眉，觉得有些不对劲，视线一挪看到另外两张脸。

周瑛婕素来镇定的脸上，此时表情非常丰富多彩："蔚玖，你电话一直响，我就替你接了……"

晓晓拉起周瑛婕就跑："那个……我们俩出去聊会儿，你们继续、继续哈……"

"你……"蔚玖完全醒了，瞬间吓出了一身冷汗，他、他竟然出现在了自己的寝室里！蔚玖回想起自己睡着的时候天还没黑，这可不比那时两个人趁着夜色在学校的各个地方肆意转悠，他……

苏清屿看着她惊恐的小表情有些想笑，但是惊恐中透着的虚弱又让他不忍心了，他摸了摸她的脑袋："别怕，现在是晚上十点钟了。"

"十点钟？"蔚玖张大嘴巴，"我睡了这么久……"

"你怎么过来了？"她问。

"归巧有事过不来，让我给你送药，我才知道我女朋友病了。"

她这才发现苏清屿脸上的妆似乎还没卸，有些风尘仆仆的味道。她从被窝里伸出一只手抓住苏清屿的手掌："过来多久了……"

"很久了，正想把你抱下来送医院。"苏清屿责怪地捏了下蔚玖的鼻子，"怎么不告诉我？"

蔚玖心虚，没有回答，反问他："你怎么进来的……"

"拜托了你的两个室友，"苏清屿听不下去她这么沙哑虚弱的声音了，"自己下得来吗？"

没多久，苏清屿就给蔚玖找好了外套穿上，他背着蔚玖开门，晓晓和瑛婕正贴在门口，听见声音后立刻站得笔直。

临走前，苏清屿跟两人告别，蔚玖也看过去，却觉得两个人的眼神里有一丝恶狠狠的味道……

她咽了咽口水："我们先走啦……"

果然，瑛婕保持着标准的笑容："早点回来哟。"

"唔……我错了。"蔚玖趴在苏清屿背上，闷声说。

两人顿时憋不住，哈哈大笑起来。

苏清屿紧绷的神经也放松了些，冲两人道："今天谢谢你们，一直以来也没机会请你们吃饭，等蔚玖好了，随你们挑地方。”

“好、好的！”两人好不容易平复下来的心情，又因为跟苏清屿直面对话而激动起来，连忙语无伦次地应下。

蔚玖被苏清屿带着在他家输了三天液，又过了快一星期的时间，才真正恢复元气。然而，随着蔚玖的好转面临的又是一个多月的分别，休假结束，苏清屿又要赶去工作。

蔚玖已经习惯，安心在学校过起了好学生的生活。直到他发来消息说自己周末回来，蔚玖结束了课以后，就早早地坐车去了苏清屿家。

苏清屿家里有个小型的录音室，他灵感来了的时候，将自己关进去几天几夜都有可能。这次离开的时间久，他手机里保存了不少这一路上的灵感，需要做一个整理。

以往的这个时候，蔚玖都不会去打扰他的，可是这回又是好久没见，她在家中找了一圈都没找到他的身影。实在忍不住，她悄悄地打开了录音室的门，看到苏清屿正在床边看着窗外打电话。

蔚玖悄悄地退出来，还是不打扰他为好。每当这种时候，蔚玖都会觉得自己这种小情小爱实在太矫情了。关门前，她留恋地看了好几眼，她已经一个月没有见到他了，他明明和一个月前并没有变化，但好像更令她着迷了。

苏清屿打完电话转过身来，看到蔚玖半个背影正要掩门，他眼睛一亮：“蔚玖。”

蔚玖身子一顿，转过身来，冲他笑了笑：“回来啦。”

苏清屿看着她的笑眼，心中一阵满足，他朝她招手：“过来。”

蔚玖犹豫了一下，自己是不是打扰到他了？她有些懊恼地觉得自己似乎总是给他带来麻烦，上次生病是，现在也是……但她下意识就想听他的话，走了过去。

苏清屿把她拉了过来，一直到里间的麦克风前：“想看我录歌吗？”

蔚玖愣了下，先是点头，但又有些犹豫地僵住了。

她更担心打扰他。他们之间的恋爱关系和普通人不同，她爱他，也爱他的职业，她总是下意识地把自己排在唱歌后面。

她觉得这时候的他，才是最闪耀的。

“我怕会打扰你……”他提出的建议虽然具有诱惑力，但蔚玖依旧保持着清醒。

苏清屿哪能不知道她的心思，他拥住她：“蔚玖，你想错了。”

蔚玖因他的举动脸有些红，没有出声任他抱着，静静等他的下文。他把下巴枕在她的发顶，叹了口气，像是自言自语：“太想你了，写什么脑子里都是你。”

蔚玖心跳骤然加速，不知道该如何回答，这么久了，她还是应对不来他偶尔赤裸的情话。

那声音却又从头顶上方传来：“你呢？”

“我……我也想你。”她声音有些局促，但依旧老实地答。

苏清屿心情一阵愉悦：“哦？我怎么没看出来，刚刚有人还想溜出去不见我。”

蔚玖顿时不知怎么回答，自己好像确实有点儿理亏。思考了几秒，她鼓起勇气，挣开了他的怀抱，踮起脚尖，嘴唇轻轻地在他的脸颊上碰了一下。

“这样，够吗？”她亲完了，就再也不敢看他的眼睛，微低着头，眼神无处安放，喏喏开口。

苏清屿也是没想到，她那么胆小的姑娘竟然会主动亲他，不过，这显然勾起了他逗弄的兴致。他用右手握住蔚玖的后颈轻轻摩挲，左手捧住她的脸让她抬起头来。

蔚玖被他的动作撩得脸色羞红一片，依旧不敢直视他，只听他低笑了一声：“蔚玖，还记得上次我是怎么亲你的吗？”

蔚玖听他提上次，那时候的回忆全都在脑中浮现。他呼吸的热气、唇舌的温度和霸道的双手都还很清晰，她当然记得。

蔚玖抬头看向他，苏清屿却像是就在等这一刻似的，眼神碰撞的瞬间，他就上前了半步和她贴近，低头咬住了她的唇。蔚玖脑子迷迷糊糊的，刚刚言谈举止都很温和，让她有种他对她的到来并不是很开心的错觉的某人，怎么瞬间就好像要把她吞了一样地亲她。

六

苏清屿从后面抱着她，一颗颗地解扣子。

“蔚玖，放松些。”他沙哑着嗓子哄着。

蔚玖太紧张了。每次他们亲密的时候，她都会想，他那么遥不可及，初时他的目光在她身上多停留一瞬，都让她心跳如鼓……此时他却伏在她身上，她根本就无法放松下来，还未至浓时，浑身便已开始微微颤抖。

苏清屿见她终于放松下来，凑了上来，为了给她做心理准备，在她耳边说：“蔚玖，准备好了？”

蔚玖对他叫她的名字最敏感，这时终于渐渐回过神来。

苏清屿看见她的眼神逐渐清明，心里苦笑一下，这要是回过神来，小姑娘又要紧张得不知所措了，那他今天就别想吃到了。

蔚玖还没完全从那眩晕中抽离，就因他突然的动作轻哼了一声，像一段序曲般，小小的录音室里漫起一片旖旎。

蔚玖今天有些黏苏清屿，照往常亲热完她都很快睡了，今天回到房间迷迷糊糊地还要往他怀里钻。苏清屿低头吻了下她头发，轻声问：“怎么？”

蔚玖黏黏腻腻地说了句：“想你了。”

苏清屿摸着她的头发，这一刻深刻体会到这么久没见面，委屈他的小姑娘了，他沉默了一会儿问：“蔚玖，想公开吗？”

他确实变了，变得会常常询问她的意见，然而这次依旧让她发愣。

公开……蔚玖瞬间清醒了，对上苏清屿认真的眼神，她没有听错……

“怎么这么突然……”

“不想吗？”苏清屿看着她，不想错过她的每一个细微表情。

“你呢？”蔚玖反问他，“你想吗？”

苏清屿笑道：“遇见你以后，我每天都在计划这件事。”

蔚玖顿时感动，思考了很多，有些担忧地问：“会对你有影响吗？”

苏清屿摸了摸她的头：“没事，她们应该已经察觉到了。”他以前从不聊关于感情的任何问题，也确实没什么可聊的，最近几个月却频频没拒绝类似的问题，暗示意味已经很明显了，粉丝和偶像之间其实是有这样的默契的。

蔚玖还是有些犹豫。

苏清屿问：“如果是从前的你，知道后有什么反应？”

蔚玖认真想了想：“有一种终于的感觉吧，像……嫁女儿一样？”她偷偷笑。

苏清屿无奈地捏了捏她的脸：“所以不担心了吧？”

蔚玖想了想，还真有些被说服了。毕竟苏清屿的粉丝并不像现在许多当红小鲜肉的粉丝一样，她们都陪伴了他太多年了，早就超越了单纯的外表吸引。

于是，她认真地抬头看他：“好。”

苏清屿内心一片柔软：“傻不傻……明明应该担心的是你自己。”怎么想也是她才是更容易被攻击、被打扰的一方，她却在这里担忧自己好半天。

蔚玖听见这话思考都没思考，直接摇头道：“你肯定会处理好的，我知道。”

苏清屿愣怔了下，然后低头蹭着蔚玖笑：“想申请再来一次怎么办？”

当天晚上，一条微博在网上炸开了锅。

苏清屿V：晚安蔚玖。@晚安苏清屿

配图是那时候郑一拍的，演唱会前的彩排，苏清屿全身大汗，蔚玖仰头为他擦额头的场景。照片里只看得到蔚玖瘦小的背影和苏清屿疲惫里透着温柔的眼神。

言简意赅，平地一声惊雷。

半夜还没睡的人第一时间收到了这颗雷，虽然已经很晚，但是评论数仍疯狂增长，常年佛系的真爱粉、路人粉纷纷被炸出来。

“啊！！！炸了炸了！！！这是什么情况？？？”

“公布恋情？？？”

“拍戏还是……”

“我……有点慌……”

“等等，老公@的不是那个晚安妹吗？！不要吓我！！！”

“天哪，晚安妹好久不见！！！可是为什么是这样的出场方式……我有点儿……不敢往下想了……”

“蔚玖是谁？晚安妹是谁？？啊啊啊求科普！！”

“前面的，蔚玖不知道是谁，但晚安妹是……”

这么一条微博悄无声息地在夜里掀起了惊涛骇浪，还没等所有人都醒来就挂上了热搜第一的位置。

蔚玖转天是被无数条微信消息吵醒的。

她完全不知道仅仅过去了一个晚上，网友把她已经扒了个底朝天，不过，显然是经过了苏清屿的控制的，关于她的家庭身世一条都没有。

留下的只有——她在西大读书，读最牛的建筑专业，拿了两年国奖，苏清屿的妈妈是她的老师；她还是最近火爆微博的那段彩蛋里后期人员名单上的一员。

蔚玖的人生没有污点，别人也扒不出什么。

苏清屿早上有行程，很早就走了。床头除了她的手机以外，还放了一部手机，看样子已经用了很多年头。蔚玖觉得有些奇怪，但没多想，先把自己的手机拿过来，一条一条地回复微信。

按照时间顺序，顶上来的第一条是苏清屿的："起床了吗？床头柜上有份礼物送给你。"

床头柜？蔚玖看了看床两侧的两个床头柜，礼物……似乎只能是那部手机了。

她回了一个"好"，继续点下面的微信消息。

很多不是很熟的朋友、小学同学、初中同学、大学同学……蔚玖有些头疼，先点了高中同桌的消息。

同桌发来张截图："蔚玖？！这个是你吧！快告诉我这是你！"

截图上是苏清屿公布恋情的微博，蔚玖这才看到他发的那条微博。看着看着，眼睛不自觉睁大，握着手机的手甚至有些颤抖……

她动了动唇，满是不敢置信，立刻点开和苏清屿的对话框，想要问问他是怎么一回事，却又看到了苏清屿说送了她个礼物。

她的目光挪到那部古老的手机上。

时间过了很久很久，蔚玖才把这份礼物看完，眼睛湿了又干。

不再用一个微博号的理由其实往往很简单，徐安和林菁送她的高中礼物是一部新手机，微博开始可以用手机号注册，她记不得微博的密码，干脆重新注册了一个。上了高中，她想为蔚井宏分担的念头又太强，时间久了她连那个账号的邮箱都快想不起来了。

看着五年前苏清屿给自己发过去的那个问号，她的眼睛又湿润了。她曾以为她的喜欢一直是单向的，但从没想过在那么久以前，他就给过她回应了。

蔚玖花了一个下午的时间找到了邮箱地址和密码，时隔五年，终于登上了那个账号。

这个微博号已经在网络上爆炸，粉丝从十几万迅速涨到一百万。那些等待蔚玖发博很多年的人怎么也不会想到，五年之后，这个微博号真的再次更新了。

晚安苏清屿：终于可以大声地和你说，晚安，苏清屿。@苏清屿

蔚玖握着手机，突然明白了什么。

苏清屿好像一直在和她说晚安，在他还只是小格舅舅的时候就是，有时候即使他工作很忙没有时间聊天，也一定要发过来一句“晚安，蔚玖”。

对仗一样的浪漫，她不自觉笑了。

苏清屿这趟工作需要几天的时间，没办法回家。晚上的时候，蔚玖给他打过去电话：“工作结束了吗？”

“刚结束，要回酒店。”苏清屿问，“一个人待着会无聊吗？出去玩玩？”

蔚玖摇头：“想等你回来。”

又说了一会儿，两人默契地没有提那部手机，话题结束又是默契地沉默，谁也没有提公布恋情的事，也没有提手机，只是无声地在笑。

蔚玖终于忍不住了，有些俏皮地道：“今天的结束语，我来说。”

“嗯？”苏清屿一时没明白蔚玖要搞什么名堂，紧接着听到听筒里传来小姑娘软软的声音——

“晚安，苏清屿。”

尾声

蔚玖毕业的转天是两个人的订婚仪式，苏清屿叫来了当年和他在国外街头表演的乐队成员们，就这一项就足够让她感动得要落泪。

婚礼上，双方为对方准备礼物，蔚玖准备的是一段录音，似乎是一段电台采访。

所有人屏息听着，似乎是一个主持人和一个小女孩儿的对话，小女孩儿的声音听起来像蔚玖，却稚嫩了不少。

播放到最后，蔚玖也开口，纤细的声音和主持人的重叠。

她的声音依旧怯怯的，他却懂得其中为他敞开的勇气。

只剩下最后一小段，录音被人按了暂停，像是一曲进行到高潮前的留白。她温柔地弯了眼角，眼神和他无声地缠绕。

录音再次继续。

苏清屿的眼神凝固了，任她缠绕着自己，仿佛全身都被她的柔软目光包裹。

对那次的电台采访，他显然早已记不得，时间太久远。但此时模糊明白了什么，他不敢置信地盯着她。耳边响起她温柔的声音，重复着刚刚掠过他耳朵的话语。这次是她亲自问他——

“我想知道你会唱多久？”

苏清屿愣怔几秒，突然笑了。上帝将两人的磨盘转动得很慢，却磨得细致入微，最终回到起点。他开怀到只能靠低头才能隐去上扬的嘴角，而后抬头，一字一句，敲击在她心上——

“这个不知名的小姑娘，你想听我唱多久，我就唱多久。”